[德] 卡尔·弗里德里希·贝克尔 著
张友华 海力古丽 译

世界古代
神话和传说

SHIJIEGUDAI
SHENHUA
HECHUANSHUO

中国青年出版社

(京)新登字 083 号

图书在版编目(CIP)数据

世界古代神话和传说/[德]贝克尔著;张友华,海力古丽译. —北京:中国青年出版社,2007

(学生图书馆)

ISBN 987-7-5006-7503-7

Ⅰ. 世... Ⅱ. ①贝... ②张... ③海... Ⅲ. 神话-世界-古代 Ⅳ. I17

中国版本图书馆 CIP 数据核字(2007)第 070711 号

责任编辑:王钦仁

*

中国青年出版社出版 发行

社址:北京东四 12 条 21 号 邮政编码:100708

网址:www.cyp.com.cn

编辑部电话:(010) 64010053

营销中心电话:(010) 84027892 (010) 84039659

聚鑫印刷有限责任公司印刷 新华书店经销

*

720×960 1/16 13.5 印张 2 插页 212 千字

2007 年 7 月北京第 1 版 2009 年 11 月河北第 3 次印刷

印数:18001-34000 册 定价:19.00 元

目录

目录

地　图

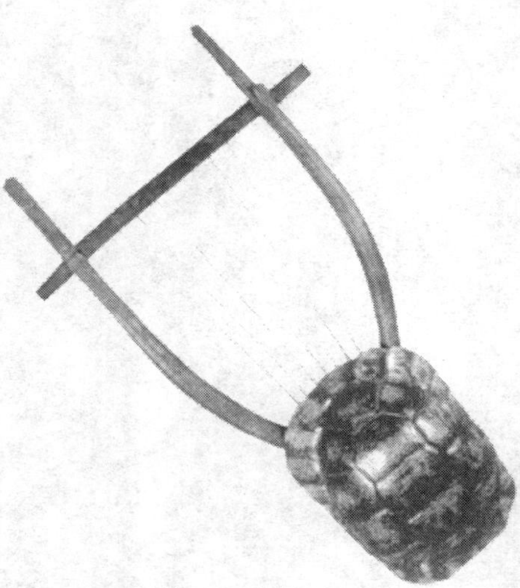

一本人文教育的好教材

韩建伟

《世界古代神话和传说》是德国历史学家卡尔·弗里德里希·贝克尔(1777~1806)为青少年撰写的一部世界史读物。本书自1801年出版以来曾经被当做一代代中学生的古代历史教科书。卡·弗·贝克尔生于柏林,毕业于哈雷城大学,曾教过一段时间书,后来致力于历史题材书籍的写作。《世界古代神话和传说》(又名《世界古代史》)是一部以历史为题材的文学作品,书中讲述了人类社会早期的历史和传说。本书以其独特的魅力成为对青少年进行人文教育的理想教材。

这是一部曾影响过众多世界文化名人青少年时代的历史普及读物。本书于19世纪前期由格涅季奇(1784~1833)译成俄语。格涅季奇是俄国著名诗人和翻译家,翻译过席勒、伏尔泰、莎士比亚等人的著作,曾因翻译荷马史诗《伊利亚特》而备受瞩目。贝克尔的著作在十月革命前的俄国发生过巨大的影响,在受过教育的人中,无人不知晓卡·弗·贝克尔的名字。本书曾多次再版,最后一次出版是在19世纪末。像果戈理、别林斯基、陀思妥耶夫斯基、托尔斯泰、列宾、高尔基、列宁等世界文化名人在青少年时期都曾阅读过本书。

本书以其丰富的古代文化史材料帮助青少年了解和掌握人类创造的优秀文化遗产。人文教育的一个重要方面就是增进人们的历史知识,即对人类本身发展历程的认识。本书以翔实的资料、文学性的语言描写了人类远古时代的传说,刻画了埃及人、希伯来人、雅利安人、波斯人、希腊人和罗马人的社会、政治、文化生活。其中涉及希腊神话、《圣经》故事、荷马史诗以及世界古代史上众多著名人物的传奇故事。认识过去可以更好地了解现在和将来。古代许多思想在现在仍然有着重要的影响,如《圣经》;了解古代史可以帮助我们对当今许多热点地区形势形成的来龙去脉有着更清楚的认识,如希伯来人的历史与当今中东形势的渊源关系;古代史上的许多人物、事件是文学、电影、绘画、音乐等艺术形式争相表现的重要题材。历史有时会以惊人的相似重演,正视历史,以史为鉴,这正是人们热衷历史作品的原因所在。

本书以文学性的手法描写历史人物和事件,增强了可读性。目前的历史读物在写作手法上多采用枯燥的**"教科书体"**,即**背景+史实+意义,**

也就是所谓“史论结合”式，这种手法很难引起阅读者的兴趣。事实上，以文学的手法描述历史，或称做以历史为题材的文学作品，早在古代就已出现，我国司马迁的《史记》就是其中的典范。《世界古代神话和传说》在描写远古时代的场景时，不仅能够以史实为依据，而且能够使读者身临其境。本书中的内容并非均为史实，它既有历史史实，又有许多民族的神话和传说。即使是重大的历史事件，事件本身是史实，而事件过程中的许多细节则有可能是传说。历史证明，人们对过去的认识不是一成不变的。对历史事件的认识不断地发生变化，越来越接近真相，这也是历史书籍的魅力所在。本书的读者将会进行一次引人入胜、穿越时空的旅行，回到远古时代，了解古代历史事件的前前后后，时而会因为其中紧张的情节而心跳加速，时而又会为其中的趣闻莞尔一笑。

书中多幅插图使读者直面历史人物和事件。插图有的表现历史人物、生活场景、历史事件、器物，有名家的绘画作品、雕塑、瓶画、壁画，有反映一人一物的单幅作品，也有反映整个事件的连环画。

本书是一本人文教育的好教材。本书以其丰富的内容帮助青少年增加历史知识，从而树立正确的历史观。人文教育的观念源于文艺复兴时期的“人道主义教育”，强调从人道主义出发，反对中世纪封建的、经院主义的教育，主张以“人”为中心，把人们的思想感情从神学的束缚下解放出来。现在的人文教育一般指对人进行人文知识和人文精神的教育，其内容是与人类利益有关系的方面，而不是人之外的事物，在学科上多指语言、文学、哲学、历史、艺术、神学、音乐等。人文主义教育的目的是通过增进人文知识（即对人的认识）从而形成或改变人们的思想意识，使之具有人文精神。

目前，在中国，人文教育是现代社会的迫切需求。由于历史的原因，中国社会的总体发展水平较之西方发达国家还存在着相当的差距。在赶超西方、努力使中国尽快变为一个强国的心态下，我们大力强调“科学技术是第一生产力”。尊重科学、强调科学的重要作用，这当然是历史的进步。然而，在强调科学的大背景下，我们在一定程度上忽视了人文精神的教育，使人文主义的基本理念未能得到普及和广泛传播。换用当代的政治术语来说，我们强调了物质文明的生产，却忽视了精神文明的建设。这一切导致了在当今时代实用主义和功利主义成为社会思潮的主流，人们为追求物欲、无止境地改善个人生存条件而不择手段。在全社会追求物质利益的背景下，就连宣扬人文精神的主要阵地——大学——也变成了高等职业技能培训学校。

理想主义和人文精神的旁落，致使社会上封建的、迷信的、反科学的、反人类的思潮沉渣泛起，人们信仰迷失。这一切与人文教育的普遍滞后不无关系。不少有识之士纷纷呼吁，要加强人文教育，使人们了解人类在创造历史的过程中留下过什么精神财富、人与世界的关系如何、什么是宗教……

青少年是社会的希望所在，帮助青少年接受人文主义理念，树立正确的人生观、世界观，提高他们的人文素养，使他们成为一个文明的现代人——这是全社会共同的使命。希望本书在中国的人文教育事业中能尽到自己的力量。

原·始·时·期·的·传·说

yuan shi shi qi de

chuan shuo

虽然史书中并未详细记载原始时期的文化，但是流传下来的关于原始时期的故事却非常有趣。

1. 欧洲的传说

关于人类起源的最古老的故事要数犹太人的传说。

根据这些传说，世界和世上所有的一切都是按照上帝的意志在六天之内建成的。第七天上帝休息，嘱咐犹太教徒们第七天欢庆，庆祝神圣的安息日。

第六天，上帝依照自己的模样造出了第一个人：亚当（“亚当”一词的意思为“红色的”，这里指用来捏人的黏土）。随后，上帝说：“一个人太孤独了，不好。”就给了他一个女帮手叫做夏娃，意即“众生之母”。上帝让最初的这对男女居住在伊甸园或者叫乐园中。这里果实累累，鲜花盛开，亚当和夏娃过着无忧无虑的生活。

后来，亚当和夏娃偷吃了禁果，上帝将他们逐出伊甸园。从此以后，他们的生活中充满了悲伤，每日要辛勤地劳作。世上开始有了不幸、犯罪和令万物恐惧的死亡。

亚当的儿子们给人们做了榜样，他们按照两种不同的方式生活着，亚伯放牧，该隐种田。亚当的第三个儿子叫做塞特。

至于最初的人们是怎样分开，然后又如何渐渐遍布于全球的，传说中解释说是因为该隐杀死了弟弟亚伯，上帝令该隐流浪天涯，于是，他离开了故乡，去了东方；塞特则留在家中。人类第一个家庭就这样一分为二，后来慢慢地形成了两个小部落：该隐人和塞特人。

随着人类的繁衍，人们的精神愈加堕落，道德败坏现象越来越严重。按照传说，上帝决定消灭人类的子孙，只留下塞特的一个后人——挪亚。和挪亚一起幸存的还有他的三个儿子：闪、含和雅弗，他们是人类的祖先，他们的子孙遍布于世界各地。

在欧洲传说中这样解释地球上出现多种不同语言的原因：

在底格里斯河和幼发拉底河之间有一个地方叫做示拿，人们聚集在这里的平原上，决定建一座通天高塔。这下触怒了上帝，为了不让他们做成这件事，他搅乱了人们的语言，从此人们就互不理解。由此这个未建成的塔就得了一个名，叫做巴比伦塔，意即“变乱”之塔。人们为言语不通而备感气愤，四散离去，各自迁往新的地方，把新的语言传给各自的子孙。

2. 希腊的传说

正如我们所看的,犹太人以为世界的起源是上帝创造的结果。希腊人的看法却不是这样。在他们的笔下,世界的出现更像是一个偶然事件,它和万能的上帝无关。希腊诗人荷马(生活于公元前8世纪)说,世界是从大洋,也就是宇宙的海洋中产生的。根据诗人赫西俄多斯[①](公元前700年)的说法,各种混杂在一起的自然力在混沌、粗陋和杂乱无章的物质中你争我斗,就产生了世界。当时,在世上只有两个有生命的人:地神该亚[②]和天神乌拉诺斯。他们婚后又生了诸神:百臂巨人(每人都有一百只手臂和五十个头)、独目巨人(只在额头的正中长着一只眼睛)、提坦诸神和诸巨灵(力大无比的巨人)。不久,乌拉诺斯一怒之下将儿子独目巨人囚禁在地下。该亚便怂恿其他子女为兄报仇,于是他们起来反对父亲。提坦诸神中较小的克洛诺斯把父亲打成残废,登上了王位。后来,他娶了自己的妹妹瑞亚为妻。乌拉诺斯和该亚曾预言说,他将同父亲一样,被一个儿子所推翻。于是,克洛诺斯就把瑞亚所生的每一个儿子都吞进肚里。瑞亚生下最后一个儿子宙斯后,用襁褓包了一块石头给了克洛诺斯,而把宙斯藏在了克里特岛上的洞穴中,由两位女神抚养。为了不让克洛诺斯从奥林波斯山上听见孩子的哭声，每当孩子啼哭时，几名勇士——枯瑞忒斯——把守着洞口,手持操练用的长矛猛击盾牌。

① 古希腊诗人,留存的著作有《劳动与时日》和《神谱》,详见本书“五、希腊人”。

② 希腊神话中大地和地下世界的女神,认为神和人都是由她产生的。

宙斯长大成人后，与大洋河[①]的女儿墨提斯（意即智慧）结为夫妻。墨提斯给克洛诺斯送上了一杯酒，克洛诺斯饮后立刻吐出了那块石头并把所有吞下的子女一一吐出，他们是女灶神赫斯提亚、婚姻的庇护神赫拉、农业和丰产女神得墨忒耳、地狱和冥国的统治者哈得斯及海神波塞冬。后来，宙斯向父亲宣战，但征战十年也未得胜。该亚向他预言：如果他向被囚入地狱的诸神求助，就一定会胜利。在诸神得救后，独目巨人立即给宙斯以闪电，给哈得斯以头盔，给波塞冬以三叉戟。强壮的百臂巨人也站在了宙斯一边。双方进行了一场恶战。为了登上奥林波斯山，提坦诸神将珀利翁山[②]和俄萨山[③]摞在一起。宙斯推翻了父亲克洛诺斯的统治，用闪电战胜了提坦诸神，将他们打入地狱，命独目巨人们居住在西西里岛上，不得离开。随后，他和兄弟们瓜分了世界：宙斯得到了天，波塞冬分得了海，地狱归哈得斯。

该亚还生了一个儿子，叫做提丰，这是一个最可怕的怪物。在他的面前大家都战战兢兢，都害怕他那一百个蛇头。但是，宙斯用雷电将他打入了地下深处，把埃特纳岛[④]压在他的身上。从此以后，提丰努力挣脱，气喘吁吁，不时呻吟，于是，就产生了风和狂风的呼啸声。

有一位提坦神有个儿子叫做普罗米修斯，在与宙斯之战中他幸免于难。此后，他将土和水混合在一起，用手捏成人或动物的形状，再赋予它们以生命。最初的人就这样产生了，这些人卑微、无助，与动物很相似，也不具备任何知识，因为他们缺乏光明——智慧。于是，普罗米修斯秘密地上了天，从天堂盗来火种，藏在了芦苇管中带到了人间，因此，人间后来就有了智慧和艺术。但是，宙斯心中燃起了嫉妒和复仇之火。他派了两个可怕的使者：力量和威力，吩咐他们把大胆的普罗米修斯锁在高加索的悬崖上，让一只老鹰每天撕开他的胸膛，啄食他的肝脏，可是一到夜里，他的肝脏又重新长好。就这样折磨了他漫长的几个世纪后，有名的大英雄赫拉克勒斯遵照命运的旨意，杀死了老鹰，释放了普罗米修斯。

根据宙斯的意志，发了一场可怕的洪水，淹没了帖撒利的山区和平原，普罗米修斯捏出的人全都死于这次水灾。只有普罗米修斯的儿子丢卡利翁和儿媳皮拉得救。和挪亚一样，他们二人坐在木船上，在水中漂了九天，洪水退后，小船停在了帕尔那索斯山上。他们向宙斯请教人类如何

---

① 神话中环绕大地的河流。古希腊人以为，水均源自大洋河，日、月、星辰都从大洋河升起，又落入其中。

② 在希腊境内，今名普勒西狄山。

③ 在希腊境内，今名基索沃山。

④ 埃特纳火山在西西里岛上。

重新繁衍。宙斯令他们将石头越过肩膀扔向身后。丢卡利翁掷的石头变成了男人,皮拉投的石头变成了女人。丢卡利翁的子孙就是新产生的人类最早的帝王。希腊各部落就以他们的名字命名。丢卡利翁家族的名单如下:丢卡利翁的儿子叫赫楞,赫楞的两个儿子分别是多洛斯和伊奥罗斯,孙子叫做爱奥和亚该奥斯。

后来赫楞的后人就被称为赫楞人[①]。希腊人共有四个部落,即多利亚人、伊奥利亚人、爱奥尼亚人和亚该亚人,他们分别将赫楞的四位子孙奉作始祖。

① 又作希伦人。

一

埃·及·人

ai ji ren

yi

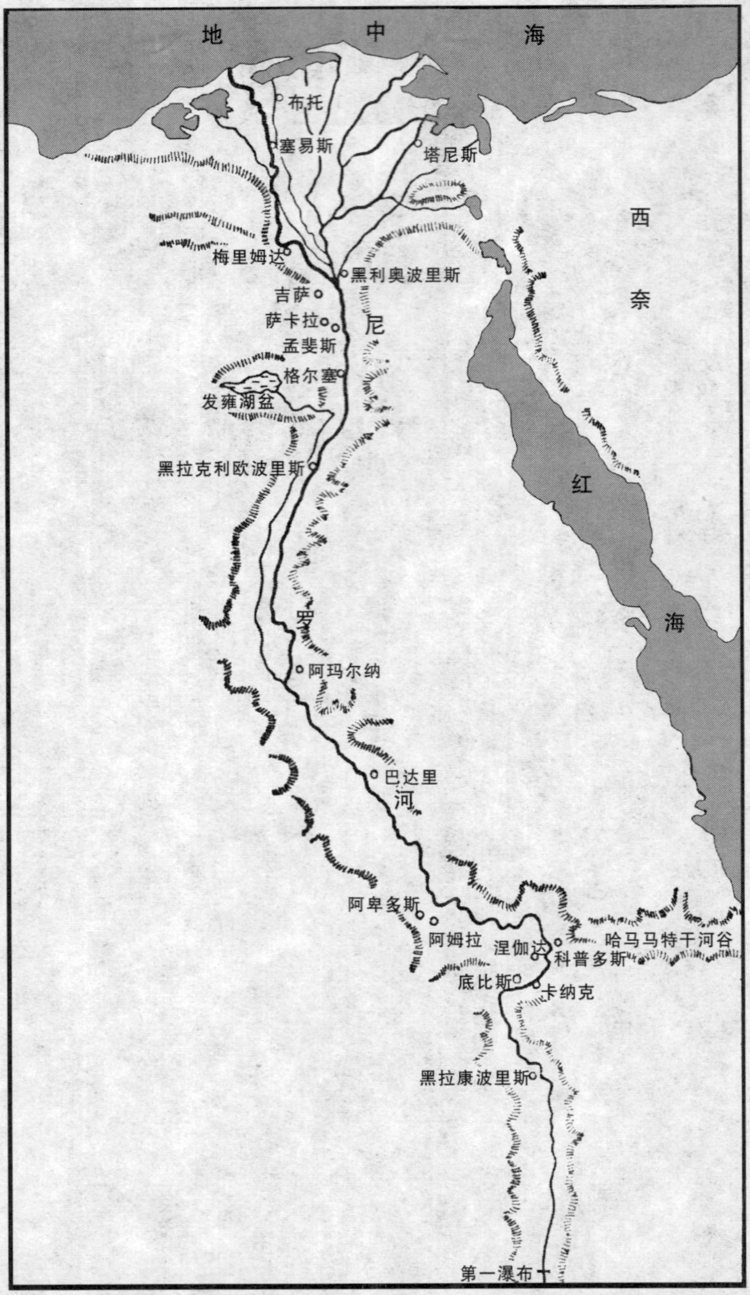

古代埃及主要各州和主要文化遗址

1. 简介

埃及是人类历史上最早走出蒙昧时期的国家之一。虽然我们对埃及古代史知之甚少，但是所有保存至今的有关国家政体和管理方式的文字记载，都说明这个国家的社会制度和习俗很奇特。仅仅是这里的自然条件就赋予了埃及人民独特的性格。埃及地处北非，尼罗河从这里流过。这是北非惟一一个有河流灌溉的国家。埃及土地肥沃，文化悠久，这都应归功于尼罗河，因为假如没有尼罗河，埃及就只能是一片贫瘠的大沙漠。尼罗河发源于非洲腹地的西维多利亚湖和阿伯特湖，它的上游分为白尼罗河和青尼罗河两个支流，二者汇合后，径自从北向南流去。法国学者和旅行家马斯佩罗的一段话生动地描述了尼罗河对埃及的重大意义。

埃及只不过是沙漠中沿流两岸绵延的一片绿洲。它不断地从河流中汲取着植物生长所必需的水分。是这条河流给它带来了丰收和富饶。要想理解如果埃及因故失去了尼罗河会变成什么样子，就应该在夏至前一个月看一看水位最低时的埃及。这时，尼罗河水退至了河床的深处，河宽只及平常的一半，河水浑浊，夹杂着泥沙，水流缓慢，似乎静止不动。两岸是搁浅的沙滩或陡峭的黑色淤泥堆，淤泥常常在阳光的曝晒下燃烧。除了沙土和寸草不生的沙漠，两岸一无所有。因为风向主要为南风，特别是那两个星期期间，南风带来了大量的沙子。沙尘弥漫，灼烫的阳光令人炫目，处处是树干和树枝，但树叶上落满了尘土，从远处看去，只有沙漠，根本不见树木。只有在埃及帕沙[①]的园子里，由于精心浇灌，蔬菜才未枯死，看上去还有些绿色。但是，只要刮起北风，就意味着这个可怕的季节快要结束了，北风常常昼夜不停地怒号。北风吹去下埃及地区树木上的沙尘，还它以绿色。北风在全埃及要持续刮四个月，有效地缓解了夏天烈日当空带来的炎热。

很快，河水也起了变化。根据设在开罗的尼罗河水文观测站的测量，水位上涨了1~2英寸[②]，可饮用的河水变得不再纯净、清澈。河湾一带的水变成了死水一般的混浊的绿色，水中出现了对健康有害的物质。检测证实，尼罗河水变绿是由于南努比亚的达尔富尔（在苏丹）沙漠平原上每年春汛后留下了大量的死水。这些水每年在热带阳光下至少曝晒六个月，因此已腐败，后来，洪水泛滥时这种腐水就被洪水又带回了河床。

随后，河水迅速上涨。再经过10~12天，就出现了尼罗河所造成的最后也是最不寻常的一个现象。我来说说这种现象给我的第一印象。当时，漫长（至少我这么认为）难熬的夜晚快要过去，我们的驳船行至上埃及的贝尼哈桑时，恰好无风。我努力想睡着，然而徒劳无益。这时，我突然看见一轮红日的上缘从阿拉伯山脉后冉冉升起。我发现，阳光刚一照在水面上，水就显出暗红色，我很惊讶。光线越亮，这种颜色就越深，当太阳完全露出来时，尼罗河就像是一条血河。我原以为，这只不过是视觉误差，于是急忙穿好衣服，俯身船舷，但是眼前所见证实了我的观察。水体极不清，污浊，呈红色，更像是血。这时，我发觉一夜之间水位涨了几英寸。水体红颜色的深浅和混浊的程度不停地变化着。如果尼罗河水位上涨不超过1~2英寸，那么水又变得半透明了，但仍为暗红色。与河水呈绿色时不同，这时的水中不含有毒成分，而且总的说来，洪水泛滥期间的尼罗河水更有益于健康，更爽口。

或许自然界中没有比尼罗河涨水位时更壮观的景象了。尼罗河波涛汹涌，气势磅礴，在广阔无垠的平坦的沙漠上日夜不停地奔流着。我们沿着尼罗河逆流而上，北风伴着我们，

① 旧时埃及高级军政长官的称号。

② 约合2.5~5厘米。

一路上不时听见淤泥堆成的拦河坝轰然倒塌的声音，而且所有的动物都急急向传出声音的方向奔去。根据这一点，我们确信，尼罗河又克服了一个障碍，它泛起的浪花给又一个沙漠带来了生机和快乐。回想起这点点滴滴，不禁想起尼罗河给我的印象。想起每年当尼罗河泛滥时，第一次侵入其他某个运河时的情形，心中就感到分外欣喜。整个自然界都在欢呼。男人、孩子和水牛都在清凉的水中走来走去，水中鱼鳞闪闪，一群群鱼儿游来游去；天空中鸟儿在自由翱翔，它们的羽毛鲜艳夺目。这并不仅仅是自然界高级动物的节日。沙地只要一接触到能带来丰收的水，就立即充满了生气；数以百万计的昆虫开始在沙土中蠕动。

在夏至之前几天，洪峰到达孟斐斯。到秋分时，尼罗河水位最高。随后，水位开始回落。到冬至前夕，尼罗河水又退回到了河床，又恢复了先前的天蓝色。当地人在此期间播种，当河水回落到河床时，通常已结束播种。春天，正是收割时节。在夹杂着沙尘的喀辛风①刮起来之前，庄稼已收割完毕。故此，根据当地的自然条件，埃及的一年分为三个季节：播种生长季为四个月，相当于我们的十一月、十二月、一月和二月；收割季四个月，相当于我们日历上的三至六月；其余四个月为洪水泛滥季。

现在叫做尼罗河三角洲的地方曾几何时还在海底。地中海的海浪围住了沙漠高地的山脚，高地上耸立着金字塔，尼罗河在后来建立了孟斐斯城的地方稍北处注入大海。几个世纪以来，尼罗河从阿比西尼亚②携带来的淤泥沉积在岸边的低地上，填平了河口，形成了大片冲积平原，平原上水塘星罗棋布。海水冲来的泥沙更加固了沿岸的浅滩，就这样形成了第一个三角洲，它南起孟斐斯以南，向北延伸约15海里。由此，我们不难理解，为什么早期的旅行家希罗多德在写到埃及留给他的美妙印象时说了这样一句话："埃及就是尼罗河的馈赠。"

说到古代埃及人的起源，人们认为他们是穿过苏伊士地峡从亚洲迁过来的。在尼罗河流域他们遇见了当地的土著部

① 埃及的热风。

② 埃塞俄比亚的旧称。

落。这些土著人肤色黝黑,面对古埃及人的大举入侵,他们被迫退向内陆地区。根据保存下来的资料,在从非洲的北部沿海地区到尼罗河河谷以及埃塞俄比亚高原西麓的河水泛滥地区都居住着无论是肤色,还是语言和习俗都与黑人截然不同的民族。这些人属于白种人,语言与闪米特语族有极为接近的血缘关系。

最初,埃及分为许多个部落,各自组成相互之间较为独立的国家,每个国家都有各自的法律和信仰。后来这些小国家相互融合,最后形成了两个大的王国:下埃及(或称北埃及王国,它包括尼罗河三角洲、孟斐斯城及塞易斯城)和上埃及(又称南埃及王国,它以底比斯城为中心,北起三角洲高地,南至尼罗河第一瀑布)。埃及统一后,建立了世袭的法老君主制政体。从前的分裂割据并没有完全消灭:诸小国变成了省,各个省又分为多个州,称为行省。每个州包括一个或几个城镇以及与其相连的小片土地。

2. 埃及古代史

在所有的传说和神话中,尤其是底比斯城神殿录事祭司马涅托(约公元前250年)编写的《古埃及朝代纪年》中记载,出生于上埃及提尼斯城的美尼斯结束了祭司的统治地位,建立了埃及君主制王国。这个王国存在了近4000年,一直到第三十王朝的涅克坦涅勃(纳赫特涅别弗)(公元前350年在位)。根据孟斐斯、底比斯和塞易斯这三座城市崛起的先后,埃及古代历史可划分为三个时期:

一、孟斐斯时期(第一至第十王朝)

二、底比斯时期(第十一至第二十王朝)

三、塞易斯时期(第二十一至第三十王朝)

在这期间,在尼罗河三角洲地区,除了塞易斯还崛起了其他城市,如布拔斯梯斯和塔尼斯,那里有了类似地方王朝的政权(例如在第二十二王朝和二十三王朝时期)。

第二十三王朝期间,埃塞俄比亚人入侵,第三个时期第一次中断。此后,埃塞俄比亚人统治了埃及,直到公元前672年,被亚述人打败。约公元前650年,普萨姆提克赶走了亚述人,恢复了塞易斯王朝。公元前625年,波斯皇帝在位时,波斯人入侵埃及,第三时期第二次中断。

希腊历史学家希罗多德[①]（约公元前450年）曾游历了埃及，亲自从当地的祭司那里收集了资料。在谈到埃及王国的创始人时，希罗多德说，尼罗河原来沿利比亚沙丘流过，但美尼斯在孟斐斯上游100斯塔季[②]处修筑了大坝，迫使尼罗河改道，从两条山脉之间流过。待被大坝隔开的土地变得坚固起来后，美尼斯下令填平了旧的河道，排干了河水，在这里建起了孟斐斯城。

自那时起，孟斐斯就成了埃及的文化教育中心。埃及人的文学、科学和艺术在这里达到了鼎盛时期。美尼斯开始修建卜塔大神殿，还规定了礼拜制度。据说，美尼斯是被河马咬死的，他在位时间长达六十多年。关于美尼斯最近的几个继承人，即提尼斯的最初两个王朝的帝王的情况，没有任何可靠资料。因此，我们仅仅知道他们的名字。但是，即使在当时，埃及人就已经有了这样一个风俗：尽可能仔细地防止人和供奉给神的动物的尸体腐烂。希腊人狄奥多罗斯（约公元前40年）这样讲到这个习俗：埃及人把活人的住所称做客栈，把死后的坟墓才叫做永远的家，因为人死后就永远居住在地下世界了。所以，为了防止尸体腐烂，人们将其制成木乃伊。首先要取出内脏，保存在专门的器皿中；然后将尸体在防腐液中浸过后，视死者的社会地位和家庭境况，用华贵的或者廉价的布料包裹好，放入合适的棺木中，棺壁上刻上“灵棺书”和图画；死者的脸部用面罩遮盖。富人们用大理石、石灰岩或玄武岩修建石棺。

在孟斐斯以西几里远有一片广阔的高地，沿尼罗河绵延了数公里。那里曾经是孟斐斯墓地。在那里，亡人的尸体葬在海拔近100英尺（约30米）的尼罗河谷。人们在峭壁上凿出一个个墓室，或者在疏松的土地上挖好墓穴后，再用石块砌出墓室。穷人大都不用棺材，赤身露体地直接埋入沙土中，墓穴深一米；其他人葬在用红砖随意砌成的家族小墓园中，墓园呈长方形；富有的人有气势雄伟的陵墓。保存至今的陵墓分为三部分：外面部分，竖井和地下室。外部形似教堂，一律呈四边形，远看像一个平顶角锥体，里面只有一个房间。入口永远在东侧，因为西边是日落的方向，它属于黑暗和死亡之神。入口的高处有一块大大的板，上面横着写了几行字句。铭文前面的部分是写给阿努比斯神（头似豺狗，专门接待死神）的祷文，接着一一列举了死者的封号，历数了他生前侍奉的国王，指出在国王面前他最“受宠”。小教堂的四面墙上刻有浅浮雕，详细描绘了死者

① 古希腊历史学家，著有《历史》一书，被称为“历史之父”。

② 古希腊长度单位，1斯塔季约合200米。

的一生。其中一角是几个家庭生活画面：厨师在烧火、做饭，妇女们在表演舞蹈、吹长笛、弹奏竖琴；另一角描绘了打猎、捕鱼以及洪水泛滥时的情景。在浮雕上我们看见了从事各种行业的手艺人：有鞋匠、玻璃匠、铸造匠和木匠，一个挨着一个。一家之长站在船尾给水手们下达命令；轮船在西面的大海里航行，驶向的港湾不是别的地方，正是坟墓。若想找到井口，需登上小教堂的平屋顶。井呈四方形，井中的台阶用漂亮的大石块砌成，一直砌到峭壁的入口处。井的平均深度为12~15米。井底南面的墙上有一个通道，弯下腰才能进入，它通向墓室。墓室直接凿在峭壁上，没有任何装饰。墓室中央放置着红色石灰岩、粉色大理石或黑色玄武岩石棺，棺壁上刻着死者的姓名和封号。工人们刻好了存放尸体的石棺后，在上面的房间里杀死一头公牛，立即将死牛尸首的四分之一摆在石棺旁，再用红陶土烧成的杯子盛上满满几杯灰；然后仔细地将通向过道的门封住，用沙子和泥土混合的碎料把所有的凹处填平。

尼罗河上的捕鱼人

由于这片高地不受尼罗河洪水的侵害，国王们也选择了这里作为百年后的安息之地。他们的陵寝仅大小就与众不同。王陵建在悬崖上，建成后，首先要再压上大石块或者撒上土，形成一个小丘，以示敬意。为避免来自沙漠的大风的侵袭，土丘外层需再砌上石头以加固。因此，国王的陵墓渐渐就发展成了众所周知的角锥体形状：塔底呈四方形，底部宽，越往上越小，整个建筑物用石头砌成。后来，为了牢固，开始把金字塔建在一起，形成金字塔群，而且表层和内部都用打成直角的石块砌成，整齐地垛起来，于是，在国王的陵寝上人工堆砌了一个个石山。罗马史学家塔西佗说："在松散的流沙上矗立起了一个个像山一样的金字塔，这是国王们凭借至高无上的权力竞相为自己兴建的。"

虽然在目前已发现的文物中没有见到有关第三王朝的国王（孟斐斯时期）的描述，但是他们的名字我们并非不知晓。不过第四王朝的三个有名的国王胡夫、哈夫拉和孟卡拉的名声远比他们的前人大。这三位国王在与开罗相对的尼罗河西岸一个叫吉萨的地方(古代孟斐斯州境内)修建了三座规模最宏大的金字塔。其中最大的是胡夫建造的金字塔，高137米，底座每边长200米。希罗多德证实，为建造这座金字塔，仅搬运建筑材料(石灰岩和大理石)就动用了十万人，花费了二十年。希罗多德说："在金字塔上，还用埃及文字标明给工人买萝卜、葱头和蒜所花费用，这一共是近1600塔兰特(古希腊货币单位)银子。"若果真如此，那么打制工具用了多少铁，工人的衣、食又用去了多少资金呢？大金字塔北侧斜面的中央开了一个低矮的小门，可通向低于金字塔底座25米的墓室。通向墓室的入口低矮，宽不足一米，高一米多，石棺曾经就摆放在这里。

金字塔

前为狮身人面像，左后方为胡夫金字塔，右后方为哈夫拉金字塔

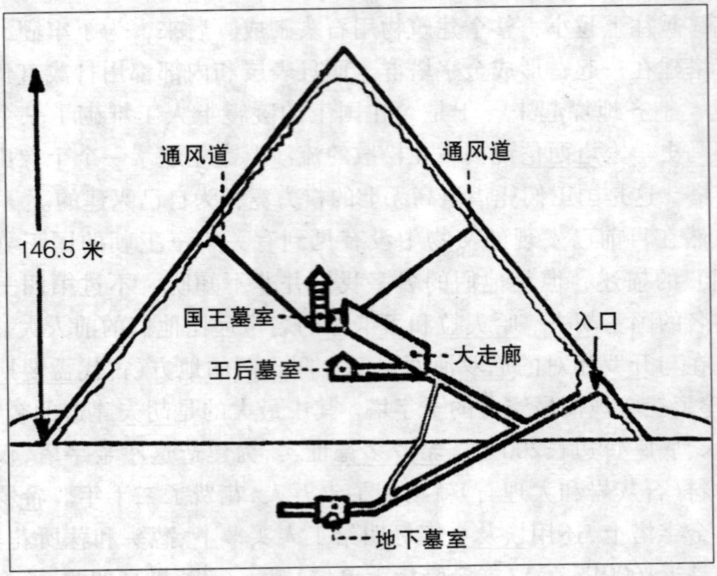

胡夫金字塔内部结构示意图

胡夫金字塔的高度原来为 147 米，由于顶部石头经受几千年的风雨侵蚀，现已减低到 137 米

在规模第三大的金字塔的墓室中有一口用蓝色玄武岩精工制作的棺材，石棺里放着国王孟卡拉的木乃伊。石棺上面刻着："啊，奥西里斯①，国王孟卡拉永垂不朽！天之子，努特（天神）是你的母亲，盖布（地神）是你的父亲。你的母亲努特正向你张开双臂，你是上苍的爱子，愿她让你成仙，助你消灭你的敌人，上天之子孟卡拉，你将永存！"

胡夫由于残酷压迫人民，臣民非常痛恨他。还在希罗多德时期人们就称他为暴君。据狄奥多罗斯说，愤怒的人们把胡夫和他的儿子哈夫拉的尸体从石棺里拖出来撕成了碎块。

第六王朝统治时期，孟斐斯城的地位渐渐降低。随着第十一王朝的建立，"百门之都"底比斯成了首都，上埃及占据了统治地位。第十二王朝的历届国王中，乌佐尔托津三世最为有名，他的前辈们曾占领了努比亚，但他在位时却丢失了这片土地。此外，值得一提的还有阿门内姆哈特三世（约公元前2200年），他巧妙地完成了一系列宏伟的计划。例如，他下令

① 古代埃及神话中的尼罗河神，被恶神杀害。他的妻子雨神伊西斯将其做成干尸，并借助神力使其复活。奥西里斯复活后，在阴间专管对死人的审判。古代埃及人为了让死者的灵魂能顺利通过阴间和奥西里斯的审判，将诗文、咒语放入棺中（最初刻在棺壁上）。

挖掘了一个巨大的水库，在尼罗河洪涝严重的年份可用来蓄水，以备洪水过后耕地受到干旱威胁时使用。这个水库叫做莫里斯，意即“湖泊”，希腊人由此认为修这个水库的是莫里斯法老，其实是阿门内姆哈特三世。水库通过两条运河与尼罗河连接了起来，在水库与两条运河相连的两端设有闸门，可以调节水库的水量。阿门内姆哈特三世在莫里斯湖附近修了一座迷宫，这既是他的行宫也是他的陵寝。希罗多德说：“这座迷宫的规模甚至超过了金字塔。”这是一个巨大的四边形建筑物，长近200米，宽约170米，一部分是用白色石灰岩建成，另一部分使用了花岗岩。地上和地下各有1500个房间。希罗多德说：“看守这座迷宫的埃及人无论怎样都不肯带我参观地下的房间，因为下面摆放着修建迷宫的各位国王的灵柩和陪葬的鳄鱼。”在这些房间里很可能保存着用来保护死者免受昆虫、灰尘和阳光侵袭的陪葬衣物和其他贵重物品。

在第十四王朝统治期间，发生了一件极为重要的事件：约公元前2100年喜克索斯人入侵埃及，这很可能就是叙利亚的游牧部落，埃及语“喜克索斯”的意思是“牧羊人”。毫无疑问，埃及水土肥沃，草场丰茂，吸引了这些“牧羊人”，所以他们从东边入侵埃及，遍及上埃及和中埃及一带。这次入侵恰似一场蝗灾，飞来了无数的蝗虫，遮天蔽日，吞食一切：城市和庙宇都被毁，都被抢光、烧光。不过看样子烧杀抢掠并没有太久，而且总的说来，在喜克索斯人执政的511年期间，并非一直在破坏。否则，埃及的民族、埃及的语言、埃及的风俗习惯和埃及的艺术文明就会不留任何痕迹。

渐渐地，埃及国王在底比斯城的统治重新得到了巩固。起初，喜克索斯人被迫退向孟斐斯，后来，底比斯王朝的历届国王经过了多年一系列艰苦卓绝的斗争，尤其是在阿莫西斯（公元前1680年）、图特莫西斯（公元前1625~前1591年）及阿门诺菲斯三世（公元前1524~前1488年）的努力之下，终于摆脱了他国的压迫，解放了埃及。第十九王朝统治时期是埃及的鼎盛时期，国家强盛，经济和宗教文化发展达到了顶点。尤其是在塞梯一世（公元前1439~前1388年）和拉美西斯二世（公元前1388~前1322年）在位时期。塞梯一世在埃及东部边境地区打败了牧羊人的部落，东扩到迦南[1]、叙利亚和美索不达米亚，他的儿子拉美西斯二世巩固了父亲的战果，沿尼罗河向上将王国以南地区也并入了埃及的疆域。此外，还有拉美西斯三世（公元前1269~前1244年）及该家族后来的十一位国王。这些国

① 巴勒斯坦和腓尼基的古称。

王都不肯放过用新的建筑为新都底比斯增色的机会。那时，城里的建筑有图特莫西斯、阿门诺菲斯、塞梯一世、拉美西斯一世以及拉美西斯二世等各个时期建造的，真是美不胜收。高楼大厦鳞次栉比，像峭壁一样从尼罗河两岸拔地而起，在楼宇之间矗立着一个个巨型雕像和方尖碑组成的石林。促进美化底比斯市容的最大功臣是拉美西斯二世。在埃及和努比亚，没有一个废墟上找不到他的名字。卡纳克和卢克索尔以及麦基涅特阿布附近雄伟的神庙和柱廊遗址就是今天最好的见证。现在也能看见他的两座巨型雕像和一座红色大理石方尖碑，雕像呈坐姿，几乎已被沙子埋住，方尖碑高耸入云，有光泽的一面依旧反光耀眼，上面深深地刻着几行象形文字。在努比亚的阿布辛别尔附近，至今还保存着拉美西斯时期的两座用褐色沙子建成的神庙，其中一座是拉美西斯为拉神[1]修建的，另一座是他的妻子涅弗鲁阿里王后为女神哈托尔[2]修建的。哈托尔神庙前有六个巨大的坐像，分列于门的两侧，一边三个。每一侧中间的都是王后的雕像，王后的两侧是国王的雕像。拉神庙的门前有四个坐像，石像上的人双手放在腿上；这四个雕像用同一块石头雕成，雕刻的都是拉美西斯二世。同孟斐斯一样，在底比斯附近也有一个大墓地。它坐落在相对高度约为90米的利比亚丘陵上。墓地形状狭长，两端之间有两小时的路程。地下陵墓及通往陵墓的甬道都凿在峭壁上。所有墓穴分为几层，相互之间有阶梯和坑道相连。富人葬在下层，穷人葬在上层。无数穷人的木乃伊常常被阿拉伯人当做燃料使用。在富人的墓穴里常常可以见到很多纸烟，墓穴的墙壁和天花板上有铭文和壁画，说明死者来自哪个阶层，生前从事何种职业，过着什么样的生活。在利比亚山脉的第二丘陵中坐落着底比斯各王朝国王的石头墓园。已发现的有阿门诺菲斯三世、塞梯一世、拉美西斯一世和拉美西斯三世的陵墓。从一个四方形的门进入峭壁中，走几步后，甬道渐渐向下，进入了山体深处。墙上装饰着颜色鲜明的绘画，颜色保留得相当好，但浮雕被毁。凿在峭壁深处的塞梯一世的墓穴最大、最富丽堂皇。它包括一系列甬道、房间和礼拜堂。首先是一个通往楼梯的走廊，拾级而上，则到了一个房间；在这里登上另一个楼梯就进入了一个长廊，长廊与一个大厅相连，四根石柱支撑着大厅的天花板。在大厅登上第三个楼梯向左，就来到了另一个同样的大厅，厅里的雕像还未完工；向右，就

① 古代埃及的太阳神。

② 古代埃及的苍天女神，拉神的女儿。

进入了一个宽大的长廊，长廊由六根石柱支撑，深入峭壁达90多米。国王的遗体装殓在一口雪花石棺中，停放在这里，石棺上刻着浮雕。这口石棺被人发现时，已是空空如也，现在保存在大不列颠博物馆中。

埃及最后一个有作为的君主是第二十王朝的拉美西斯三世。希罗多德将他叫做拉美普西尼托斯，讲了下面这个故事。

拉美普西尼托斯是个富有的埃及国王。他下令紧挨着他的寝宫再用石头建一个金库，既不能有窗也不能有门，只能从宫中他个人的房间进入金库。但是，工匠是个骗子，他巧妙地在墙上填了一块可以搬开的大石板，这样，熟悉这个秘密的人很容易就能推开石板。然而，金库完工后，他还来不及享受自己的胜利果实，就生了一场大病，死了。临死前他将秘密告诉了两个儿子。次日夜里，他的两个儿子就去了王宫，他们从金库的外墙上搬开那块石头，拿走了大把大把的珍宝，直到拿不下。国王发现珠宝失窃了，但屋里屋外没有任何破坏的痕迹，感到十分惊奇。他断定窃贼还会光顾金库，珠宝会继续被盗，他想知道窃贼是谁，而且他们究竟是怎样进来的。于是，他下令在盛满珠宝的器皿之间布了一张张网和一个个捕兽夹。他成功了。一天夜里，兄弟两人再次来到了金库墙外，其中一个从洞里钻了进去。他在黑暗中被网绊住了，夹子也夹住了他。他根本无法挣脱，只好坐以待毙。他在绝望中大声说："兄弟，我已经全完了；但是为了你能摆脱死罪，请割下我的头带走，这样别人就认不出我了。"兄弟照此做了。当国王在上了锁的金库中发现一具无头尸时，惊讶不已。但是他仍希望认出窃宝贼。他把希望寄托在本民族的宗教信仰上。当地习俗非常看重死者的身后之事，认为必须按照礼节安葬死者。为此，国王命令把尸体吊在城墙上，由卫队看守，吩咐如果有人来哀哭，就拘捕他送交国王。这个计谋也差点儿成功。兄弟俩的母亲为死去的儿子悲痛万分，她威胁活着的儿子说，如果他不把尸体送回来，她就把一切都报告给国王。于是，活着的这个儿子就又想了一个花招。他在几个皮囊中灌满葡萄酒，分别用几头驴驮着，从王宫墙外经过。走到卫兵跟前时，他悄悄解开了一个皮囊，葡萄酒就流到了地上。卫兵们一个个端着盆子去接流出来的葡萄酒。

赶驴人起先是很生气地冲了过去。后来，卫兵们和他开起了玩笑，他就做出一副不再生气的样子，在他们身边坐下，让他们喝其他几个皮囊里的酒，就这样，卫兵们全都喝醉了酒，睡着了。这时，暮色降临，这个诡计多端的人毫不费劲儿就把兄弟的尸体解下来，驮在了驴背上。离开之前，他和卫兵们开了个玩笑：把每人的胡子都剃掉了一半。这一次，国王更加吃惊，更加气愤，他非常想知道是谁竟敢如此捉弄他。国王命女儿宣布：如有人能向她说出他一生中所做的最狡猾最可耻的事，公主愿招他为婿。这个大胆的贼决心再和国王比比高低。他来到了王宫。当公主问他约定的问题时，他回答说，他所做的最可耻的事是杀了兄弟，最狡猾的事是灌醉了国王的卫兵。公主一听，就一把抓住他的胳膊，但是却看见他跳开跑出门外。这时，她惊恐地发现手里抓着一只死人的手臂。原来，这个诡计多端的人把一只死人的手臂当做他自己的手臂从雨衣下塞给了公主。这一次，国王彻底放弃了和这个骗子高手比试一番的打算。国王下令宣布，如果他自愿面见国王，他将免于惩罚，还会得到奖赏。罪犯又来到了王宫，国王不禁称奇，就把女儿嫁给了他。

3. 古代埃及的宗教、国家制度、艺术和公民生活

在古代埃及的墓碑上有大量的宗教内容的绘画和雕刻，其中可见到无数神灵和神圣的动物的形象，在古代埃及手写的文献中也常常有关于宗教信仰的争论。据此可以大胆地断定，古代埃及人是虔诚的教徒，他们听凭心灵的召唤，经常向神表达自己的感激之情，因为神具有超自然的力量，它创造了万物，它是万物的“父母”。

在埃及的一本死者书（即安葬木乃伊时必需的祷文）中这样写道：“虽然神是不可思议的、惟一的和不变的，但是它创造了自己的身体，它的肢体本身也都是神。”这类次要神灵有很多。但是，诸神轮流相互转化，又融合成了一个主神。孟斐斯的卜塔是主神之一。在卜塔神庙中供奉着阿庇斯神牛。这头牛为黑色，额头有个三角形的白斑，背上有几个白斑，形状像一只高飞的鹰(不过，这种鹰只存在于祭司的想像中)，舌下有一个突起，形似卜塔神的神虫，尾部的毛为双色。阿庇斯的祭司将阿庇斯奉

若神明，对它毕恭毕敬。在奥纳城（赫利奥波利斯）①，最崇拜的是太阳神拉神，在底比斯和锡瓦绿洲崇拜长着羊头的阿蒙神，在塞易斯崇拜涅依费女神。诸位主神中受到普遍爱戴的是奥西里斯和妻子伊西斯。他们有个儿子叫荷拉斯。恶神提丰杀死了奥西里斯，把尸体切成块。伊西斯找到他的尸体，拼凑起来，安葬了。荷拉斯替父报仇，杀死了提丰。伊西斯使奥西里斯复活。

用下面这种方式可以解释这个神话的象征意义：每年尼罗河水位下降时，炎热的南风代替了凉爽的北风，烈日灼烤着大地，这正是提丰杀害奥西里斯的时候。在这个季节，埃及人痛哭逝去的劳动果实。他们向诸神祈求让新的果实快快长成。接着，播种结束后，埃及人埋葬了奥西里斯。当泛滥的尼罗河水给埃及又留下了肥沃的淤泥，当次年太阳的光辉又一次普照大地，当新的庄稼又茁壮成长的时候，就是在冬至时出生的荷拉斯长大成人，打败了提丰。为父报仇的奥西里斯之子象征着太阳焕然一新的力量，它能让万物复苏，能在每一年都给人们带来收获。

在这个神话中诗意地刻画了善与恶之间永恒的斗争。对于埃及人来说，善就是尼罗河，它给人们带来幸福和食粮，恶是沙漠热风。于是，奥西里斯就是大自然中的男性的力量，他播种生命，使植物生长，他既是太阳神，又是尼罗河神。伊西斯是女性的化身，她孕育了所有的生命，孕育了肥沃的丰收的土地。

在埃及人的概念中，一些神具有动物的形象，身体的某些部分表现为动物的形象。例如，公牛神阿庇斯，它被叫做奥西里斯的灵魂；鹭，它每年都回迁，以此宣告土地又将肥沃，因此在赫利奥波利斯，人们将它供奉给奥西里斯；此外还有红脚隼、猫、鳄鱼等等。埃及人普遍相信灵魂不死，因此他们认为当人的肉体死亡时，就变成了神。但是，按照他们的宗教观点，人在凡间世俗的外壳——身体——必须仔细保护好，不能腐烂和被毁。因此，他们非常担心死者的尸体分解，认为只有在安全、无法遭到破坏的墓地里才能得到永远的安息。

和动物一样，人也是神的化身。尤其是国王，埃及人把国王看成神。法老（意即“拉神之子”）被当做诸神在人间的代言人或者就是神，人们对他们顶礼膜拜。在一个为哈夫拉国王立的柱形纪念碑上刻的铭文中就称哈夫拉为仁慈的神和君主。埃及实行君主集权制，国王的权力不受制约。看一看我们前文提到的巨大的柱形纪念碑就能说明埃及国王压榨臣民

① 意即太阳城，今埃及首都开罗。赫利奥波利斯又译做黑利奥波里斯。

“社会金字塔”

1. 国王(法老) 2. 大臣和王室成员 3. 僧侣 4. 书吏和僧侣学者 5. 战士 6. 手工业者 7. 农民 8. 奴隶

到了什么程度。即使祭司也应当屈从于国王。国王向诸神求助、奉献祭品、建造神庙,都可以不通过祭司。简而言之,国王不仅是政府首脑,还是最高宗教领袖,是臣民的最高祭司。对他来说,惟一的限制就是祭司的宗教法典,其中有给国王——全国首要人物——规定的极其详细的个人生活准则:如何吃饭、如何喝水、如何穿衣、散步、洗浴等等。国王死后,人们像对待阿庇斯神一样,举国上下须哀悼七十天,直到已故国王的儿子登基。不过,王位继承顺序常常被篡权夺位(暴力夺取政权)所打乱。埃及当时有祭司和军人这两个上等阶层(等级),还有三个下等阶层:农民、手工业者和牧民(希罗多德还提到了商人、翻译和船主)。由于允许下等阶层的成员与人民中的工人阶级通婚,所以希罗多德提到的那三个下等阶层不能称做独立的阶层。

军人阶层的成员和他们的家人拥有土地,国家将土地交给他们使用,充作俸禄;武器从国家武器库中领取。拉美西斯二世在位期间,当全国征召现役军人时,一次可召集五十万训练有素的军人。

祭司阶层最受尊敬。作为神职人员,他们受到严格的洁身自好和饮食规定的制约,为保证祭司能完全献身于神职,给他们派发了大量的粮食、酒和祭祀用牲畜。此外,祭司还是惟一的受教育阶层。埃及的宗教体制、神学和宗教观念的变化发展、法律的制定和颁布以及文字、科学和艺术都应归功于祭司。由于他们受过教育,擅长书写,所以与其他人相比,他们更愿意在朝中担任行政和司法部门大臣。此外,祭司还研究天文学。因为埃及人比其他民族更需要观测天象,需要根据天体在天空的位置以及天体的出现和消失的规律来指导埃及人从事农业生产。祭司通过这些观测,计算出尼罗河汛期何时到来,何时水位最高,何时退水。

同样,必须注意到祭司作为指导人也参与了艺术作品(尤其是建筑作品)的创作。事实上,可以认为,主要用于宗教用途的建筑物,即神庙、陵墓、金字塔、方尖碑的设计和绘图以及其中的雕刻和绘画都出自祭司之手,因为只有他们才具备必要的知识。在此应当指出,古代埃及人留下的雕刻和绘画作品都很粗糙,不够和谐、优美。最不成功的是人物形象:呆板,没有任何愉悦的表情。说到规模惊人的特大雕刻作品,当属一系列斯芬克斯像。这些雕像都有着狮子的身体,长着人头、羊头,或者鹰头,象征着国王和诸神,尤其是拉神。上文提到的方尖碑也同样值得注意。这些四方形的柱子顶部尖狭,系用一块完整的花岗岩雕成,建在神庙的门口,用来纪念修建神庙的人或为装点神庙捐助的人。

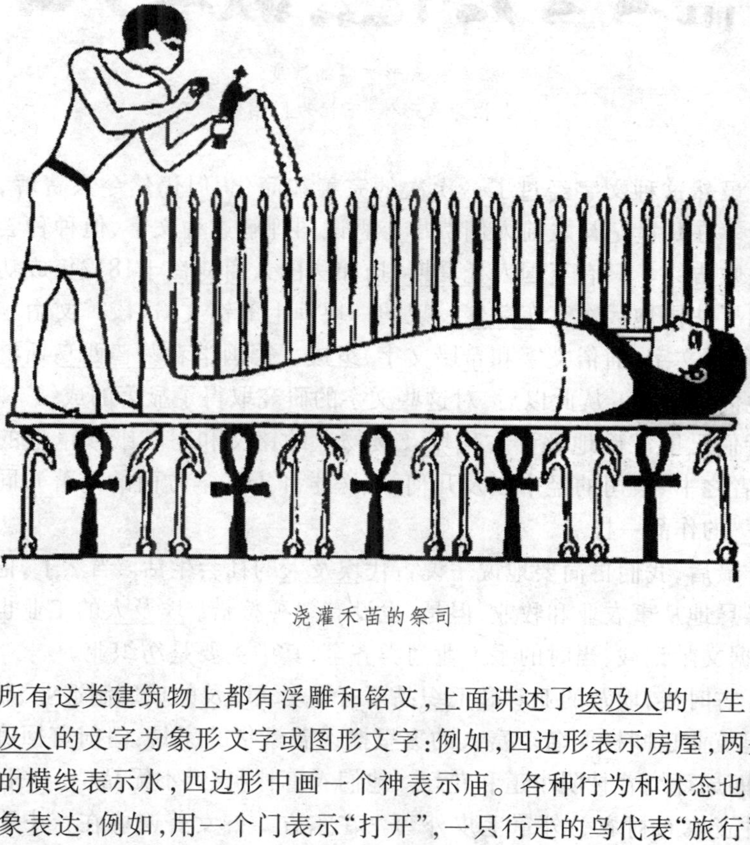

浇灌禾苗的祭司

所有这类建筑物上都有浮雕和铭文,上面讲述了埃及人的一生。古代埃及人的文字为象形文字或图形文字:例如,四边形表示房屋,两条波浪形的横线表示水,四边形中画一个神表示庙。各种行为和状态也同样用形象表达:例如,用一个门表示“打开”,一只行走的鸟代表“旅行”,手持矛和盾就是“战斗”,用水的符号和在其中奔跑的牛犊表示“渴”,手指着嘴表示“饿”。概念用象征图形表示:如,“强大”用一根举起的长鞭表示,“真理”用一根鸵鸟的羽毛表示,因为鸵毛不会改变,“保卫”用飞翔的鹰表示,诸如此类。

在这种文字体系的发展过程中,最大的进步就是表意文字与表音图形（即所谓的表音象形文字）的结合。语音“阿”用鹰（埃及语“鹰”念作ASPE）或芦苇（埃及语为AK）的图形来表示。这样，就产生了由象形文字和简单的表音图形组成的混合文字。这种文字后来渐渐完善，允许其中有些简化。这种简体字叫做僧侣体。僧侣体在日常使用中又进一步简略，被称做通俗体。

埃及象形文字的演变

上栏为象形体，下栏为僧侣体

虽然这种文字经过了一次次的完善和简化，但仍然令人费解，难以读懂。在19世纪初之前人们费尽心思试图理解这种文字，但种种尝试都以失败告终。只有英国人托马斯·扬和法国人商博良于1812年成功地分析出了法国炮兵军官布萨尔发现的一块碑上的铭文，这段碑文由三种文字（象形文字、通俗文字和希腊文字）组成。德国学者莱普西乌斯继续进行他们的研究。从此以后，对这些文字的研究取得了显著的成绩。现在，学者们已能准确地解读古代埃及文物上的铭文和写在纸莎草上的文献（死者之书、祭司的经书以及几何学、医学和天文学方面的论著），同读西塞罗[①]的作品一样。

最后，我们再简要地说一说古代埃及人的社会生活。当然了，他们勤勤恳恳地从事农业和牧业，但是，也没有忽视狩猎。埃及人的工业也很发达，据文献记载，当时的手工业门类齐全，其中主要是纺织业。

古时候，埃及的亚麻和毛织品享有盛名。埃及的玻璃制造业、制革业和建筑业也同样闻名。富人的家里摆设着豪华的家具，门前有回廊和凉台，四周环绕着林阴小道和花坛。他们衣着朴实，但不无品位。平民只穿一件亚麻布衬衣，外罩毛皮外套。在东方，妇女普遍躲在家中不见外人，而在这里，妇女可以自由自在地抛头露面，甚至可以在集市上做买卖。生活的社会化程度相当高。在墓室中的壁画和雕刻上有男人躺在担架上被抬了进去的画面，还有妇女和男子同处一个大厅的情景。

① 古代罗马政治家、演说家及作家。

看来，节制饮食不是他们的美德。在这些画面上不仅男人，就是女人也吃得过多，喝酒过量，在呕吐，另一些人被仆役搀扶着往家走。

司法的主要原则就是杜绝罪犯重复犯罪。如，制造假币者要剁掉双手，出卖国家机密者割舌头，伪造文书或缺斤短两者剁一只手。在案件判决之前通常要做一些书面工作：起诉、答复、反驳、再辩解，都用书面形式。买卖合同、抵押债务等都写得非常准确、详细，而且有很多证人签字。利息不得超过本金。和古罗马不同，在古埃及没有因欠债而被迫为奴的现象。杀死奴隶就等于杀死埃及人，是死刑。背叛誓言同样是死罪。

没有污点的人死后可以放心地等待着奥西里斯的32个阴间法庭的审判。死者的灵魂被奥西里斯接受后，就能立即飞上天，在天堂的田野上秘密地耕种神圣的禾苗。从此，幸福的霞光永远照耀着他的灵魂，他也成了圣徒，和众圣徒一起赞美极乐世界。

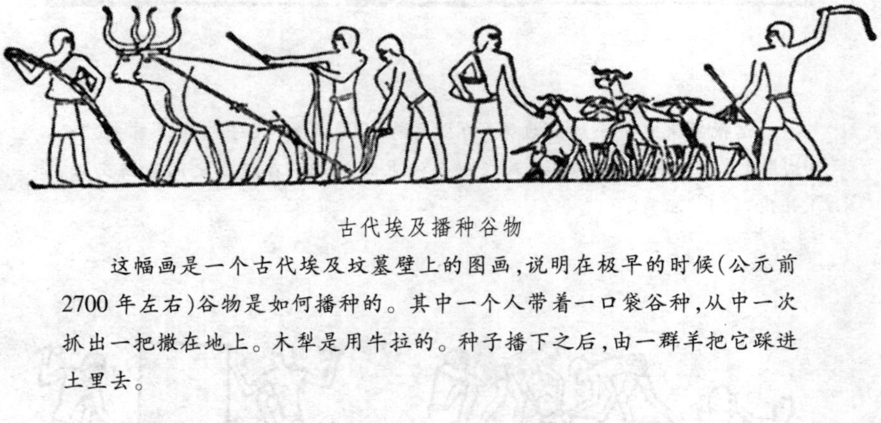

古代埃及播种谷物

这幅画是一个古代埃及坟墓壁上的图画，说明在极早的时候(公元前2700年左右)谷物是如何播种的。其中一个人带着一口袋谷种，从中一次抓出一把撒在地上。木犁是用牛拉的。种子播下之后，由一群羊把它踩进土里去。

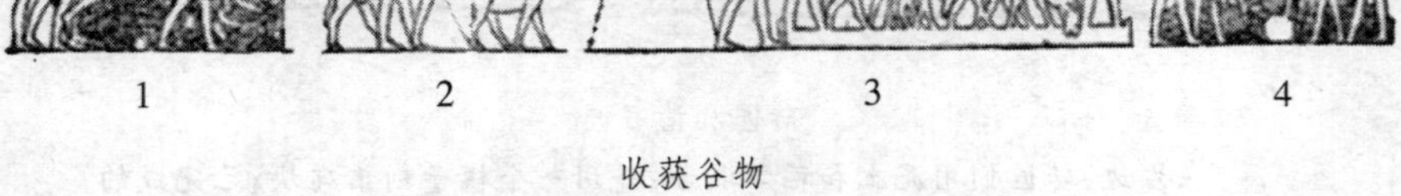

1　　2　　3　　4

收获谷物

1.收获者用一把镰刀割谷，由另一个人把它扎成捆。最左边站着的是一个监督者。2.成捆的谷物载在驴背上并运到打谷场。3.一群驴在打谷场上践踏使谷子脱粒，另有一个人用一把干草叉把秸杆垛成一堆。4.最后是簸谷，使谷壳和麦子分开。

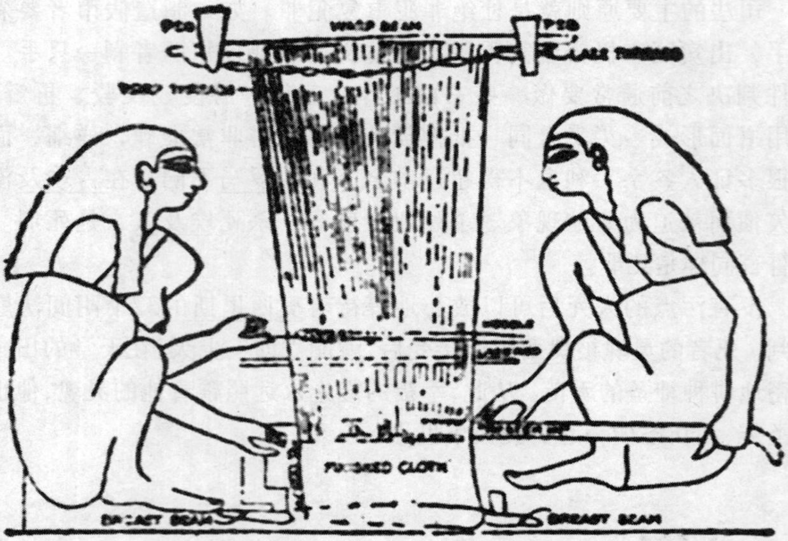

织布

这幅画来自一个埃及坟墓(约公元前2000年)。用手织布。首先,“经线”都系在“经柱”上,然后,卷在一个梭上的“纬线”在经线之间来回交织,并用“打具”压紧。

砖匠和凿石匠

在左边,砖匠们用泥土和稻草混合,并用一个模子刻出砖块;已完成的砖块由那个肩挑扁担的人挑走。拿着棍子坐在一旁的是监工。在右边,凿石匠们在修整石块,用一根绳子测量,看看石面是不是准确平匀。

二

希·伯·来·人

xi bo lai ren

er

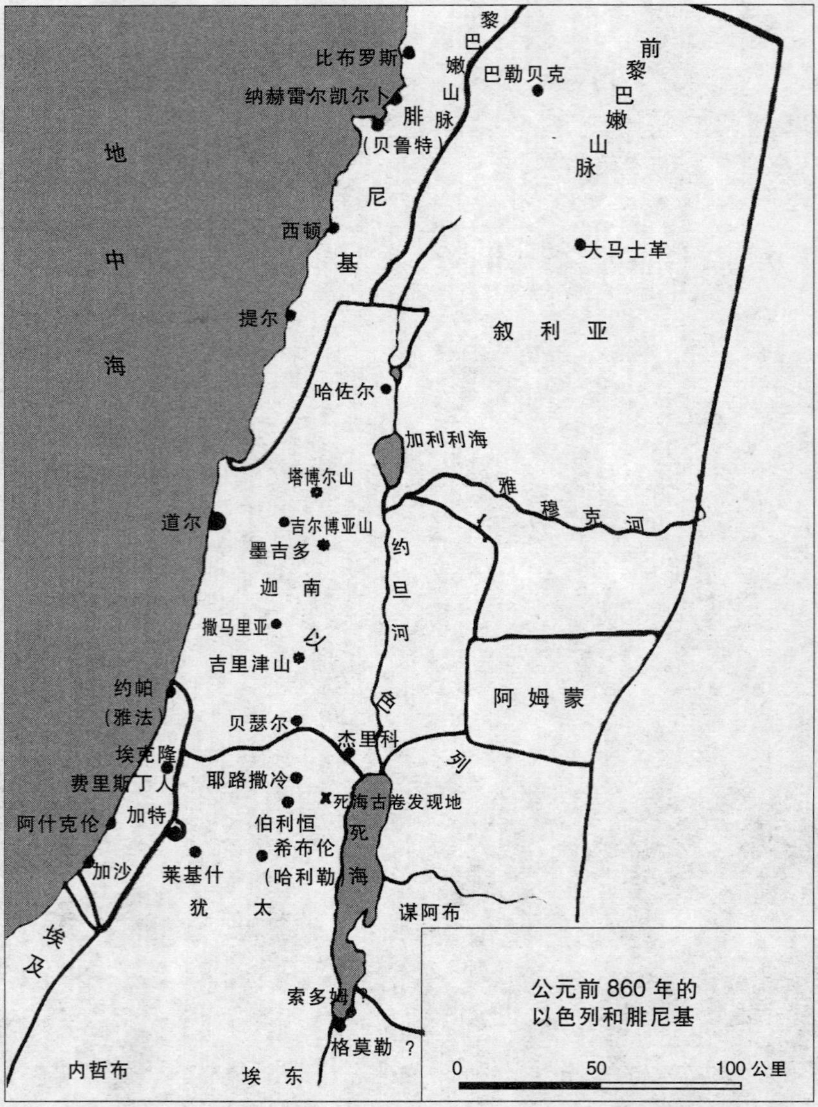

公元前 860 年的以色列和腓尼基

1. 摩西

关于希伯来人的古代历史,《圣经》中作了详细的描述。我们这里只简略地作一介绍。

挪亚的一个儿子叫做闪,闪的后代中有个叫做他拉的人,是亚伯拉罕希伯来人的始祖。亚伯拉罕从乌尔迁到了哈兰,后来又迁往迦南。后来，族长以撒和儿子雅各（又叫以色列，意即与神较力）也前往迦南，一路上小心地维护着民族的纯洁。雅各有十二个儿子，其中一个叫约瑟的被哥哥们卖往埃及做奴隶。在无法预测的命运的安排下，约瑟在埃及做了宰相，随后，他请父亲带着全族人迁往埃及。这一家人住在尼罗河三角洲的歌珊，这地方在尼罗河支流塔尼斯以东，后来渐渐繁衍出了一支人丁兴旺的民族。

摩西雕像（公元 1515—1516 年米开朗琪罗作于罗马圣彼得大教堂）

新的法老登基后，派以色列人做最苦最累的农活和工程建设的苦工。毫无疑问，这段事应是在西索斯一世和拉美西斯二世当朝期间，二位法老沿埃及东北边境修筑牢固的防御工事，开凿运河，建起了两座新城。也许，法老们对于不久之前来自游牧民族的威胁还记忆犹新吧，所以这一次可能只想使以色列人告别过去的游牧生活，定居在这块土地上。

上帝派摩西去帮助以色列人摆脱苦难的处境。约公元前1320年，在拉美西斯二世的儿子——软弱的麦涅弗蒂在位期间，虽然埃及人先是百般阻挠，后又派兵追赶，摩西和哥哥亚伦还是带领以色列人走出了埃及。埃及军队紧追不舍，可是在过红海时全军覆没，希伯来人得以脱险，登上了西奈半岛。就在这里，在西奈山上，以色列人和上帝郑重立约，后来这个契约就成了以色列人法律的框架。摩西在西奈山上停留了四十天，人们等了好久，不见摩西下来，个个惊慌不安，不知所措。人们对亚伦说："我们不知道领我们出埃及的那个人出了什么事。"人们要求亚伦为他们铸一个神像。亚伦与弟弟摩西不一样，他不具备非凡的毅力，犹豫片刻后他答应了百姓的要求，但让他们把金首饰捐献出来，用来做神像。也许，他以为人们宁愿不要神像，也不肯捐出自己的金子，可是他错了。人们拿出了很多金首饰，堆了一堆；亚伦将金子熔了，浇在木质的模子里，铸了一头金牛犊，类似于埃及人崇拜的阿庇斯神牛。亚伦原本还打算给新神起名叫耶和华，可全是枉费心机。金牛犊造好后，人们立即在它周围筑起祭坛，燃起了篝火，献上祭品，欣喜若狂地围着新神像又唱又跳。

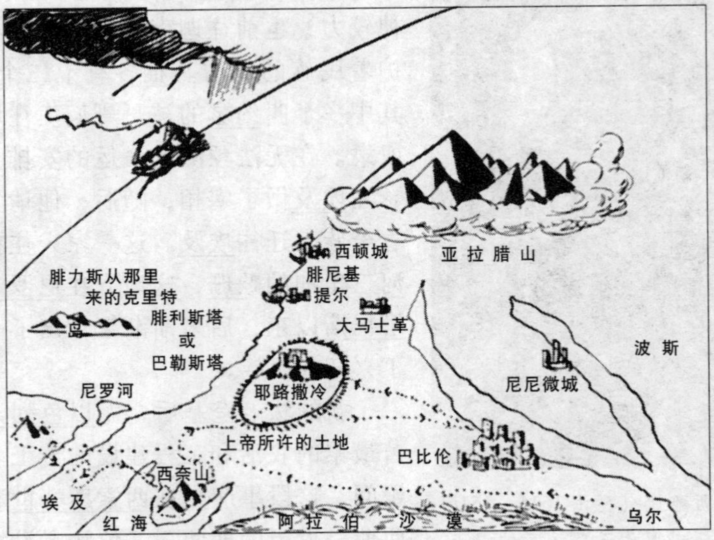

犹太人的游牧历程

在人们如痴如醉地欢庆时，摩西和嫩的儿子约书亚下了西奈山。摩西气愤地把写着契约的两块法版扔在地上，摔得粉碎，然后严厉惩罚了作恶的人们。他痛斥了哥哥亚伦，把金牛犊用火焚烧，磨成齑粉，撒在水面上。随后，他大声喝道：“凡属上帝的，向前一步走！”不少人顽固地站在原地不动，但大部分走上前来，其中包括摩西所属的利未这一支的全体子孙。摩西对利未人说：“好，你们各人把剑挎在腰间，在营中往来，杀死所有背叛耶和华的人，即便这人是你们的子弟。今天耶和华授你们为大司祭，赐福于你们。”摩西有非凡的领袖才能，他的这番话掷地有声，人们立即遵命而行。3000名背教者被杀死了。随后，摩西再次登上山顶祈求上帝宽恕百姓的罪孽，又在山上停留了四十天，但是这一次营地里无人敢不服从。

上帝通过摩西赐给人们的法典分为三个主要部分。第一部分是最根本的，是道德法，规定了十诫，言简意赅。第二部分系统叙述了宗教条例，这是一部关于献祭、祈祷地点、宗教节日以及神职人员的服饰、地位、头衔、权利和誓言的规定大全；简而言之，这是一部宗教法典。第三部分是各支派今后安营扎寨的营例以及私生活和所有权问题的规定，接着是有关安全、秩序以及清洁的条例和食物禁忌等。在摩西法典中，报复的权利作为一条主要的原则得以确定。在法典中是这样表述的：“你应当以命偿命，以眼还眼，以牙还牙，以脚还脚，以烙还烙，以伤还伤。”但是同时，摩西法典也表现出了人道主义特点：它特别关注保护穷人、孀妇和孤儿，提倡要以仁慈之心对待欠债人、奴隶甚至牲畜——“牛在场上踹谷的时候，不可笼住它的嘴。”

摩西法典的中心就是说耶和华(即上帝)创造了天和地，它把以色列人从奴役生涯中拯救出来，今后它仍将是以色列人的神、皇帝和主宰。由此可见，统治以色列人的不是某个人，而是上帝亲口授予的法典。因此，以色列成了一个神权统治国家，就是说，上帝是国家的主宰，这一点与其他民族大不相同，因为在其他国家，神职人员属于下层人。这样，以色列人及其占领的迦南就成了上帝的私有财产。

根据这个中心思想，膜拜偶像就是最严重的违法，而驱除被占土地上信奉异教的其他各民族就成了不可推卸的责任，因为信仰的统一和纯洁——只信奉耶和华——是民族统一的基础。也正因为如此，被占土地后来虽平分给了以色列各个支派，但它并不是无条件地归某些个人所有的财产；任何以色列人都无权出售自己的土地或作为遗产擅自传给他人，因为它归上帝所有。虽然以色列人相互之间被认为是平等的，不存在不同的阶层，但是，直接侍奉耶和华的祭司是特殊的有知识的阶层，是连接整个国家的一个环节。摩西只选择了利未派的子孙来担任神职。

根据出身于雅各的十个儿子和约瑟的两个儿子的哪一家，以色列民众被分为十二个支派，每一支派相对独立，拥有各自的统帅和族长。这些族长和他下属的家长组成一个长老委员会，所有的人都应听从长老会的指挥。由于迦南国应当被分为十二个部分，那么所有利未人就不能参与土地分配，不过摩西让他们管辖48个城市，而且可以从所有以色列人手中得到土地收成的十分之一。

利未人不参加所有的非宗教活动，他们专在庆祝活动和祭祀仪式上侍奉耶和华，并且承担立法、执法、治病救人和编谱（就是编写全民族的族谱）工作，以及关注道德法和宗教法的执行情况、维护以色列人的统一。

利未人的最高领袖或称大祭司应由亚伦的后裔担任，这个称号为终身制和世袭制。大祭司是上帝信徒中的头等人物，是这个神权国家的首脑。大祭司除穿圣衣外，还要戴一个白色麻布做成的类似缠头的冠冕，前面嵌着一面薄薄的金牌，上刻“归耶和华为圣”。胸前系一面胸牌，胸牌上镶着十二块宝石，上面刻有以色列十二支派的名字，乌陵和土明（光明和真理的象征）也放在胸牌里，因为光明和真理应当活在他的心里，每年一次的赎罪日时，他进入神圣的会幕献上燔祭并祈求上帝宽恕人们犯下的罪过。摩西在西奈山得到上帝赐予的法典后，立即按照上帝的吩咐，在两个能工巧匠的协助下着手搭起了圣帐。两位巧手在埃及时就学会了做类似的活计。帐幕华美，富丽堂皇，精工细作，与众不同。

帐幕内部长近10米，四周围有木板，木板下带银座。帐幕内隔成两部分，外为圣所，内为至圣所。至圣所中放着一个皂荚木做成的匣子，称作约柜，里外包金，四角铸有金环，以便搬运。金盖上镶着两个金铸的基路伯，对着施恩座。柜中收藏着刻有法典的石版。除了约柜，圣所中还放有希伯来人制作的碗、碟、插七支蜡烛的灯盏、蜡剪和蜡花盘。所有这一切都用金子做成，为此，希伯来人贡献出了从埃及带出来的所有金饰。同时从埃及带出的还有其他艺术品，如用来衬在帐篷内四面墙上的绣有基路伯的棉毯。帐幕内从顶篷上垂下三道帐幔，最下面一道是细驼呢，中间一道是上等山羊革，最上面一道是细皮幔子。

亚伦和他的子孙作为最高祭司就在这个民族的圣所里直接聆听神的启示。同时，就在圣所（后来所罗门将其改为教堂），犹太人所有支派才意识到犹太民族是统一的。为此，摩西确定了三大节日：逾越节、五旬节

和住棚节，规定每逢这几个节日，所有以色列男子应在指定地点集合。在这三大节日期间，男子必须在至圣所前筑起祭坛，点燃圣火，供上收成和牲畜的头生子。但是，由于祭坛上只放得下极少量的祭品，所以希伯来人请来亲朋好友，一同参加节日宴饮，吃掉其余的祭品。

上述规定中的最后一条表明，摩西法典以他所特有的仁慈精神，不仅关心组织节日聚会、通过聚会巩固希伯来人各支派之间的关系，而且关心异族人、穷人和奴隶，邀请他们作为客人一同参加欢庆。此外，庆祝会还是进行各种买卖交易的集市；由于节日期间众多的人聚集在一起，因此，集市就不可避免地出现了。摩西确定用橄榄油和葡萄酒作祭品，说明他非常善于使宗教仪式顺应即将征服的国家的农业，以便使以色列人能顺利地在那里栽培这些粮食作物。

摩西作出这样的决定也是为了让未来的国家像埃及一样，以农业而不是以贸易为根本(他还规定严禁增加货币收入)。摩西为了纯洁希伯来人的信仰，只信奉一个神，力求实现民族的自我封闭。而贸易，毫无疑问，确实不利于民族的自我封闭。

有关饮食的规定部分地是出于卫生清洁考虑，另有一些宗教礼节甚至涉及到了个人生活和社会生活中的细节，作出这些规定也是为了保证以色列人能独立于其他民族之中。

摩西法典规定，每隔六年要庆祝一个圣安息年，每隔四十九年要庆祝一个号角年或称禧年；每逢安息年和禧年，所有耕地要休耕。

这个法律有助于限制所有权。禧年，划归别人所有的地业不需赎，便归回到原主人的手中。因此，其实不存在真正的土地买卖，有的只是土地使用权的买卖，就是说，自买卖日起，到禧年这一段时间内有买卖使用土地所出产的收获的权利。任何一个贫穷破产的，或者无钱还债的，甚至卖身为奴的以色列人，在禧年都可以重获自由，重新得到世袭的财产。摩西通过这些明智的决定使两个基本权利——私有权和个人自由权——得到了保障。这两个基本原则是国家繁荣昌盛和人民丰衣足食的基础，无论是古代还是现代，违背这两个原则往往会造成流血政变。

摩西一方面想方设法防止大量的民众赤贫化，而财富却过度地集中在少数人的手里；另一方面千方百计防止弱小者受压迫、被奴役，整个阶层处于无权的地位，而同时，特权阶层却高高在上，大权在握。在神权体制下，这种措施更为必要，因为这样有助于在以色列人当中增强这样的意识，那就是普天下之以色列人皆兄弟，大家同属于耶和华，人只能是神的奴隶，而不能是他人的奴隶。此外，世袭的产业乃神所赐，是不可能划

归他人所有的。当然，至于摩西和希伯来宗教界的这些要求在多大程度上得到了落实或者可行，还不能肯定，因为在实际生活中妨碍这些理想化的规定执行的困难相当多。虽然摩西法典中不乏人道主义的萌芽，但是其中同时规定：债权人可以将欠债人以及欠债人的妻子儿女卖作他人的奴隶或留作自己的奴隶。由此可见，希伯来人的残酷达到了何种程度。

但是，希伯来人还应当争取独立，因为在他们必须夺取的土地上已经生活着另一个文化和贸易往来都已相当发达的部族——迦南人。

2. 迦南及其邻邦的居民：腓尼基人、叙利亚人、亚述人和巴比伦人

迦南民族主要分为两个部落。其中一个部落占据着沿海地带，从事航海和贸易，古时候，当地人自称为腓尼基人，在约书亚统治时期，那里由埃及人控制。另一个部落占据了从阿曼到死海南岸的内陆地区，已分散为许多个小部落，如阿摩利人、耶布斯人等等。在《圣经》中多次提到的非利士人迁自克里特岛，经拉美西斯三世的允许，他们选择了叙利亚西南岸居住。

迦南（巴勒斯坦）盛产粮食、葡萄酒和油料，所以值得一搏。按照摩西的想法，迦南应当保持它的天然边界线，形成一个圆形的、不易入侵的形状。迦南西临地中海，因此，摩西命令夺取狭长的沿岸地区。摩西指定现在我们已不知晓的“埃及河”为南部边界，希伯来人不应再向南。摩西尤其禁止希伯来人去攻打相距不远的歌珊国。那里曾经属于希伯来人，而且只适合放牧。由于摩西不允许希伯来人做买卖，所以他未将南部边界挪向阿拉伯湾，而是将中间的一片草原留给当地的游牧民族使用。希伯来人的新国家的北边应当以约旦河为界。希伯来人希望能与摩押人和亚扪人和睦相处。但是，由于这两个部落向迁徙而来的以色列人进攻，所以，以色列人打败了这两个民族后，剥夺了他们所有的土地，归希伯来人所有。

约旦河东岸的土地不及西岸神圣。这片土地向东一直到幼发拉底河，希伯来人的国土最远曾到那里。东岸的土地大多都很贫瘠，只适于放牧。只有紧挨着约旦河的地区土地肥沃，适合人们定居。这片土地属于流便人、迦得人和玛拿西半个支派所有，因为战胜了亚扪人和摩押人后，他们已经占据了这片土地。如此一来，在摩西的安排之下，以色列人未来的

国家已完全与外界隔绝了，与危险的邻国相距都很远，与有益的邻邦友好相处。

腓尼基人可算得上是最有益的邻邦。虽然这个民族也属于迦南部落，但是摩西从不认为希伯来人有必要像计划消灭其他迦南部落那样消灭他们。犹太人和腓尼基人这两个民族历史上关系一直和睦。这一点可以解释为，虽然希伯来人是一个英勇善战的民族，但这时他们只是在田里劳作的农民；而腓尼基人从来就不是一个好战的民族，他们只经商，从未给法律上规定不能经商的希伯来人带来过伤害。相反，腓尼基人对他们有益，因为希伯来人可以把多余的粮食、葡萄酒、橄榄油和蜂蜜卖给他们。由于相互交换必要的消费品，在这两个民族之间确立了牢固的友好关系。为了更好地解释这种关系，这里简略地介绍一下腓尼基人。这个优秀的民族凭借着依山傍海的自然条件，注定要生活在海上。腓尼基人占据的土地呈狭长的带状，长80公里，宽不过8公里，有几个良港和避风的海湾。沿海地带的后面是绵绵的黎巴嫩山脉，这里蕴藏着无尽的宝藏，有雪松、有柏树，还有丰富的矿产。所以自古以来人们就以造船和航海为生，起初人们在海边打鱼，后来从事海上贸易，足迹远至印度、大西洋甚至大不列颠岛。与大多数亚洲民族不同的是，他们不是组成由一个领袖管理的共同的国家，而是分散为多个相互独立的公社，每个公社有各自的首领，首领的权力开始受到由公社的长老所组成的委员会的限制，后来受到富有的商人家族的族长的制约。最大的城市有阿拉德、特里波利（的黎波里）、比布罗斯、别利特（贝鲁特）、西顿（赛达）、撒赖普塔（塞赖凡德）和提尔[①]（苏尔）等。公元前1600~前1100年，西顿一直是最主要的城市，“迦南的头生子”；接下去的500~600年，提尔成为第一大城市，手握统治腓尼基其他城市的权力。人们认为腓尼基人有不少发明，然而，其中的玻璃制造术其实是埃及人发明的，在埃及的古墓中就有玻璃器皿和玻璃酒杯。但是后来这种技术从埃及传到了腓尼基，西顿和撒赖普塔的工厂也开始用玻璃制作各种饰物、器皿和酒杯，而且美观大方，远远胜过埃及的同类产品。不过腓尼基人发明了绛红色的染料，提尔城制造的紫色染料尤为完美。关于这两个发明流传着这样的故事：

有一次，腓尼基海员上岸后想做点儿吃的，就在遍地是漂亮干净的大块沙石的岸边生起了篝火。没有三脚架，他们就从附近捡了两块硝石，把锅架在硝石上，在锅下点着了火。当水烧开时，锅底下也沸腾了。硝石

① 《圣经》中作推罗。

熔解了，与灰和沙石混在了一起，当火熄灭后，沸腾的硝石硬化成白色透明的漂亮石头——玻璃就这样造好了。腓尼基人不知道除了制作餐具等器皿，玻璃还可以用来做什么；他们不了解还可以用玻璃做窗户和光学仪器。他们拿多余的玻璃来交换其他更贵重的商品。

腓尼基工艺品

另一次，一个腓尼基人在离海边不远处放牧。他的狗跑前跑后地嗅着周围所有的东西。当它回到主人身边时满脸是血。牧羊人想看看是哪里流血，可令他吃惊的是这并不是血。原来狗在海边咬碎了一个贝壳，贝壳里绛红色的汁水涂了它一脸。牧人过去从未见过这么好的染料，于是，他把自己的发现告诉了其他人。腓尼基人试着用这种汁水染布，结果成功了。在当地岸边，这种贝壳很多，其中不乏优质贝壳，就这样，腓尼基人完善了这门技术。

此外，腓尼基人开采矿山、冶炼矿石的技术也是闻名于世，他们善于磨光和加工宝石，进行木刻和象牙雕刻，织精美的布，制作芳香油膏。

他们既在陆地上经商，也进行海上贸易。他们派商队远赴阿拉伯、埃及以及幼发拉底河和底格里斯河流域，与巴比伦和尼尼微开展贸易往来，换取葡萄酒、橄榄油、巴比伦布和香料。

公元前十三世纪，希伯来人入侵迦南第一次推动了腓尼基人远洋和建立大型的殖民地。迦南北部和西部的居民被挤向了海岸线，那里本来已居住着同一部落的腓尼基人。由于西顿地方不大，无力养活太多的外来人口，于是西顿人把他们送到了土地肥沃的塞浦路斯岛上，后来，人们又从塞浦路斯岛分别迁往克里特岛和罗得岛，占据了爱琴海各岛直到希腊。同样，他们也定居在了希腊半岛的沿海地区。有个关于卡德摩斯的故事，讲的就是腓尼基人在彼奥提亚上了岸，教会当地人使用铜质兵器、砌墙、矿山冶炼和拼音文字。腓尼基人从希腊继续向西，占领了马耳他岛和戈佐岛，在西西里岛（巴诺勒莫斯，今巴勒莫）和撒丁岛（卡拉利斯，今卡利亚里）上建立了居民点，在意大利中部上岸，和伊特鲁里亚人展开贸易往来，在北非建立了希波勒吉斯、大莱普提斯[1]、小莱普提斯、哈德鲁密敦[2]和乌提卡[3]等城市。其他城市都是西顿人建立的殖民城邦，只有乌提卡是后来崛起的比西顿还大的提尔城建立的殖民城邦。当时，西顿几家有名望的家族从西顿迁往位于旧提尔城对面的岩石嶙峋的岛上，建起了新提尔。当新的居民点与旧城联合起来时，在公元前十一世纪，提尔城的居民感到自己的力量非常强大，他们开始不依靠西顿独自经商。他们甚至超过了西顿，航海到达了地中海的西部。他们占领了巴利阿里群岛和拉斯皮提尤萨斯群岛，登上了西班牙海岸，夺取了塔尔西斯和瓜达尔基维尔河流域的富饶的安达卢西亚，此后的几个世纪，他们一直在当地开采自然资源。他们在当地建立了塞维利亚、马拉加、加的斯等城市，加的斯是腓尼基人在西班牙的殖民统治中心和商业中心。同样，他们在对岸的毛里塔尼亚（今摩洛哥）也建立了贸易点，驾着船走遍了东大西洋，到达了锡利群岛（英国），登上了大不列颠的南岸和高卢[4]的北岸。可能他们在高卢买了琥珀，然后通过陆路把它带给波罗的海沿岸的居民。向东，和印度的贸易也很发达。起初，腓尼基人只是间接地通过其他民族和印度有贸易往来。希兰王与相邻的犹大人的国王大卫和所罗门也保持贸易关系。在他统治期间，提尔人着手到奥菲尔旅行。他们大概把马拉巴尔海岸或者印度河口地区叫做奥菲尔。旅行结束后，提尔人带回了许多金子、宝石、象牙、檀香木、猴子和孔雀。所罗门王也参加了这次远航，因此他分得了不少利润。腓尼基人的国家归顺波斯政权是对腓尼基人航海和海上贸易的一个严重打击，但是更严厉的打击是希腊作为海上强国的崛起。希腊人把腓尼基人的海上贸易从爱琴海的各个岛上和岸上挤走，希腊人建立的商业城市遍布小亚细亚地区，在埃及、北非、西西里、南意大利、南高

① 今利比亚莱卜代。

② 今突尼斯苏塞。

③ 在突尼斯。

④ 即法国。

腓尼基人的船队

卢和塔尔西斯都是腓尼基人的竞争对手。在公元元年(耶稣诞生)前的几个世纪里,腓尼基人的殖民城邦的地位开始下降。公元前850年提尔人在非洲创建了腓尼基人最主要的殖民地迦太基,后来,他们又复兴了这个城市。在随后的四百年间,腓尼基人指挥着船队,主宰着地中海,在西西里海岸和直布罗陀海峡之间航行。

这些老练的海员在世界各地都受到了好评。因此,在埃及人、亚述人、巴比伦人和波斯人的船只上都有腓尼基海员。希罗多德曾讲过一个非常有趣的故事,说的是腓尼基航海家奉尼科法老(公元前617~前595年)之命环非洲航行的事。他说:"他们从红海出发,沿着非洲海岸向南进入了南海。当秋天来临时,他们上了岸,在非洲沿岸大陆上能种粮食的地方种上粮食。庄稼成熟后,他们收割完毕,就又上了船继续赶路。第三年,他们穿过赫耳枯勒斯[①]海峡(直布罗陀海峡)回到了埃及。他们还说道,(我请各位相信这一点)好像他们环绕非洲海岸航行时,突然看见太阳在右边。"希罗多德毫无根据地对这番话的真实性产生了怀疑,因为腓尼基人当时需要越过赤道,这样,越向南,在他们看来太阳的位置就越偏北。

与所有东方民族一样,腓尼基人的宗教信仰也是建立在崇拜大自然的基础之上。太阳神巴力被看做是行善的神,而火和战神莫洛赫是大自然的破坏性力量。月亮神处女阿施塔特既忠实于爱情,也忠实于战争。莫洛赫要求人们为他牺牲,当人们为了他烧死孩子们献作祭品时,他就感到特别高兴。由于巴力神还被当做是提尔城的庇护神,因此还有另一个称号,叫做麦利卡尔特,意即城之王,古希腊人称之为"提尔城的赫耳枯勒斯"。

国王希兰(公元前1001~前967年)统治时期是腓尼基的全盛时期。以后由于各派之间的内部纷争,腓尼基人开始由强盛转向衰败,腓尼基最

① 即希腊神话中的英雄赫拉克勒斯,罗马神话中称之为赫耳枯勒斯。详见本书第五章"希腊人"中的第二节"希腊历史上的英雄时代"。

终成了外国征服者的囊中之物。

总之，这个国家自古以来一直与以色列人和睦相处，互为友邻，毫无疑问，这也正是摩西所希望的，而且这种关系永远没有改变。

不过，以色列人与他们的各个东邻——叙利亚人、亚述人和迦勒底人（巴比伦人）——之间的关系却并不友好，最终，在这些民族的打击之下，犹大人亡国了。

3. 古巴比伦人与古亚述人

大约就在埃及祭司马涅托编写《古代埃及朝代纪年》（公元前280~前270年）时，在巴比伦有一个巴力神庙的祭司——贝罗苏斯[①]——在用希腊文撰写自己民族的历史。这部著作共分三卷，遗憾的是，流传至今的只有其中的一些片断。

贝罗苏斯将巴比伦王国，也就是底格里斯河和幼发拉底河下游地区（又称两河流域）的古代居民称做迦勒底人，而希腊人则往往这样称呼巴比伦的祭司。古代碑文中把巴比伦叫做“卡勒底”，将巴比伦的居民称为“卡勒底人”。这个民族属闪米特族，准确地说，是它的一个东分支。古代埃及在阿门诺菲斯三世和拉美西斯统治时期才达到了鼎盛时期，而早在此之前，两河流域就已创立了独树一帜的文明。

同尼罗河两岸的情形一样，这里的艰苦条件迫使当地居民不断地去改造自然。这里的土地本身很肥沃，只是两河泛滥，困扰着当地人民。泛滥的洪水和两河湍急的水流挟裹了大量碎石和水藻。因此，如果不挖沟开渠、修建水闸、筑堤拦坝、蓄水排涝、分洪引流，借此将河水引往适当的方向，两河就只会造成破坏。早在远古之前，当地已有这类人工水利设施，外国游人对此颇为惊讶。

迦勒底人上古史中有许许多多不可思议的传说。有一个传说讲的是原始洪荒之前的十位迦勒底国王在位的时间，如果不像一些史学家所作的那样，给这十位国王赋予天文学的含义，也就是说，将他们看做是黄道十宫的体现，把他们统治的时间（总共432000年）看做是一个大的天文时期，将其划分为十个阶段，每一阶段为43200年，那么，这个传说就根本无法放入历史背景中。

最后一个国王克西祖特拉（楔形文字写成的碑文中将他叫做哈基扎

① 一说是马尔杜克神庙的祭司。撰写了《巴比伦—迦勒底史》。

德雷)在位时期,爆发了原始洪水。迦勒底人关于原始洪水、克西祖特拉得救以及修建巴比伦塔时语言变乱的神话与希伯来人在《圣经·创世纪》中的叙述几乎一字不差。

按照传说,洪水结束后,尼姆弗罗德很快就在迦勒底北方称王。至今在上迦勒底和下迦勒底的大废墟中还有多处都保留着他的名字。但是,关于他和他的继承人还没有任何可靠的史料。在迦勒底遗址深埋在地下的砖块上刻着一个名字乌鲁赫，这大概就是古巴比伦王国的一位国王。乌尔(吾珥)是迦勒底的都城,它管辖底格里斯河上游即亚述。后来,建起了巴别城(巴比伦),成了巴比伦王国的都城。乌鲁赫的后继人中被提到的有伊斯米达冈、萨尔贡一世、在巴别称王的汉谟拉比(公元前18世纪)、纳布霍多诺索尔一世和麦罗达赫纳季纳赫(公元前1100年)。

公元前十五世纪前后,亚述崛起为一个独立的国家,开始拥有亚述人自己的国君。

这些国王权力无限,既是最高法官,也是军事统帅,还是最高祭司。他们宣称他们直接听命于神,以此激发人民建功立业,把一个小国建成了一个强国,尽管资金不多。其中提格拉特帕拉萨尔(铭文中为图克拉特哈巴拉扎尔)国王因征服了不少邻国而最为有名。他于公元前1130年至公元前1100年统治亚述,他所向披靡,向北大概直指黑海沿岸,向西直抵叙利亚沿海。他回想自己南征北战,戎马一生,下令在底格里斯河的一条支流旁边,在卡尔卡尔附近的一块岩石上为自己建了一座雕像,雕像的下方刻着:

> 遵照至高无上的神、我的主人阿苏尔、萨摩斯和宾的意志,我,亚述国王图克拉特哈巴拉扎尔,亚述国王亚述里西齐之子、穆特塔基利-涅鲍之孙,终于第三次征服了纳伊里国(大概指亚美尼亚)。

公元前九世纪,亚述与巴比伦在经过多年交战后,亚述取得了优势。尽管迦勒底人在文化、宗教和艺术方面是亚述人的老师,但是,亚述人的军事才能和坚不可摧的毅力总是胜巴比伦一筹。(有关后来的亚述、他们的侵略性远征以及与以色列王国的冲突,请参看“以色列王国衰落前的以色列王国和犹大王国”一节。)

4. 迦勒底人和亚述人的文化

我们可以很有把握地说，迦勒底人不是借用了埃及人的文化，迦勒底文化完全是一种独创的、与众不同的文化。那么，这个文化最初的主干部分究竟起源于何处呢？可以根据贝罗苏斯书中所讲的七个来自巴比伦海即波斯湾的人鱼的传说来推测。贝罗苏斯讲了这样一个故事。

起初在巴比伦人口众多，他们来自迦勒底地区各部落。人们像牲畜一样混乱无序地生活着。有一天，从邻近巴比伦的海里上来了一个天赐才智的生灵，名字叫做奥安涅斯。它长着鱼头、鱼身和鱼尾，但鱼头之下另有一个人头，鱼尾上有一双人脚。这个生灵在人间逗留了一天，不吃任何食物。它向人们介绍了字母文字、科学和各门艺术，教人们如何在城市生活、如何修建神庙，告诉人们法律的主要概念和土地测量的方法，给人们示范如何播种和收割，总之，它给了人们正当生活所需要的一切。太阳落山后，奥安涅斯又沉入了大海中。后来又陆续出现过六个同样的人鱼。这些神奇的生灵将奥安涅斯简单扼要地介绍的东西一一加以详细说明。

由此大概可以推断，规矩的生活的准则以及教育和文字都是迦勒底人从南方，从波斯湾带来的。

迦勒底人将他们崇拜的主神称为埃尔神（亚述人称之为“阿苏尔”），为了纪念这位神灵，迦勒底人把首都叫做巴别尔，意即“埃尔之门”。其次为阿努神，接着是别尔神，意即“主”。月亮神叫做辛，太阳神是萨马什；此外，他们还有五个行星神：最远的土星神阿达尔，水星神涅博，火星神涅尔伽尔，木星神马尔都克，金星女神比莉特。在铭文中比莉特女神被称做众神的女皇，诸神之母，专司植物，也就是谷神。她的对立面是战争、毁灭和死亡女神伊斯拉尔，在铭文中伊斯拉尔被称做巴比伦的女皇。迦勒底人的宗教信仰实质上就是崇拜天体。他们观察自然界发生的重要变化，如植物复苏或者枯萎，洪水或者干旱来临抑或是其他现象时，总是与太阳或其他星体在天空

两河流域楔形文字的演变

的位置联系起来。他们据此断定，自然界的所有生命活动都取决于在晴朗蔚蓝的天空中时隐时现、沿着各自不可违背的轨道运行着的天体。天体学说主要是得到了祭司们的进一步发展；而祭司是一个封闭的阶层，他们自称为麻葛[①]（希腊人将他们叫做迦勒底人）。渐渐地，这种学说演变成了一种愚昧的迷信——根据星体占卜（占星术），土星和火星被看做是不祥的天体，火星火红色的光成了即将灼烤大地的预兆。木星和金星预示着幸福，水星、月亮和太阳为介于凶兆和吉兆之间的星体。祭司们坚持说他们可以根据星体的位置了解神的意志，可以确定适宜做某事的吉日、吉时；他们根据一个人出生时天体的分布情况预断他未来的命运。

迦勒底与埃及一样，只有祭司才有权从事科学和艺术工作，因为只有他们才掌握着学习神秘的楔形文字的金钥匙。在巴比伦和亚述都通用楔形文字，众多的碑文以及国王下令采取军事行动的诏书都用楔形文字写成。古代埃及人将文字刻在石头上，而在迦勒底人的国家没有石板，他们就用泥板。楔形文字是各种斜的、横的、竖的和弯钩的楔形符号的结合。和象形文字一样，楔形文字也是由表意符号和表音符号混合组成，而且允许省略。1802年，学者格罗特津德利用尼伯（1765年）、提赫先（1798年）和缪恩克尔（1800年）创造的条件，首次成功地解读了楔形文字。从此，这门学科成果卓著。

迦勒底人的建筑规模极为宏伟，这是任何一个古代民族的建筑都无法比拟的，即使是埃及在尼罗河两岸建的巨大的金字塔和神庙也自叹弗如。确实，在迦勒底和亚述有一些砖砌成的建筑物，虽然外形并不美丽，但规模之大却令人惊叹。有的房屋是用晒干的土坯砌成，有的则是使用火砖；砖与砖之间使用沥青连接。

内墙往往贴面砖。庙宇和宫殿的外面表面覆盖着一层石膏和石灰，上面装饰着雕刻画。这些砖房当然不可能像埃及的石头建筑一样经得起长期的侵蚀，因此，基本上只有下面的几层保存下来了。几乎在每块砖上都印有在使用该砖建造房屋时在位的国王的名字。这些残存的建筑位于古代迦勒底的故都乌尔城（今蒙格赫伊尔）和埃列赫城（今拜尔卡）以及巴比伦城的附近。阿拉伯人把巴比伦叫做“比尔斯尼姆鲁德”，意即尼姆弗罗德的城市。正是在这里，在砖砌的地基上一座建筑物拔地而起，它呈四方形，每边长77.7米，高7.4米，上面还有三层，一层比一层小，整个废墟总的高度达43米。人们认为这里就是古城博尔齐帕的遗址，而上面提到

---

① 意即祭司。

的建筑物是残存的天神大庙。

乌尔和埃列赫墓地比这些废墟规模大多了。在乌尔城，沿着城墙有一片狭长的墓地，一排排的砖坟每个长约2米，宽1米，高1.5米。坟冢内地面上铺着苇席，死者躺在苇席上，头枕一块砖，双手相叠放在胸前，右手在上，指尖握着一只铜碗。沿墙摆放着一圈吃饭、饮水用的碗。在埃列赫，或者把死者葬在黏土的椭圆形地墓中，或者用黏土严密地封好。这些坟墓往往不是在地下，而是在地面上，用砖砌成，一个紧挨着一个，排成几列，一个比一个高。陵墓中有武器、手镯、项链、金银戒指、脚链和其他饰物。

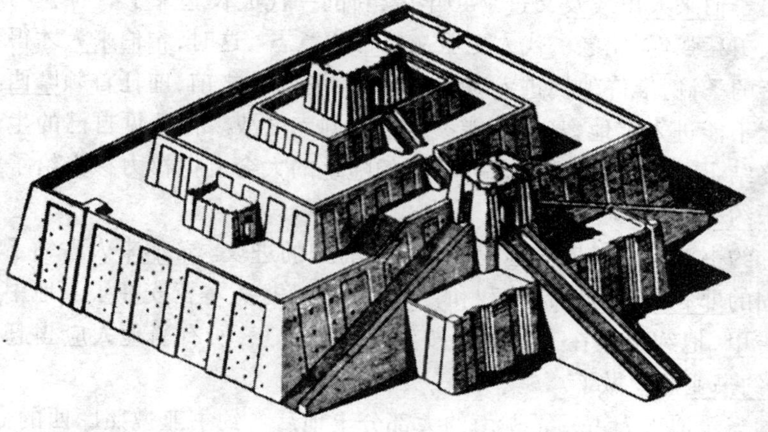

乌尔大寺塔（建于公元前22—21世纪。经修复。）

前文已谈过巴比伦巧妙的河渠体系。希伯来人在被掳于巴比伦时就是在这些灌溉和排涝用水渠边哀怨地叹息着，正如《圣经》的《诗篇》第137篇所唱：

我们曾在巴比伦的河边坐下，一追想锡安就哭了。

迦勒底人在工业方面也是成绩卓著。他们生产的亚麻布、毛布享誉全世界。巴比伦的陶制器皿、香水、香脂、磨光石头首先运往邻近的叙利亚，用来交换油脂和葡萄酒，后来又运往犹大地和埃及。巴比伦人所用的原料来自亚美尼亚、阿拉伯和印度。当腓尼基人掌握了海上霸权时，他们开始通过水路将巴比伦的商品运往西方，其中主要运往希腊。这一时期的贸易最为繁荣。

与埃及人相比，亚述人的艺术作品更具有生命力、更自由。亚述人画笔下的形象大多完整、有活力，但同时又过于简陋。牛和狮子雕像不像埃及的斯芬克斯那样硕大。通过考察尼尼微废墟就可以断定那些有着大厅和长廊的宫殿和庙宇曾经多么宏伟。那时，亚述人就已经知道使用砖砌成人字梁和圆拱形结构。他们制作家具、桌椅、碗碟、花瓶、器皿和小摆设的手艺非常精湛。

5. 约书亚和士师

希伯来人出埃及又过了40年后，新的一代成长起来了。年轻的希伯来人勇猛强悍，比老一代人更服从上帝的意志。这时，希伯来人才得到了上帝的圣谕，准许他们进入应许之地。但是在此之前，前任首领摩西不仅注定不能进入宝地，甚至不能参加争夺迦南之战。他预见自己的生命快要终结了，就在全体希伯来人参加的隆重的大会上把权力移交给了嫩的儿子约书亚。

约书亚在位时期对迦南展开了强有力的进攻。希伯来人占领了城防牢固的耶利哥、艾城、伯特利和吉甲。约书亚把大本营安在了当地中心城镇吉甲，把约柜放在了示罗。按照上帝的旨意，所有当地人应当赶尽杀绝，约书亚照此做了。

当希伯来人占领了迦南的大部分土地后，约书亚遵照摩西的命令，着手分配迦南的全部土地。约书亚把所有土地分给了九个支派：犹大支派、便雅悯支派、西缅支派、但支派、以萨迦支派、亚设支派、西布伦支派、拿弗他利支派、以法莲支派和玛拿西半个支派。因为流便支派、迦得支派和玛拿西半个支派已经分得了约旦河以东的土地。这样一来，犹大支派和便雅悯支派占据了西边的土地，其他支派分得了东南方。由于分配并不是很公平，因此，人们自然也不是毫无怨言。在这种情况下，许多支派也不愿采取行动，去攻占分得的土地，因为这些城镇和村庄都防备森严，固若金汤。

但是，主要的不幸在于约书亚死后，由于没有统一的领袖，迦南一些部落仍未被击败，而各支派又缺乏继续与外族作战的愿望，因此，军事行动不如从前积极主动。在很多地方，以色列人不是把迦南人赶走，而只是强迫他们交税纳贡。因此，在西南边境还有非利士人，耶布斯人也还牢牢地盘踞在耶路撒冷，其他敌对部落占据了黎巴嫩山区。然而，就在这个时候，约书亚死了，与他同时代的人也随他去了，而新成长起来的一代人既不知道上帝，也不知道上帝给以色列创造的奇迹。人们不再单一地信仰耶和华，而是走向了偶像崇拜的歧途，可事实上，耶和华才是以色列民族统一的基础。

居住在境内的敌对部落联合几个邻国，利用犹大人的内部纷争，时而征服了这个支派，时而征服了另一个支派，有时一次就打败了几个支派。神权共和制政体不允许国家有最高领袖，摩西和约书亚被授予这特殊的职位只是由于当时面临着进攻迦南这一特殊形势。后来，每当国家处在特殊情况下时，就会出现最高领袖或高级官员。人们将他们叫做士师，也就是法官。士师很少得到全民族的承认，而且也并非都是温良、虔诚的典范。比如基甸就被叫做耶路巴力（意即害怕巴力的人），还在家乡筑起了多神教的偶像[1]；亚比米勒是个残暴的独裁者，而耶弗他起初则是在大路上打家劫舍的绿林好汉。

第一位士师是俄陀聂，后来又有堪称女中豪杰的先知底波拉、打败米甸人的基甸等等。一些士师的杰出业绩都有记载。对于我们来说，其中最有趣的当属耶弗他、参孙和撒母耳的故事。

耶　弗　他

以色列人还未来得及联合起来建立一个共同的国家政权，也还没有一部人人都应遵守的法律，就很快遭到亚扪人的蹂躏。亚扪人不断侵袭和抢劫约旦河东岸的几个以色列支派的土地。以色列缺少一个能给强盗以回击的人。最后，终于出现了这样的一个人：这就是耶弗他，一个勇猛强悍的男子汉。耶弗他的兄弟们为了不让耶弗他分争家产，把他赶出了家门。耶弗他逃往阿拉伯，在当地做了土匪头领，行侠仗义，远近闻名。当以色列在外族铁蹄的践踏之下痛苦呻吟时，耶弗他勇敢的美名也传遍了四面八方，于是基列人派长老去见耶弗他，请他做基列人的元帅。他答应了，回到了故乡。他先派人去问亚扪王，他们有什么权力侵犯以色列人的土地。王说，在以色列的子孙占领这块土地之前，这里就是亚扪人的地盘。耶弗他详细地进行了解释，为摩西和约书亚的行为做了大量辩解，但亚扪王不同意他

① 此说法有误。据《圣经》（中文和合本）《旧约全书》中"士师记"第6章，基甸拆了多神教的坛为耶和华筑坛，砍下多神教的木偶做劈柴用来烧献给耶和华的燔祭。因此人们称他为"耶路巴力"，意思是他拆毁了巴力的坛，让巴力与他争论。

的理由。于是耶弗他率领大军与亚扪王兵刃相见。出发前他许了愿，如果耶和华将亚扪人交在他手中，他就一定将从家里出来迎接他的第一个人献给耶和华作为祭礼。

以色列人的这次袭击很突然，因此打得敌人狼狈逃窜。耶弗他紧追不舍，攻下了敌人的二十个村庄。他将敌军赶出了很远，才返回米斯巴的家。他的独生女儿载歌载舞出来迎接他。做父亲的撕裂衣服，痛哭道："哀哉！我的女儿啊！你使我甚是愁苦，叫我作难了！因为我已经向耶和华开口许愿，不能挽回。"女儿惊慌地说："父啊！你既向耶和华开口，就当照你口中所说的向我行，因耶和华已经在仇敌亚扪人身上为你报仇。"

这可怜的孩子就是这样说的。她万分悲伤地请求允许她上山待两个月，好和女伴为自己尚未来得及婚配哀哭。她上了山，两个月后如期归来，蒙受羞辱死在了火堆上。为了纪念她，基列的姑娘们把每年的这个时候作为节日，节日期间上山去哭耶弗他的女儿，这个风俗一直延续了很多年。

参　孙

曾几何时，以色列的几个支派处在非利士人的统治之下，非利士人在这一带横行霸道，随意掠夺以色列人的财产。这时，大名鼎鼎的参孙出现了。他来自但支派，在民间传说中他的一生被神化了。一位德国学者写道："虽然应当把他看做是一个历史人物，但是对他建立的功绩和遭受的苦难的描述却带有神话的痕迹；他的死具有异常深刻的悲剧色彩，令人难忘。"

参孙一出生，父母亲就按照摩西创立的风俗将他献给了耶和华。人们把这样的人叫做拿细耳人，意思就是"孤独的许配给上帝的人"。这些人不能吃不洁的食物，刀剪不可接触他们的头。

参孙长大后力大无比。有一次，他去亭拿看未婚妻。路上，他遇见一只幼狮向他吼叫。耶和华赐给了参孙力量，参孙赤手空拳就把狮子撕成了两半，就像狮子撕一只小羊羔。然后，他就去见未婚妻，但是他对她和自己的父母却只字未提自己的英雄行为。

参孙的未婚妻是非利士人，因此父母亲不同意他们的婚事。他们不知道这是上帝的旨意，因为上帝想惩罚非利士人。参孙根本不听父母的劝说，他们只好让步。过了几天，参孙又去亭拿，从撕开的死狮子旁经过，见狮子口中有几百只蜜蜂，个个口中衔着蜜。他抠出蜂蜜，在路上吃完后来到了未婚妻家。后来，双方父母选好了良辰吉日为他们完婚。婚宴要持续七天，而且按照东方的风俗，非利士人请了30个男青年来陪席。参孙也按照东方的习俗给他们出了一道谜语："听好：如果你们猜中了，我就给你们30件外衣、30件衬衣；如果猜不出来，你们就得给我同样多的东西。""把谜语说出来吧。"参孙说："吃的从吃者中来，甜的从强者中来。这是什么意思？"

六天过去了，可30个非利士人却猜不出谜底。最后，他们怒不可遏，悄悄对参孙的新娘子说："哄你丈夫说出谜底，否则我们就放火烧了你家的房子和家里所有的东西。难道你把我们请

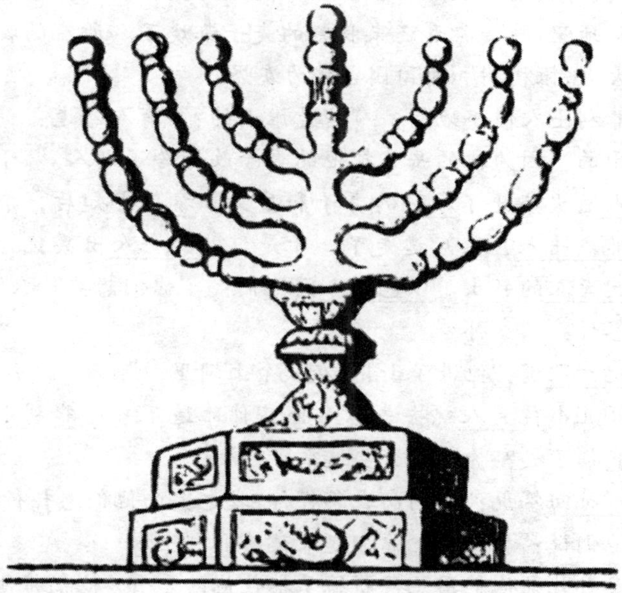

七连灯台

来是想让我们变成穷光蛋吗？"

参孙的妻子悲悲戚戚地哭了，她求丈夫告诉她谜底。他开始一直不肯，但后来还是告诉她了。她转告给了那帮非利士人。第七天清晨，那帮人对参孙说："有什么比蜜还甜呢？有什么比狮子还强呢？"他回答："你们要是不用我那母牛耕地，就猜不出

谜底。”

但是，他还是要给那些人60件衣服。这时上帝给了他勇气，于是他来到阿斯卡隆[1]，亲手杀了30个非利士人，脱下了他们的外套和衬衣，交给了30个猜出谜底的人。然后，他强压怒火，离开了那里，回到了父亲家。他的岳父将他的妻子改嫁了。

过了些日子，到了割麦子的时候，参孙想起了妻子，带了一只山羊羔去看她。但岳父不让他进家门。岳父说："我们估计你非常恨她，因此将她改嫁了。不过她还有个妹妹，如果你愿意，就把她带走吧。"参孙对他说："我只有一个愿望：报复非利士人。"他出了城，捉了300只狐狸，因为在东方狐狸往往一大群一起觅食，很容易被猎人捉到。参孙把狐狸的尾巴一对一对地拴在一起，每一对尾巴上都捆上一个点燃的火把。狐狸惊恐地叫着跑进地里，把麦捆和还未收割的麦子都烧了。所有的收成都毁于大火，橄榄树和葡萄园也化为灰烬。

非利士人愤怒地问："这是谁干的？"有人答道："这是参孙干的，因为他的岳父把他的妻子改嫁给了别人。"于是非利士人放火烧死了参孙的妻子和岳父。参孙得知后，杀死了许多非利士人，然后逃走了。于是，非利士人出兵犹大，侵入了犹大人的领土。以色列人问他们："你们想要什么？"他们回答说："参孙。"

犹大人说："他进了山，住在一个山洞里。"

3000个犹大人就去告诉参孙："你难道不知道非利士人来攻打我们了吗？你为什么要这么干？"

参孙回答说："他们向我怎样行，我也要向他们怎样行。"

他们说："我们要把你捆起来交给非利士人。"

参孙就让他们用几条新绳子捆住他的手臂。他们将他带出山洞，送给了非利士人。非利士人看见参孙欣喜若狂。可是参孙走上前来，用力一挣，身上的绳子就像火烧断的一样，"噌"地断裂脱落了。他捡起一块驴腮骨，接连打死了一千个非利士人，然后他扔了驴腮骨，从此以后就把这个地方叫做拉末利希(腮骨洞)。

① 《圣经》中为亚实基伦。

但是他感到非常口渴，就向耶和华求助：“你既然用你仆人的手拯救了以色列人，就别让我渴死，落在非利士人的手中！”

话音刚落，他就突然看见耶和华让驴腮骨的洼处裂开，水从裂缝中涌出来。他喝够了水又有了精神，浑身是劲。因此这眼泉至今还叫做“腮骨泉”。

还有一次他去了加沙城，来到了一个女人家，非利士人得知后，就关闭了城门，悄悄地埋伏下来，说：“等到天亮我们就杀了他。”

但是，参孙没等那么久，他睡到半夜起来，抓住城门，拔了出来，扛在肩上，一直扛到了高高的山顶上。

由于一次次化险为夷，他就自恃力大，忘记了上帝，误以为自己很安全。

他竟然和狡猾的非利士女人大利拉同居了。非利士人知道后，就答应大利拉，如果她能哄骗参孙说出他为什么有这样大的力气，他们就给她1100客勒舍银子。

大利拉答应了。她问参孙：“亲爱的，你告诉我，你为什么会有这么大的力气？怎么才能捆住把你制服？”

参孙说：“如果用七条未干的青绳子捆绑我，我就软弱得像普通人一样了。”

非利士人拿来了七根绳子，大利拉用它捆住了参孙。非利士人悄悄在屋里埋伏好，大利拉大声喊：“参孙哪，非利士人拿你来了！”

但是参孙一用力，绳子就像细线一样断了，受骗的非利士人落荒而逃。

大利拉对他说：“好啊，你骗了我，没对我说实话。你告诉我，用什么才能真的捆住你？”

参孙告诉她：“如果用没用过的新绳捆我，我就软弱得像常人一样了。”

她就照他说的做了。非利士人来了，但是绳子就像缝衣线一样，一下就被参孙挣断了。

“你这个恶人，又对我撒谎！现在对我说实话，这次别再骗我。”大利拉对他说。

“好吧！”参孙说，“如果你在我睡觉的时候把我的头发编成辫子，用橛子钉在墙上，那我就不能动了。”

大利拉又照他说的做。但是当非利士人进来后，参孙惊醒了，把头发和橛子一同拔了出来。

于是大利拉对他说："你对我一点儿也不坦白，还说什么爱我。你骗了我三次。这次要对我说实话。"她天天甜言蜜语哄他，说什么她的心到死都不会变。最后，他只好向她坦白："刀子从来没有碰过我的头，因为我从一出生就归上帝了。如果我违背了上帝的意志，我就得剃光头发，那样一来神灵和我的力气就全都没有了。"

居心险恶的大利拉记住了参孙的话，通知了非利士人。那些人带着赏钱来了，大利拉把参孙哄睡着，叫人剃了他的头发，他就没有力气了。大利拉大喊："参孙，非利士人拿你来了。"

参孙醒了，他想道："我一定能像过去一样起来打倒他们。"但是他不知道上帝已经离开了他。非利士人抓住他，剜了他的双眼，把他带回加沙，用链子锁住他，强迫他在监狱里推磨。

但是，在狱中，他的头发又长了出来。这个时候非利士人聚集在一起准备给他们的神献大祭。他们一边尽兴地取乐，一边说："我们的敌人让我们的家园荒芜，还杀了我们许多的同胞，现在神把他交在了我们的手上。叫人把他带来，我们来戏弄戏弄他。"于是他们就把参孙从监狱里提出来，让他为他们跳舞。

失去双眼的参孙对牵他来的那个人说："领我到支撑大殿的两根柱子跟前去吧，让我靠一靠。"

神殿里挤满了男男女女，里里外外甚至屋顶上都是人头攒动。参孙在心里默默地祈求耶和华："主啊！求你眷念我吧，求你最后一次赐给我力量，让我报了挖目之仇吧！"然后，他站在两根柱子之间，左手和右手各扶一根柱子，叫道："我要和非利士人同归于尽！"他一推柱子，整个建筑物就都轰然倒塌了，压死了大殿里外所有的人。这样，参孙死时所杀的人比他活着所杀的还多。他做以色列的士师20年。

撒 母 耳

摩西死后的很多年，希伯来人的生活都与摩西所预言的不相符。上述几位领袖在以色列历史上仅仅像一颗流星闪过，转瞬即逝。摩西遗留下来的宗教信仰在人民心中已不复存在。偶像崇拜占了上风，人们常常不再一心一意地侍奉耶和华，意识也不再统一。到以利做大司祭时，国家已日趋衰败，人民缺乏一个强有力的领导人。以色列人自从定居迦南后就将耶和华的圣殿定在了以法莲地的示罗。以利的两个儿子玷污了圣所，他们贪得无厌，荒淫无耻，虔诚的百姓来献祭时，在这个神圣的大殿里看见的只是自己崇高的感情遭到侮辱。

由于同当地各民族的交往，以色列人不再有统一的信仰，从此政治上的统一也瓦解了。各宗族开始内讧，以色列人受到迦南各民族，尤其是非利士人的压迫。以色列人多次被打败。为了鼓舞士气，人们抬着约柜打了一仗，但还是吃了败仗，而且至圣的约柜还落入了敌人的手中，一直到后来非利士人主动送还。这一时期，出现了一位和摩西一样有力的人物——闻名遐迩的撒母尔。他的母亲迟暮之年才喜得贵子，因此，认为这是上帝的特别恩赐，所以笃信上帝的母亲就将他归于上帝，留在了示罗。在示罗，在神的启示之下，撒母耳肩负起为以色列民族服务、引导民众过上幸福生活的使命。他借非利士人归还约柜一事，召集以色列人举行全民集会，并郑重许诺，使以色列人重新专心一意侍奉耶和华。撒母耳作为最受尊敬的人被选为士师，后来在他漫长的一生中，他足智多谋、精力充沛、品行端正、尽职尽责，以此不断证明了他的当选是众望所归。

当以色列人各派团结起来后，他们的宿敌非利士人纠集了强大的同盟前来攻打以色列人。但是撒母耳带领以色列人给了他们沉重的打击。从此以后，非利士人不仅再也不敢入侵以色列，而且还丢失了一个个强占的以色列城镇。这一次胜利后，以色列人与其他相邻民族也建立起了和睦的关系。

由于撒母耳断案公正，所以各支派成员之间的关系也很亲密友好。撒母耳通过开办先知学校，促进了民间宗教的发展。毫无疑问，这些学校所讲授的课程首先就是摩西法典以及对法典的解释，还包括宗教音乐和赞美诗。因此，这些学校就成了精明强干的领袖、士师、教师及各种官员的摇篮。

但是，必须把从这些学校毕业的先知与像以利亚、以赛亚、耶利米等直接意义上的先知区别开来。以利亚等人是上帝亲自挑选的先知，是神谕的传达者。因此应当理解为他们不是在宣布自己的预言，而是上帝借他们之口传播启示。他们维护法律、补充戒条、向人们解释戒律所隐藏的含义。他们预告神的决定,其中有祝福,也有惩罚。他们维护神圣不可侵犯的国家法令,提醒人们不要忘记他们的宗教义务和公民义务。他们的语言高雅,是热情洋溢的情感的流露,其中有许多大胆的比喻,与诗人的语言一样词藻华丽。

6. 神权君主政体

扫罗、大卫和所罗门

(公元前1055~前953年)

撒母耳年老时,立他的两个儿子做士师,这大概是为了让自己的家族能世袭这个职位。但是这两个儿子没有继承父亲的德行,断案不公正。在这种情况下,也许还出于对以法莲支派的嫉妒,以色列人要求撒母耳和从前一样亲自担任这一职位,他们通过邻近民族无数的例证确信,在民族灾难降临时,实行君主专制是最好的解决问题的办法。于是,他们去见撒母耳:“求您为我们立一个王吧,就像所有的异教徒一样,如果打起仗来,他必须能带领我们走出困境。”

撒母耳不愿意答应这个请求。他告诉人们,实行君主制就等于背弃耶和华。他原本就善于辞令,此时更是满怀激情地劝说大家维持原有的统治政体。撒母耳主要的依据就是摩西法典。根据这部法典,作为上帝选中的子民,以色列人以及他们占领的迦南地都归上帝所有,所以以色列人的王只能是上帝,而不是人。

但是,撒母耳没有说服众人。人们不肯让步,撒母耳只好答应选立国王。当然出于明智的考虑,他选中的人来自最小的便雅悯支派中最不起眼的一个家庭。他的名字叫做扫罗,他健壮俊美,“比一般人高出整整一头”,而且英勇无比。有一次,扫罗的父亲打发他去寻找丢失的驴,扫罗因为找不见驴,就去见先知撒母耳,打算请教此事。撒母耳友好地接待了他,为他涂了神圣的油膏,立他为以色列王。随后,撒母耳吩咐他回家,告诉他路上会遇见一班先知。扫罗照撒母耳的吩咐做了。先知们遇见他后,唱起热情洋溢的赞美诗向他问候。扫罗受神的感动也用古老的先知的语言与他们一起说唱。原来认识他的人吃惊地叹道:“扫罗也在先知之列吗?”当撒母耳在随后召集的全民大会上宣布扫罗为未来的国王时,人们吃惊到了极点。人们欢呼“愿王万岁!”也有许多人说:“这人怎么能够救我们?”他们藐视他,不给他送礼。扫罗自己早先也没想到会被膏为王,不过后来他建功立业，成了被压迫的以色列人的民族英雄。

在亚扪王拿辖在位时，扫罗多次抗击亚扪人、非利士人和亚玛力人的进攻，均取得了胜利。撒母耳命令扫罗杀死亚玛力王亚甲及所有的亚玛力人和所有牲畜，但是扫罗没有听从，因此上帝的灵离开了他，他被推翻了，按照耶和华的吩咐，大卫被秘密地膏为以色列王。大卫在全体人民承认他为王之前历经磨难：扫罗多次迫害他、悬赏他的人头，当扫罗在和非利士人的战斗中自杀身亡后，扫罗军中的元帅押尼珥及扫罗的长子伊施波设又长期与他对抗。

大卫统治期间（公元前1033~前993年）犹大王国达到了鼎盛时期。大卫是一位勇敢的统帅，他多次率部作战，大卫及其部下在战斗中都很勇敢。大卫远征叙利亚大获全胜后，犹大王国异常强大，真正的长期的和平开始了。大卫的势力延伸到幼发拉底河口，大马色和尼齐比亚的叙利亚人都向他交纳贡赋。

大卫（作者多纳特罗。1440—1443年）

大卫还向南扩展了疆土。摩押人和埃多米特人[①]联合尼齐比亚在亚述人的支持之下进犯以色列，但是被大卫和他的元帅约押打败，全军覆没，这些国家由大卫管辖。犹大王国甚至得到了阿拉伯湾的一个海港。非利士人也被彻底征服。最后，大卫成功地将耶布斯人过去一直居住的耶路撒冷和锡安要塞夺了过来。这个要塞非常坚固，大卫要耶布斯人交出要塞，耶布斯人开玩笑

① 《圣经》中为以东人。

说:“就是瘸子和瞎子守城也敢对你说:你大卫攻不下!”然而大卫攻克了,而且又将它修筑得更加坚固,把耶路撒冷和锡安定为都城。耶路撒冷成为国都的另一个原因是大卫举行了隆重的仪式运来了约柜。在运往锡安时,大卫亲自在约柜前欢歌狂舞。他决定在耶路撒冷大兴土木。提尔王派来了腓尼基工匠,送来了雪松,大卫在耶路撒冷建起了一座豪华至极的王宫。他希望建一座富丽堂皇的神殿,将圣所从帐篷中迁进大殿,但是先知拿单不同意。

大卫无法通过修建神殿来表现自己对美和雄伟的追求,于是,就更加轻松自如地投身于提高民族士气以及与此密切相关、意义重大的宗教仪式。祈祷仪式开始操办得隆重奢华,还要奏乐、唱赞美诗;弹琴、唱歌原本就是大卫的特长,这就使宗教仪式具有了开明艺术的形式。为此,挑选了4000名利未人,将他们分为几个班,跟随教师学习合唱,所有的人都穿着华丽的服饰。大卫本人所写的伤感诗也收入了《圣经》的《诗篇》中,流传至今。

大卫写的歌与其他诗人的歌一同在盛大节日上演唱。全体犹大人在会幕前集会,在举行重新兴起的礼拜仪式时,人们感到了一种莫名的振奋。但是,从另一方面来讲,由于犹大人通过种种战争获得了大量的财富,讲究奢侈和排场使人们腐化堕落了。人们渐渐地习惯了这个文武双全的开明、贤能的君主给民族精神和国家机构所带来的变化。

因此,自然而然地,由于大卫推广国民教育,犹大人的民族特点从简朴的宗法制变得灵活多变。古时的国家机构支持下的平等和自由在新的帝王专制制度下受到损害,在此之前一直是非常敏感的民族独立感渐渐变得迟钝了。实行了亚洲化的统治方式后,这种统治方式所带来的后果也立即出现了。

在大卫的王宫里,人们勾心斗角,尔虞我诈,相互倾轧,给大卫统治的最后几年投下了一片阴影。这位爱好权术的国王还经受了一系列严峻的考验,如王子押沙龙的反叛以及大卫对赫人乌利亚所犯的罪等。大卫爱上了乌利亚的妻子拔示巴,想纳她为妃,于是,就害死了乌利亚。但是人们很快就忘记了他的缺点和过失,只把他看做是以色列国的创始人,心地善良的人,神忠实的信徒和伟大的政治活动家。此外,即使是严格的评论家也认为大卫是个不错的诗人。

大卫的第四子亚多尼雅本应当是以色列的王位继承人,但是拔示巴和先知拿单竭力劝说日渐衰老的大卫立另一王子为继承人。大卫在生前就向全国宣布立拔示巴所生的王子所罗门为以色列王。亚多尼雅发动叛乱,但与他的元帅约押一同被杀。

所罗门有胆有识，精力旺盛。大卫给以色列带来了国泰民安，到了所罗门在位期间，国家强盛，人民幸福，人们终于尝到了先辈征战的果实。《圣经》上写道："所有的犹大人都在自己的葡萄园中和无花果树下安居乐业。他们如同海边的沙那样多，都衣食无忧，纵情享乐。"

因此，所罗门王具有和平时期君王的美德：睿智、颇有诗才，追求美，讲究排场，建起了各种豪华宫殿及其他设施；他注重国防，在各个城市修筑防御工事，与睦邻签订和约；他关心民族的安康，由于与其他民族友好相处、出海远洋、开展对外贸易，人民安居乐业。这就是所罗门在位期间的主要成绩。在此之前，摩西创立的国家制度原本是逐步地有所改变，而在所罗门统治时期，这种制度经历了翻天覆地的变化。

所罗门所做的一件大事就是完成先父的遗愿：建造耶路撒冷圣殿。大卫为此已搜集了无数的珍宝。当然，这座圣殿无法与希腊建筑艺术的典范相提并论。与希腊的建筑相比，所罗门的神殿显得阴暗、矮小，而且外形不对称。不过，若是论规模和牢固程度，它却是首屈一指。由于大殿建在山上，所以，这座山的顶部被铲平拓宽。还在罗马时期，人们就对这座圣殿的高墙感叹不已，这面墙高400肘[①]，由石块砌成，石块之间用铁链

所罗门拜偶像

① 古时的长度单位，400肘约合200米。

连接。大殿按照埃及的模式建成，有多个厢房，一部分用来收藏人们向教堂缴纳的赋税，一部分在献祭时用作餐厅，另一部分用作神职人员的居所。

所罗门为建造这座神殿前后耗费了七年，动用了留在国内未被消灭的迦南各民族。指导工程的建筑师主要是外国人，大半都是强大的提尔城的居民，因为当时提尔人以懂艺术、工作勤勉著称。提尔人是制作神殿的大型金属圆柱和祭祀用器皿的能手。提尔王希兰与所罗门交好，根据协议，他派提尔人在黎巴嫩砍伐松木运往雅法，所罗门向他提供橄榄油作为交换。

用于装饰大殿的金子也取自提尔，由当地的能工巧匠负责加工。所罗门为获得这些金子将22个城市割让给了提尔王。如果注意到所罗门在位期间大兴土木，耶路撒冷圣殿并不是惟一一个使所罗门名扬四海的大型工程，那么就不难想像所罗门花费了多少金子。他在耶路撒冷为自己建了新王宫，在黎巴嫩山麓的巴勒贝克城附近修筑了夏宫，宫里所有器具均用金子打造而成。此外，他还建造了一个审理案件的大厅，为他的妃子埃及公主盖了一座宫殿。他的镶金的象牙宝座也很有名，宝座有63级台阶，台阶的两边有12个狮子像。在任何一个其他国家都没有类似的宝座，这个宝座很可能也是外国匠人的杰作。

由此可见，奢侈并不是全民族文化发达的结果，而是朝廷和国王的需求。因此，朝廷与民族精神之间渐渐地出现了越来越多的不协调。

至于说到贸易，那也不是人民，而是国王为了他一己的私利与提尔王结盟，在腓尼基海员的帮助下利用亚喀巴湾的以旬加别港进行贸易。海上贸易的对象直到奥菲尔和塔尔西斯。对外贸易给所罗门带来了黄金、白银和其他商品。所罗门还从事马匹交易，这是他引进的一件有害的新事物。在这之前以色列没有马，因为摩西禁止养马。摩西允许以色列人今后有国王，但是有一个条件：未来的国王无论如何也不能有骑兵。摩西之所以禁止养马，一半是因为从事农业耕作使用马不如驴方便，另一半是因为迦南地处沙漠和山脉之间，需要一支吃苦耐劳的步兵部队负责国防。只有进行侵略性远征时才需要骑兵部队，而这不是摩西所希望的。

但是所罗门违背了摩西的规定，组建了12000人的正规骑兵部队和拥有约1500辆马车的战车部队。这支骑兵部队拥有24000匹战马，驻守在各个城市，各地仿照埃及为战马建造了马厩。由于当时阿拉伯地区不养马，所以所罗门从埃及买来马，以他任意索要的最高价全数卖给周围邻国的国王。

这种陆上贸易和海上贸易以及被征服地人民所纳的贡赋给国王和他的朝臣提供了所有的必需品，这也是挥金如土的所罗门国王可观的收入的主要来源。

7. 犹大王国的分裂

虽然从表面看国家体制和社会制度一切正常，但是衰败的特征却日渐明显。国王本人的行为对国民的道德状况起了破坏性的带头作用。他生活奢侈，他后宫的许多嫔妃都是外族人，她们迷惑了他的心，他甚至允许她们为她们信奉的神筑坛，他本人也向这些异族人的神献祭。宗法制的民族精神和简朴的民风渐渐消失了，人们道德败坏，腐化成风，而且已造成了恶果：人们普遍身体虚弱无力。很快，深深根植于人们心中的不满暴露出来了；除此之外，以色列各宗派之间还相互嫉妒。特别是以法莲人对于所罗门将神殿建在犹大地的耶路撒冷感到非常不满。因为过去约柜一直放在以法莲的示罗，现在以法莲丧失了过去的地位。

所罗门还在世时，以法莲支派的耶罗波安就首先对其表示不满。所罗门死后（公元前953年），以色列爆发了反对其子罗波安的起义。人们在故都示剑举行大会时，长老们推举耶罗波安禀告新国王人民负担过重。

耶罗波安对罗波安说："你的父亲用重担压我们。现在求你减轻我们的负担，我们就侍奉你。"

所罗门时期的老臣们劝罗波安答应这个请求，但是新国王受了年轻朋友的影响，态度傲慢地答复说："我父亲用重担压你们，我要给你们更重的负担。他用鞭子责打你们，我要用蝎子鞭责打你们！"

可以想得到，这个威胁导致了以色列人的彻底分裂。

人们说："大卫家与我们有什么关系？把犹大人的国王留给犹大人吧，以色列人哪，各回各家吧。"人们边说边走了。

罗波安差人去叫他们，派去的人被众人用石头打死。国王急忙跳上车，逃回耶路撒冷去了。他成了犹大和便雅悯这两个支派的国王。其余十个支派称为以色列，拥耶罗波安为国王。

就这样，才刚刚统一的国家又分裂了。这次分裂引起了相互之间不断的纷争，企图侵占以色列的邻国乘机干涉，最后，导致以色列国家的彻底衰落。

8. 以色列王国衰落前的以色列王国和犹大王国

（公元前953~前721年）

以色列王国从犹大王国中分离出来后，耶罗波安要做的第一件事就是为自己的国家争取独立。耶罗波安首先将都城定在以法莲地区的示剑。因为在北方十个支派中，以法莲支派最强大。但是这还不够，由于约柜放在耶路撒冷，所以耶路撒冷仍然是宗教和文化中心，每逢重大节日以色列人都拥向耶路撒冷。耶罗波安应当降低耶路撒冷作为宗教和文化中心的地位。为了达到这一目的，耶罗波安在伯特利和但城各筑了一个金牛犊，作为带领希伯来人走出埃及的耶和华的象征。由于与耶路撒冷相距太远，所以需要为新国家的十个支派建一个新的全民宗教事务中心。耶罗波安命人为多神教的祭坛修起了神庙，挑选其他支派的百姓担任祭司。耶罗波安不准利未人做祭司，因为利未人当然反对像他这样亵渎上帝，而且他们与犹大王国之间关系密切，对耶罗波安来说这一点很危险。

于是，许多利未人和虔诚的以色列人移居到了犹大。罗波安和他的继承人亚比央也容忍其他神，允许人们为其他神立木偶像，为此还拨给人们宗教用木。但是，由于耶和华大殿和约柜都在犹大王国，因此犹大还是被人们看做是真正的信奉耶和华的圣地。虽然以色列王国疆域广阔，人口众多，然而犹大王国拥有防御森严的都城，神殿里有无数的珍宝。毫无疑问，犹大王国因此具有和以色列王国同等重要的地位。

然而这两个国家不断地相互为敌。为了征服对方甚至不惜向外国求助。这种令人感到痛心的、彼此妒忌的政策最终导致两败俱伤。由于以色列王国的邻国更为危险，因此它首先成为这种政策的牺牲品。

以色列王国的国王大都崇拜偶像。其中，亚哈王（公元前875~前833年）最为突出。亚哈娶了提尔王的女儿耶洗别为妻。亚哈按照妻子的要求下令在撒玛利亚为提尔人信奉的巴力神和女神阿施塔特[①]修建了一座神庙。巴力神庙中有450名祭司，阿施塔特神庙中有400名祭司。亚哈残酷迫害耶和华的神职人员和对其不满的先知以利亚，人们被迫逃进沙漠和深山老林。亚哈为此遭到了上帝的惩罚。叙利亚国王便哈达一世进犯以色列，虽然亚哈得到了犹大国王约沙法的相助，但在拉末一战中他受伤身

① 《圣经》中为亚斯他录。

亡。他的部队得以逃脱，约沙法也幸免于难。

亚哈的儿子约兰在位时也遭到叙利亚人的入侵。这次战争是由哈薛发动的，他杀了便哈达一世，篡夺了叙利亚的王位大权。这一次犹大王亚哈谢也来帮助以色列王。在拉末附近的一次战斗中，约兰受了伤，就回耶斯列去疗伤。过了一段时间在耶斯列城楼上瞭望的哨兵向约兰报告说有一支队伍迅速向这里开来。这是以色列军队中最受人敬重的耶户元帅带着人马赶来了。约兰和亚哈谢坐着车出城迎接耶户。

约兰问："平安吗？"

耶户说："你母亲耶洗别的淫行邪术这么多，怎么可能平安？"

约兰叫道："亚哈谢，耶户反了！"他吩咐掉转车头快跑。但是耶户"嗖"地一箭射中了约兰的背部，箭头穿透了心脏，约兰仰面栽倒在车上，而亚哈谢还在拼命向前逃跑。耶户的手下追上了亚哈谢；亚哈谢受了致命伤后，死在了米吉多。假如不是亚哈谢的母亲亚他利雅牢牢地握着犹大国的大权的话，耶户就会将犹大国也控制在手中。

按照耶户的吩咐，耶洗别被人从王宫的窗口扔出去摔死，尸体也被狗吃了，这正应验了先知以利亚的预言。

耶户和他的后继人在位时期是以色列王国的大好时期。以色列王国大概是得到了休养，已重新开始振作。耶户王朝的第四代国王耶罗波安二世（公元前790~前749年）在位时甚至已成功地从叙利亚人的手中重新夺回了约旦河以东的全部以色列领土。接着是相当长的一段和平安宁的时期。农业繁荣，贸易活跃，在首都撒玛利亚又和从前一样奢侈成风。但是，在东方崛起了一个新的敌人，这就是比叙利亚人更可怕的新亚述人。在强大的新王朝时期，亚述恢复了伟大的图克拉特哈巴拉扎尔一世奉行的侵略政策。亚述王每年都从位于底格里斯河左岸的新都卡拉赫城出发挑起新的战争。这几位伟大的征服者中第一个是亚述-纳齐尔-哈巴尔（公元前883~前835年）。他毫不留情地一路烧杀抢掠，一直打到了地中海。只要有人反抗，他们就杀，俘虏则被钉在十字架上，慢慢死去。亚述人打到黎巴嫩后，砍伐了许多雪松、松树和柏树运回尼尼微，用这些木料为女神阿施塔特建了一座神殿。

亚述-纳齐尔-哈巴尔死后，他的儿子萨尔马纳萨尔三世继承了他的王位。他征服了卡尔赫米什进入了奥隆特斯河[1]河谷，叙利亚国王率领亲信在此宣誓向他效忠。

① 今阿西河，在西亚。

虽然以色列王国有能力保护自己不受叙利亚人的侵犯，却无法抗击亚述人。尽管在公元前八世纪上半期强大的亚述帝国衰败了，但那只是暂时的衰败。提格拉特哈巴拉扎尔二世（公元前745~前727年）重新带领亚述人摆脱了多年的软弱，给他们指出了一条在对外侵略战争中取得胜利的道路，而且带领亚述人打到了他的任何一位先辈都不曾达到的国家。在《圣经》中他被简称为普勒或者提革拉毗列色。

大约就在这个时期，犹大国王亚哈斯在位，叙利亚国王利汛入侵犹大。和叙利亚王利汛联合出兵的是他的同盟——以色列国王比加。经过两次战斗亚哈斯就被打得大败。在谈到这段时期的时候，《圣经》中这样写道："当时国王的心和人民的心都像风中的树叶一样在颤抖。"[①]在这种苦难的处境下，亚哈斯不顾先知以赛亚的警告，向亚述人求援。他取了圣殿里的珍宝作为贡品献给了亚述王。

提格拉特哈巴拉扎尔二世很乐意趁此机会占领巴勒斯坦。北方和东部地区的以色列各支派此前已被叙利亚人打得家破人亡，公元前734年彻底被亚述人消灭，大部分人被掳到亚述。提格拉特哈巴拉扎尔二世继续向大马士革进军。包围了两年之后，大马士革终于被攻克，利汛被杀，八千大马士革居民被掳作俘虏，叙利亚变成了亚述帝国的一个省。

提革拉毗列色

① 《圣经》中文和合本中没有这一句。

有25位国王被迫给骄傲的征服者纳贡，亚哈斯也是其中之一。亚哈斯不仅给亚述王奉上贡品，甚至还将他看做是救命恩人。

公元前727年提格拉特哈巴拉扎尔二世死于卡拉赫。所有被占领的国家立即爆发了全民起义。何西亚王统治下的以色列国也想摆脱亚述的桎梏。但是提格拉特的继承人、精力充沛的萨尔马纳萨尔五世[①]（公元前726~前721年）重新征服了腓尼基和叙利亚，于是何西亚就不再反抗，也不再抵制向亚述王进贡。考虑到埃及对亚述人越来越逼近埃及边境感到很担心，何西亚与埃及国王萨巴克签订了秘密协定，希望得到埃及的理解。他的选择是对的，萨巴克法老答应给予援助，而且还劝说何西亚，如果能够联合腓尼基、犹大和非利士等几个小国共同抵抗亚述集团会是一个不错的主意。

但是埃以协定未能逃得过萨尔马纳萨尔五世敏锐的目光。他命何西亚来见他，吩咐手下生擒了何西亚，把他投入监狱，何西亚就死在了狱中。随后，亚述军队大举进攻以色列，包围了撒马利亚。萨巴克对此听之任之。只有提尔王卢利伊坚决反抗亚述人。萨尔马纳萨尔将部分兵力留在撒马利亚，带领其余人马去讨伐提尔。但提尔是个岛国，萨尔马纳萨尔费尽心机却毫无结果。亚述将提尔和撒马利亚包围了几乎两年。在这期间萨尔马纳萨尔死了，他的继承人萨尔贡亲自率领新的增援队伍开赴撒马利亚城下的军营，迫使全城投降（公元前721年）。撒马利亚城被亚述人抢劫一空，所有居民都被掳往亚述做俘虏。被俘的迦勒底人和叙利亚人作为新居民被迁往以色列。留在当地的以色列人和新的移民混居后形成了新的民族：撒马利亚人。

随着以色列王国的衰亡，隔在当时的两个强国亚述和埃及之间的最后一道屏障消失了，它们之间迟早会爆发一场流血冲突。

9. 亚述帝国的衰败

新巴比伦王国和米底王国

亚述王国一日千里地达到了强盛的顶峰。公元前704年，萨尔贡之子铁腕人物辛那赫里布继承了王位，公元前681年，辛那赫里布之子阿萨尔哈东登基，被称做亚述王和巴比伦君主。尼尼微、卡拉赫和巴比伦同时都是他的国都。阿萨尔哈东的战绩显赫，甚至超过了他的先辈。

① 《圣经》中为撒缦以色。

他不仅重新收回了失去的叙利亚，而且还与埃及重新开战。当时埃塞俄比亚人在底比斯城统治着埃及南部，塞易斯王朝和塔尼斯王朝在北部尼罗河三角洲（下埃及）争夺统治权。埃塞俄比亚国王提尔加克（公元前693~前666年）取得了一个又一个的胜利，征服了三角洲的两个王朝。亚述王对此感到不安，他决定向提尔加克开战。提尔加克与腓尼基王和犹大王结成同盟，守候在阿斯卡隆。阿萨尔哈东就在这里向他们进攻，大败反亚述同盟（公元前673年）。阿萨尔哈东和阿拉伯人结盟，阿拉伯人负责在沿途为亚述人备水。阿萨尔哈东顺利地穿越了阿拉伯沙漠，再次击溃了埃塞俄比亚人，胜利抵达孟斐斯。他把孟斐斯的珍宝全部据为己有，随后继续向南，将底比斯也洗劫一空。然后，他按照亚述人的习俗，任命了20个普通官吏担任各地地方官，指定塞易斯王朝的国王尼科一世为新的埃及联合王国的总督，须向亚述缴纳贡赋。阿萨尔哈东吩咐把这次胜利的详细经过与常胜的拉美西斯二世的铭文并列刻在峭壁上。这篇铭文已遭到破坏。据辨认，它讲述了阿萨尔哈东大败提尔加克及攻占孟斐斯城的经过。他自立为埃及、底比斯和埃塞俄比亚的国王。阿萨尔哈东依照他的先辈萨尔贡和辛那赫里布的做法，也在尼尼微和卡拉赫建起了一座座雄伟的建筑。当他正忙于大兴土木之时，提尔加克再次入侵埃及，占领了孟斐斯。阿萨尔哈东把大权移交给了儿子亚述巴尼拔王。新亚述王立即出兵埃及（公元前667年）。他在卡尔巴尼特与埃军相遇，把埃军打得落花流水。阿萨尔哈东扶持的政权再次掌权，亚述巴尼拔王也回到亚述。

然而提尔加克之子乌尔德阿缅又一次攻占了孟斐斯，而且下令绞死尼科法老。于是亚述巴尼拔王亲自率兵赶赴埃及打了一个歼灭战，结束了埃塞俄比亚对埃及的统治，底比斯居民被掳走，沦为奴隶；金银细软被当做战利品带回了尼尼微。乌尔德阿缅逃得无影无踪。埃及就这样沦为亚述的附属国。

但是一波刚平，一波又起。当时，在底格里斯河东岸有个埃兰国，都城是苏撒，国王乌尔塔基和亚述巴尼拔王的同胞兄弟巴比伦总督萨乌德马萨尔伊乌金都起来反对亚述巴尼拔（公元前650年）。亚述其他属地的阿拉伯人、叙利亚人和吕底亚人的统治者都立刻响应。吕底亚国王基格斯（公元前680~前645年）在此之前才刚刚主动宣誓效忠亚述王。亚述巴尼拔王在一篇用楔形文字写成的铭文中说："就是这个基格斯帮助埃及国王普萨姆提克推翻了我在埃及的政权。"由此可见，在普萨姆提克统治时期，埃及也参加了反对亚述王的大起义。但是，亚述巴尼拔王粉碎了巴比伦人、埃兰人和阿拉伯人组成的反亚述同盟，将他们的城池洗劫一空。巴比伦被长期围困，迫于饥饿，城里的居民甚至易子而食，最后不得不投降。萨乌尔马萨德伊乌金落入亚述王的手中，亚述巴尼拔王下令将他烧死。巴比伦的一位军事长官纳布别利苏麦为了不被亚述王活捉，令车夫杀了他。然而，他的尸体被交给了亚述王。亚述巴尼拔王下令砍下他的头，撒上盐，挂在尼尼微皇家花园的树上。在伦敦大英博物馆保存的一幅浅浮雕作品中可以看到：亚述巴尼拔王与一群嫔妃围坐在一起吃喝玩乐，旁边就挂着这个可怕的战利品。

亚述人对埃兰进行了长期严重的破坏。公元前645年，被称为伟大的城市和众神所在地的苏撒城被亚述所灭，神像和埃兰诸国王的雕像被运往亚述，埃兰人被迫分散到了亚述各地。古国埃兰就这样从历史舞台上消逝了。

由于亚述巴尼拔王未能再次占领埃及，所以精力充沛的普萨姆提克得以在古代埃及的废墟上重建新埃及。

在亚述巴尼拔王的身上集中了亚述统治者的优点和缺点：他积极能干，勇敢刚毅，但同时又无比残忍。正因为如此，亚述帝国才会在达到强盛的巅峰时急剧跌入无底的深渊。

公元前626年，亚述巴尼拔王辞世。在短期的混乱过后，他的儿子亚述伊季利伊利继位。基阿克萨尔联合伊朗山地的米底各部落起来反对新亚述王。基阿克萨尔帮助米底人赶走了当时入侵的西徐亚人。随后基阿克萨尔联合了巴比伦总督那波帕拉萨尔，与他订立了攻守同盟。由于那波帕拉萨尔的叛变，亚述王回到了尼尼微。他孤立无援，为避免落入敌手，他在防御牢固的城堡里自焚身亡（公元前625年）。

尼尼微被毁，亚述国也不复存在。

基阿克萨尔占领了亚述本土，那波帕拉萨尔得到了巴比伦、美索不达米亚、叙利亚和巴勒斯坦。就这样，在亚述帝国的废墟上同时兴起了两个国家：新巴比伦和米底。这两个国家的主要城市有埃克巴坦纳（今伊朗哈马丹）、加沙、弗拉阿塔和巴克特拉[①]。

10. 犹大王国的衰落

犹大王国比以色列王国幸运，因为犹大的国王总的来说比以色列的

① 今阿富汗巴尔赫。

国王更有才干。因此，犹大的衰落比以色列晚了130年。犹大诸王中有两位王较为突出，其中一位是约沙法（公元前909~前884年），他废除了对异神偶像的崇拜，确立了公正的司法制度，击退了摩押人和亚扪人以及叙利亚人的进攻。另一位是亚撒利亚（公元前810~前758年），他与耶罗波安二世是同时代人。在亚撒利亚长期执政期间，犹大王国国富民强，这里有富丽堂皇的宫殿和雄伟的城堡，国库里堆满了金银，先知们甚至不知该怎样赞美这一切。不过，先知们同时也对当时盛行的奢华之风表示不满。

但是亚哈斯(公元前742~前726年)不信上帝,他甚至将亲生儿子献给火神莫洛赫作为燔祭,活活烧死。亚哈斯在位期间犹大王国开始衰落。亚哈斯作出了一个致命的决定:向亚述人求助。这导致了亚述人像潮水一样涌进了犹大。他以向亚述纳贡称臣为条件,说服了态度强硬的提格拉特哈巴拉萨尔放他回家,为此他竟然感到高兴。

亚哈斯虔诚的儿子希西家对亚述人同样也不采取敌对态度。他对撒马利亚长期被围及最后沦陷漠不关心。但是，萨尔贡[1]一死（公元前704年),希西家就立即站在了反亚述同盟的一边。后来,反亚述同盟在腓尼基起义,希望得到埃及的帮助。萨尔贡之子辛那赫里布(公元前704~前681年)派重兵攻打耶路撒冷。他亲自率主力部队远征埃及。辛那赫里布手下的元帅拉伯沙基告诫希西家，依靠埃及就如同依靠压伤的苇杖，一触即弯。但是希西家听从了先知以赛亚的建议,决定抵抗。《圣经》中写道:“当夜,耶和华的使者出去,在亚述营中杀了185000人。”根据其他史料,亚述军队在远征埃及尼罗河三角洲期间瘟疫流行,一半人死于瘟疫。随后,埃塞俄比亚国王提尔加克攻打亚述军队,亚述人仓惶逃跑。辛那赫里布经过犹大返回亚述，解除了对耶路撒冷的包围，而且再也没在巴勒斯坦出现过。对于犹大来说，和所罗门在位时一样，和平安宁的日子到来了。

但是希西家的儿子玛拿西不信上帝,像祖父亚哈斯一样愚蠢。他推行偶像膜拜,特别是使崇拜巴力和阿施塔特以及把人当做祭品的做法四处横行。

公元前640年,约西亚当政时有了一些好转。使他欣慰的是大祭司希勒家和书记沙番有了重大的发现:在修复圣殿时,他们发现了《律法书》。律书中说,耶和华要严厉惩罚那些“离弃上帝向别神烧香”的人。国王读了以后,惊恐地撕裂身上的衣服,以百倍的热情着手肃清偶像崇拜,重新

① 即萨尔贡二世。

恢复耶和华教的宗教仪式。然而，犹大的政治使命已近完结。

正是在这一时期，在亚述的土地上崛起了一个新巴比伦王国，它的开国元勋是那波帕拉萨尔，及其子尼布甲尼撒。当时大约在公元前650年普萨姆斯提克在位时期，埃及又一次摆脱了亚述王阿萨尔哈东加在埃及身上的桎梏，达到了一个强盛时期。因此，犹大的处境越来越糟。它恰好夹在两个大国之间，可能被它们扼死。

在埃及，尼科二世（公元前670年）继承了父亲普萨姆斯提克的王位，他打算趁新巴比伦国王那波帕拉萨尔年纪老迈、国家一时软弱之机，仿效伟大的法老塞梯一世、拉美西斯一世和拉美西斯二世，远征叙利亚。公元前608年，他率军离开孟斐斯沿老路前往幼发拉底河。当埃及人行至耶斯列谷地时，与犹大王约西亚相遇。战斗在米吉多打响。埃及军队人数众多，训练有素，犹大人经不住他们的猛攻，约西亚战死。尼科顾不上在犹大多费兵力，又继续向北赶路，占领了叙利亚。返回途中他立约西亚的次子约雅敬为犹大王。

但是，尼科对叙利亚和巴勒斯坦的统治只持续到公元前605年，尼布甲尼撒发兵攻打埃及。双方在幼发拉底河畔的卡尔赫米什附近打了决定性的一仗。尼科惨败，撤回埃及。尼布甲尼撒并未追赶他，而是急忙赶回巴比伦，因为他的父亲那波帕拉萨尔去世，他担心他不在巴比伦会出现混乱，不利于他继位。因此他没有逼迫犹大及其他小国向新巴比伦称臣，暂时将此事推迟。卡尔赫米什一战后过了五年，尼科恢复了元气，一心想报复。他劝说约雅敬脱离了新巴比伦。不久约雅敬死去，尼布甲尼撒再次把埃及人赶回了老家，返回途中他惩罚了约雅敬的王位继承人犹大王约雅斤。公元前597年，耶路撒冷四面被围，只好对敌人打开了城门。这一次，尼布甲尼撒饶恕了耶路撒冷，但是，圣殿中的金银珠宝和器皿被洗劫一空，年幼的国王和母亲涅库斯塔及当地最有名望的人士、军人、各行业手工艺人、工人等共计七千人被掳往巴比伦。尼布甲尼撒立约西亚的第四子西底家为犹大王。

西底家在位四年时，西顿王和提尔王派使者引诱他反对巴比伦。亚扪人、摩押人和埃多米特人也来劝说他。他们希望联合起来推翻巴比伦的压迫。这一次，先知耶利米仍坚持警告西底家不要轻举妄动。可是，犹大人还是起兵暴动（公元前589年），因为当时埃及法老霍夫拉答应相助。但是远水解不了近渴。尼布甲尼撒火速派兵包围了耶路撒冷。埃及人试图为耶路撒冷解围，但被所向无敌的巴比伦军队击退。耶路撒冷被团团围困。犹大人英勇抗敌，然而城里各种用品日益短缺。除了战斗伤亡之

外，瘟疫和饥饿也威胁着人们的生命。可是国王和他的谋士丝毫不肯改变主意，他们不理会先知耶利米明智的建议，决定抵抗到底。最后，耶路撒冷被围困一年半后，巴比伦人攻破了城北，随后渐渐占领了整个城市。西底家逃跑，在耶利哥附近被新巴比伦的军队赶上。不幸的人们不得不忍受可怕的惩罚。巴比伦人当着西底家的面杀了他的儿子和诸位大臣，西底家本人被剜去双眼、戴上镣铐押往巴比伦打入大牢。巴比伦军队放火烧了耶路撒冷。大祭司西莱雅及众多犹大达官贵人被处死。犹大王国的命运就这样完结了。犹大人除了希望一无所有："他们坐在巴比伦的河边"等待着巴比伦王国的丧钟敲响的那一刻。

能够留在耶路撒冷的只有少数最贫苦的居民。先知耶利米也在其中。征服者对他格外仁慈，允许他自己选择在何处居住。耶利米认为与其随被流放的人远赴他乡，还不如与孤苦伶仃的同胞一道留在祖国。但是敌人撤军后，逃走的犹大人又回到了犹大，在米斯巴镇杀死了尼布甲尼撒为留在当地的居民设立的巴比伦总督及其身边的卫士。这次刺杀使不幸的人民惊恐万分，他们担心巴比伦国王一怒之下连无辜的人也不会放过。于是不顾耶利米的规劝，逃往埃及。耶利米无法说服人们不出逃，为了不离开同胞，他也随他们去了埃及。

无论是在埃及还是在被掳为囚徒的巴比伦，耶利米和其他随行的先知都努力制止犹大人信奉异乡的宗教，努力帮助他们坚守一个信念，那就是：他们是一个与众不同的民族，他们应当坚持摩西的信仰和摩西法典。先知们宣称，只有遵守了这些条件，耶和华才不会永远向他们发怒，才会带他们返回家园，大卫家族中会出现一位新的最卓越最有力的统治者，统治全世界，因为在犹大人的回忆中，大卫在位的日子是以色列人最辉煌的日子，也是以色列人今后的最高理想。

这种想法在人们的意识中反映在后来的弥赛亚的形象中，很久以后从另一个意义上实现了。约一百年以后，波斯皇帝居鲁士在位时，亚洲局势有了变化，犹大人重归故里的梦想终于实现了。

三

雅·利·安·人

ya li an ren

san

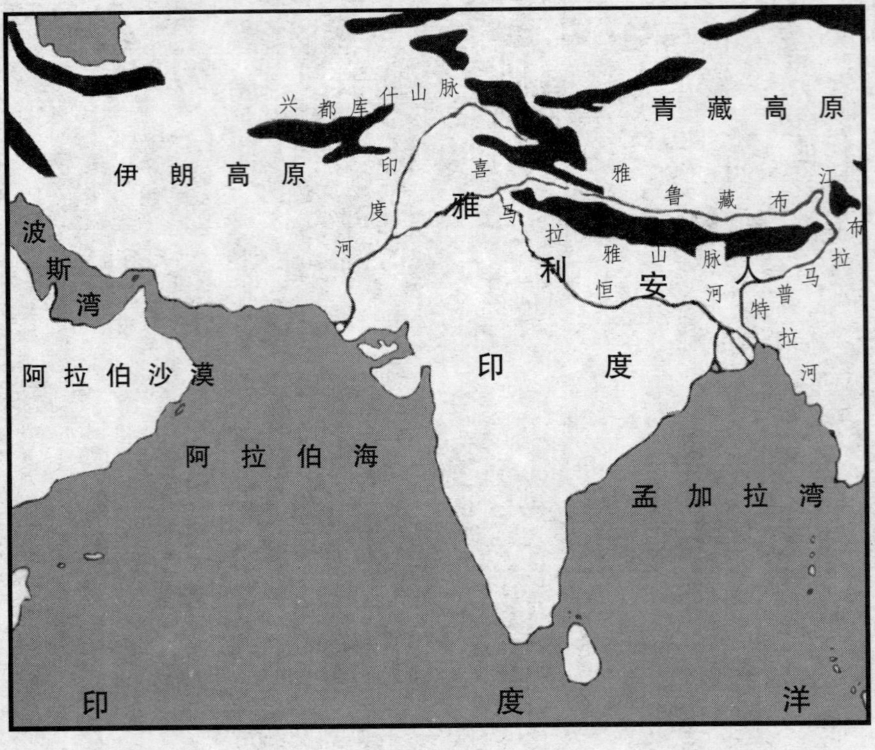

兴都库什山脉
青藏高原
伊朗高原
印度河
喜马拉雅山脉
雅鲁藏布江
雅利安人
波斯湾
恒河
布拉马普特拉河
阿拉伯沙漠
印度
阿拉伯海
孟加拉湾
印度洋

雅利安人的摇篮

1. 概述

我们前面说了闪米特人(埃及人、希伯来人、亚述人和巴比伦人)的文明,现在我们谈一谈雅利安人。中亚——今西藏高原一带可以看做是雅利安人的摇篮,一部分雅利安人(或称印欧语民族)从这里迁往伊朗,然后继续向西迁往巴尔干半岛和意大利半岛,直到大西洋、北海及波罗的海沿岸,另一部分则迁往印度河谷和恒河河谷。

其中占据了伊朗高原的部落和居住在印度及恒河河谷的部落的文明出现得最早(不过,远远迟于埃及的孟斐斯时期)。生活在伊朗的雅利安人,人所共知,仍叫做雅利安人,而印度的雅利安人被称为印度人。

2. 伊朗雅利安人或称津德人

如上所说,这个民族是从西藏迁入了印度河与底格里斯河之间的高原上,特别是其中肥沃的地区,在当地建立了祭司统治的国家。关于这个远古时代国家的命运几乎没有任何可靠的史料流传下来。不过,当时的文化状况人们却了解得相当多。

有一套经书集的很多片断得以保存至今。其中包含系统的宗教、道德和法律概念。这套书叫做《阿维斯陀经》,用津德文写成。现在认为《阿维斯陀经》是由查拉图士特拉(或称琐罗亚斯德)编纂而成。他的学说大约于公元前1000年在大夏国产生,后来渐渐传播开来,占据了统治地位。琐罗亚斯德的主要观点如下:世上有两个王国,光明王国和黑暗王国,光明之神叫做奥尔穆兹德;他是善神中的最高神,善神们帮助他治理宇宙。奥尔穆兹德一句话就创造了世界。但是,在创造世界的那一天,黑暗之神恶魔阿里曼起来反对奥尔穆兹德,他想用罪恶来破坏世界的和谐。诸位恶神都听从他的指挥。虽然他们非常强大,但是只要坚决抵抗,就能战胜这些为非作歹的恶魔。这就需要由祭司人员献上祭品。最后强大的恶魔被消灭,生战胜了死,光明战胜了黑暗。阿里曼只好甘拜下风;经过长期艰苦的斗争之后,在这两个对立的神之间出现了和谐,完美主宰了整个宇宙。

奥尔穆兹德既没有雕像,也没有庙宇或者祭坛,只是在山顶都矗立着祆(xiān)祠,祠里点着祭司们一代一代传下来的圣火,他们的职责就是让火永不熄灭。用作祭品的动物主要是鹿,人们也把牛羊当做祭品献给奥尔穆兹德。祭司们做好哈奥马(一种能醉人的饮料),给在场的人斟满,再宰杀献上的动物,把切开的肉摆在圣火前而不是投入圣火中,因为扔进火中是对圣火的亵渎。仪式的最后是宴饮,人们食用祭肉。

人死后,尸体不能烧,不能埋,也不能抛入河中,因为那样会玷污火、土或者水。有两种处理尸体的办法可以不破坏这三元素的洁净。可以用蜡涂抹在尸体上,然后再埋入土中,这样尸体表面的蜡就避免了尸体与土直接接触对土的玷污。还可以把尸体放在户外,任由鸟兽撕咬啄食。大圆塔[①]就是为此建成的墓地。死者的灵魂在躯壳边逗留三天后,在第四天黎明时分离开躯壳,去接受末日审判。天使拉斯努用秤称量死者生前所行的善与恶,根据过秤的结果或者宣布死者的灵魂自由或者将它定罪。然后将灵魂领往架在地狱的上方通向天堂的奈何桥。如果死者的灵魂有罪,那么它就不能走过这座桥,它会跌进万丈深渊,沦为阿里曼的奴隶。如果死者的灵魂无罪,那么天使克拉奥斯赫会帮助它轻轻松松走过这座桥。天使沃胡曼诺在桥的另一端迎接它,将它领到奥尔穆兹德的宝座前,指出在复活前它应该待的位置。

东伊朗雅利安人的这些宗教观点和宗教制度,尤其是对火和天体的崇拜都传给了与他们同族的米底人,米底人又将它传给了波斯人。

3. 印度雅利安人或称印度人

印度河平原和恒河平原属热带地区,这里的果实种类繁多,应有尽

① 即寂没塔。

有。当雅利安人迁往这里时，当地的原始居民叫做首陀罗，一部分退向德干半岛的南部地区和深山老林中，另一部分向征服者屈服，虽然保全了性命和自由，但是不得不忍受各种屈辱。这些土著居民肤色黝黑，因此浅肤色的外来入侵者从迁入当地起就歧视他们。由此形成了界限分明、社会地位完全不同的两个阶级：一个是雅利安，另一个是首陀罗。雅利安人又分为三个等级：军官、僧侣和农民。首陀罗绝对不能与另外三个等级的人交往。最高一等是僧侣阶层，叫作婆罗门。他们离至高无上的光明之神梵天最近。通过举行宗教仪式、献祭和祷告，婆罗门似乎成了连接天上和人间的中介人。按照婆罗门的教义，最高神，有形的梵天就源于无形的光明之神梵天。其他神都是最高神的子裔，如雷霆和风暴之神因陀罗，火神阿耆尼，黑夜和死亡之神阎摩，大洋神伐楼拿，风之父楼陀罗；其次是诸位天神，再其次是虔诚高贵的人和地方，先是与神圣的梵天接近的，然后再是与梵天相距远的。最后是各种动物、树木、植物、石头等。

这样一个通过哲学抽象思维的方法得到的抽象的神当然不能使人民群众满意。因此，印度人希望凭借着丰富的想像力努力想像出几个可以看得见、摸得着的神，找到对各种自然力的解释，就这样，除了梵天他们又想像出了另外两个主神：毗湿奴和湿婆。毗湿奴被看做是光神，太阳、闪电、火都是它的化身，它能带来幸福。它决定了生育和繁衍，因为它在一定的时期会带来雨水、造成河水泛滥。相反，湿婆是自然界中一切破坏力量的化身。因此，它就在飓风和具有毁灭性的雷雨风暴中。湿婆大怒过后，毗湿奴送来了雨水滋润大地，使植物复苏，在难以忍受的干旱之后给人们带来快乐。

（左）跳舞的湿婆（11世纪。南印度）（中）梵天（20世纪。西柏林）（右）毗湿奴（11世纪。印度）

僧侣们解释说天神梵天用嘴造出了祭司，用双手造出了刹帝利（军官和高级官吏），用双腿制成了吠舍（农民），最后，用双脚制成了首陀罗。鉴于这种解释，反抗这种等级划分就是反对神确立的秩序。因此从一个等级转为另一个等级或者不同等级之间相互融合都是不可能的。等级消失了，变成了种姓。最没有权利而且深受歧视的种姓是肤色黝黑的当地人的后裔——贱民，当雅利安人迁来时，贱民还未开化。也许欧洲的吉卜赛人也是他们的后裔吧。

但是,为了确立婆罗门相对于刹帝利和吠舍的特权,僧侣们花费了大量的时间。为此,他们恐吓人们,如果有谁不听从他们的吩咐,就要受尽苦。除了打入地狱,最可怕的就是轮回,即不停地投胎于动物和人。犯了小过失的人来世就再次投生为大象、首陀罗、狮子、老虎、鸟或者戏子。如果犯了大罪,那么根据他所犯罪行的大小,在地狱中熬够了100年或者1000年后,还要再21次投生当牛做马,然后才能重见光明。杀了婆罗门的人要下地狱,任凭猛兽撕咬,杀生时流出的血触及了多少粒灰尘,那么他就应当在地狱煎熬多少年。如果杀死了婆罗门,那么杀人者的灵魂要投生在最受人鄙视的动物身上,来生做狗、做驴、做羊。

大约在公元前1350年,僧侣们将有关宗教、日常生活和权利的规定都收于一本书中,这就是《吠陀》,意即“知识”。书中首先讲述了祭神和供献祭品的仪式。给神供奉的祭品主要是索玛(使用特殊的方法用一种高山植物做成的汁,印度人给这种植物赋予一种神秘的涵义),稻米、牛奶和牛油。每一次正确奉献的祭品都会起到异乎寻常的作用,献祭的人在供上祭品时对“梵我一如”的领会有多深,祭品的作用就有多大。然后,书中还详细叙述了清洁和饮食禁忌。人能触摸到的所有东西都可能是不洁净的,因此使用之前需清洗。关于食物禁忌的规定尤其繁琐。由于在每一只动物的身上都可能有某个死者,甚至是朋友、亲戚或者祖先的灵魂,所以,婆罗门禁食任何肉。但是,他们不可能使这一点深入人心,因此,他们只是规定,严禁食用牛肉,因为他们认为牛是神圣的动物,牛奶和牛油都应献给神。祭司们建议人们食用乳类和植物类食物,但是葱蒜除外。由此可见,他们可称得上是素食主义者的鼻祖。

食用了禁忌的食物或者犯了其他罪过的人应当还不等法庭宣判就根据罪过的大小自我惩罚，或者祈祷一千次，或者斋戒，或者用皮鞭自笞，甚至自愿以死来赎罪。例如，吃了禁用的食物，那么在30天内就只能吃稻米。蓄意喝醉酒的人只能顿顿喝滚烫的米汤，直到他的五脏六腑被烫坏，他的罪过才算赎完。无意中杀死牛的人应当剃光自己的头发，把死牛的皮当做雨衣披在身上，去放牧，向牛群行礼，服侍牛。如果刹帝利故意杀死了婆罗门，应当被弓箭射死或者三次把头伸向火中，直到被烧死。针对婆罗门来说，这类规定和禁忌就更严格了。在书中详细叙述了他们的义务，甚至规定了他们用餐的姿势，用手的哪些部位洗脸，在家居或出门上路时该如何行事，才能保证不会失去清净和圣洁。对于祭司来说，最值得称道的事就是离开这个不干净的世界到一个僻静的地方去修行，认真悔过，用皮鞭自笞，以此来洗去一切世俗的东西。放弃所有的感观享受、禁绝肉欲、远离尘世的目的不仅仅是为了净化身体，也是为了纯洁心灵，因为心灵在摆脱了感观的束缚之后，才有可能回归于万神之源——最高神梵天，达到梵我同一的境地。

佛(4 世纪。印度)

谈到人的身体时，婆罗门说：“这是人的居所，骨骼是它的储藏室，肌肉是它的黏合剂；这个容器中填满血和肉，外层是皮肤，这是一个不洁净的居所，它经常受到衰老、疾病、忧愁、各种痛苦和情感的困扰，它的生死皆有定数，所以任何人都应力求愉快地离开这个居所。”因此，僧侣们说，身体应当尽一切可能去服从灵魂；人的精神应克制人的本质中肉体和物质方面的需求，在必要的时候彻底根除它。敬仰这种观点的人渐渐地就丧失了独立判断能力、勇气和毅力；其实，这些人活着不是为了今生，而是为了来世，为了死后。

这样，当权者就不难维护自己的统治，因为没有任何人有足够的勇气敢于与统治者争权夺利。所以，过去印度一直实行君主专制统治。国王享有神的称号，因为人们认为他就是神的化身。国王不出身于僧侣阶层，而是来自于刹帝利，他们有义务保护其他阶层。但是国王的卫士主要是婆罗门。国王是最高保护神和最高法官，他奖励好人，惩罚恶人。他有义务严格遵守秩序，运用相应的惩罚措施消除犯罪，以此维护现有的制度。有时，无论是根据事实还是证人的供词或是誓言，都无法搞清事实的真相时，国王就求助于神意的裁判。婆罗门、妇女、儿童、老人和病人要过秤，刹帝利、吠舍和首陀罗这三个等级分别用火、水和毒来考验。如果被考验人第二次过秤时体重比第一次有所减轻；把烧红的烙铁放在被考验的刹帝利身上，如果走七步后身上烫出了烙痕；如果吠舍喝下圣水后身体不适；如果首陀罗服毒后生了病，那么这就是表明他（她）有罪的无可辩驳的证据。

各个种姓之间相互封闭、实行残酷的专制制度和处罚严厉的结果就是造成人们在沉重的压迫之下呻吟，在人们看来，人间变成了地狱。这样的情形不可避免地引起了人们的深思：人的命运是否就是前世注定、不可改变的呢？提出这个问题的人就是释迦牟尼（即乔达摩·悉达多，公元前6世纪末~前5世纪初），又称佛（意即知者）。他宣扬世上诸人皆平等的学说，与婆罗门教义相对立。他说，人们须互相减轻彼此的痛苦，相互扶持忍受人世间无法摆脱的恶。要达到这个境地就要心怀爱心，即不断地做善事、积德。在对待人和动物的问题上，他持极度的人道主义态度，鼓吹禁止宰杀一切生命。犯了戒的人需要的不是严厉的惩罚，而是坦白的、深深的悔过。古人有句名言这样说明释迦牟尼学说的实质："弃恶从善、禁欲。"

释迦牟尼创立了自己的学说后，直接向人们传教。他在户外的广场上公开传教时，不是用人们听不懂的宗教语言梵语，而是用人民的语言。正因为如此，他的弟子很多。人们非常欢迎他，因为他不像婆罗门那样傲慢，他用温和、谦逊的语言表达了对受屈辱的下层劳动人民的最深切的同情。因此，人们把他当做毗湿奴再世也就不足为奇了。但他还是躲不过被迫害的命运，他甚至受到亲人的迫害。然而婆罗门教的地位十分稳固，佛教根本无法使之动摇，尤其是婆罗门为了收买人心，推翻了旧的最高神梵天，鼓吹湿婆为最高神。在印度，即使是今天，婆罗门教的思想基础还是毫不动摇。释迦牟尼的学说几经流血镇压最后被排挤出了发祥地，传到了恒河的对岸，后来继续传到了锡兰岛[①]、中国和日本，在这些国家

① 今斯里兰卡。

站稳了脚跟。时至今日,那里还有数以百万计的佛教信徒。

印度的专制制度与埃及相比毫不逊色,印度的建筑艺术也与埃及同样有名。保存至今的有刻在孟买附近的象岛和萨利塞特岛上的岩石中的古代庙宇。在埃洛尔[①]附近的花岗岩山脉中有凿在山中的一系列半圆形庙宇,长整整一英里。这些庙宇分为上下两层,下层的屋顶为花岗岩,由许多圆柱支撑着作为上面一层庙堂的基础。印度的佛塔也值得一提。这是一些宗教用建筑,有富丽堂皇的大门、塔、柱和长廊,还有数不清的为方便香客而造的房间与塔相毗连。所有这些建筑物上都装饰着极其多的浮雕,上刻婆罗门教神的象征符号。

印度文学中出现了许多杰出的宗教的和世俗的文学作品。其中最优秀的是《吠陀》诸经、十二卷本的摩奴法典、宗教史诗《玛哈帕腊达》(即《摩诃婆罗多》)和《罗摩衍那》以及诗人迦梨陀娑的《沙恭达罗》。这些著作都用最古老的印欧语言之一——梵语写成。

有关古代印度人文化教育的文献资料非常丰富,但是关于印度古代历史的可靠资料却极其贫乏。大约在公元前二十世纪中期雅利安人迁到了恒河平原,在当地建立了两个国家:先是俱卢国,稍后出现了般度国。据《摩诃婆罗多》证实,这两个国家之间相互征战,最后,般度的五个儿子战胜了俱卢国。当时在恒河平原还有另外几个祭司国家:摩揭陀王国,南方有潘地亚王国,克里希纳河[②]畔有卡尔纳塔王国。在马其顿亚历山大王统治时期,在旁遮普,即印度的五河州,就有两个国家存在,这就是塔克西拉[③]和波拉[④]。亚历山大死后,公元前312年,摩揭陀王国出了一位强有力的君主——旃陀罗笈多。后来,亚历山大的部下塞琉古得到了从叙利亚海岸直到底格里斯河畔的土地。旃陀罗笈多在与塞琉古的后人作战时不幸战死。

① 今埃卢鲁。

② 即吉斯德纳河。

③ 即但义始罗,在今巴基斯坦。

④ 音译。

四

波·斯·人

bo si ren

si

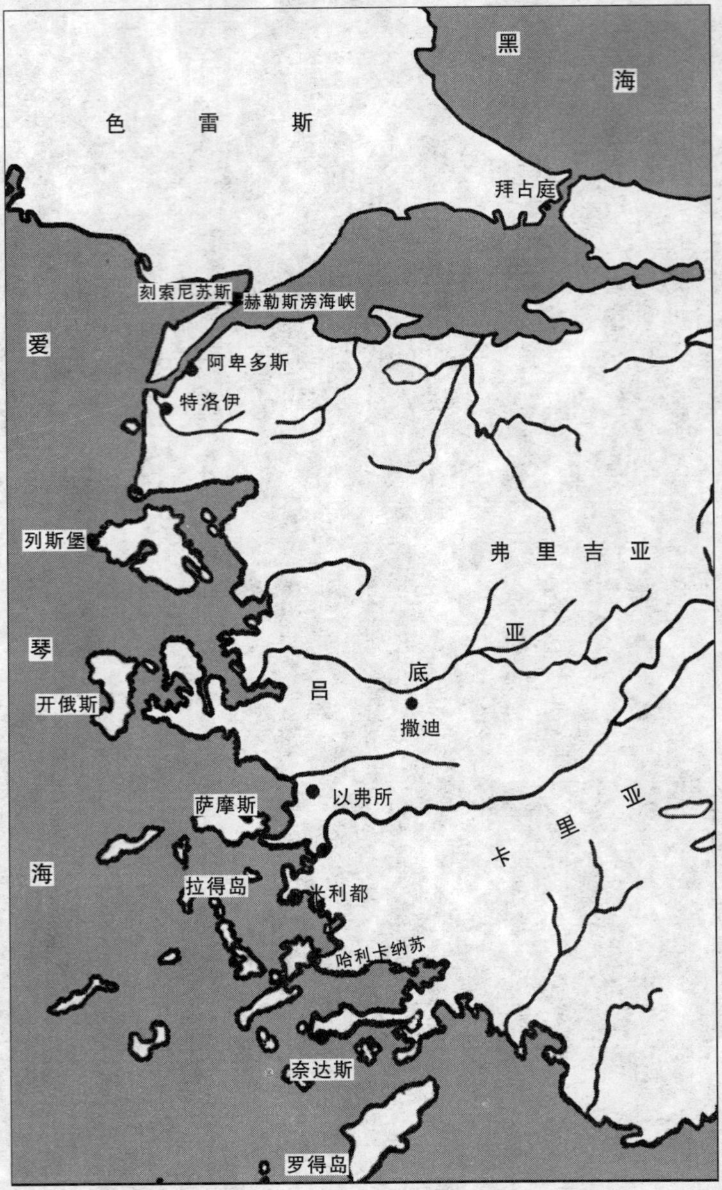
黑
海
色　雷　斯
拜占庭
刻索尼苏斯
赫勒斯滂海峡
爱
阿卑多斯
特洛伊
列斯堡
弗里吉亚
琴
亚
底
吕
开俄斯
撒迪
以弗所
萨摩斯
亚
里
卡
海
拉得岛
米利都
哈利卡纳苏
奈达斯
罗得岛

古代小亚细亚

1. 阿斯提亚格斯统治时期的米底王国

正如上文所说，米底王国的首位国王是基阿克萨尔。他的势力扩大到了小亚细亚，他还入侵了吕底亚王国。当时统治着吕底亚王国的是基格斯的一位后人——阿利阿提斯（公元前625~前568年）。战争持续了六年，没有任何进展。有一次，正当战斗进行时，出现了日食，交战双方都感到非常恐惧，于是他们停止了激战，签订了和约。哈利斯河成了米底与吕底亚的界河。为了进一步巩固和平，阿利阿提斯把女儿阿丽耶妮丝嫁给了基阿克萨尔的儿子阿斯提亚格斯。两国君主按照当时的习惯，相互割破手臂，饮血盟誓。基阿克萨尔在位的后期，两国之间相安无事。公元前596年基阿克萨尔死去，阿斯提亚格斯继承王位，此时，米底王国的疆域东起伊朗沙漠，西达哈利斯河畔。

阿斯提亚格斯过着纯东方式的奢侈生活。他身居东宫大院，整天在王宫附近或沙漠边缘的林子里打猎消磨时间。他的性格中没有丝毫尚武好战的成分，他的人民也已不再习惯于战事。阿斯提亚格斯没有儿子，因此他只能把王位传给女儿曼丹妮或外孙。曼丹妮嫁给了父亲的臣民——波斯贵族冈比西斯。他们的儿子居鲁士就是后来的波斯国的第一位国王。

2. 波斯帝国的创建人居鲁士

史学家希罗多德讲述了一个关于居鲁士的童年和青年时代的传说，

他想以此证明,人的命运前世早已注定,是英雄就终将建功立业。

冈比西斯和曼丹妮婚后第一年,阿斯提亚格斯做了一个梦,梦见从女儿的肚子里长出了一棵葡萄藤,渐渐地,枝繁叶茂,浓阴覆盖了整个亚洲。占梦的祭司给阿斯提亚格斯解释说,这意味着曼丹妮的孩子今后将会取代他统治天下。于是国王为了杀死女儿腹中的孩子,令公主回宫。居鲁士刚出生,阿斯提亚格斯就把哈尔帕格斯叫来,吩咐道:“我托你办一件事,你要全力以赴办好,休要欺骗我!听着,把曼丹妮刚产下的孩子抱回家里杀死,然后埋掉。”哈尔帕格斯对国王很忠实,他答道:“过去我从未做过要受老天惩罚的坏事,今后我仍要谨慎行事避免犯错。既然你希望我这样做,那么,尽心尽力为您效劳就是我的职责。”

随后,哈尔帕格斯带上孩子哭丧着脸回到家,把一切都告诉给了妻子。他的妻子问:“你打算怎么办?”哈尔帕格斯说:“我不想照阿斯提亚格斯吩咐的去办。我不会杀死这个孩子,因为他和我同出一宗,而且阿斯提亚格斯年纪老迈,还没有子嗣。国王想借我的手杀死公主的孩子,可孩子死了大权就会落入公主之手,到那时,我能有什么好结果?不过,为了我能平安无事,这个孩子不能活着。只是刽子手应该是阿斯提亚格斯的人,而不是我的手下。”

居鲁士

哈尔帕格斯说完这番话,立即派人把阿斯提亚格斯的一个牧人叫来。据他所知,这个人放牧的山岭上时常有野兽出没。这道山岭在埃克巴坦纳以北,在黑海,或者更准确地说,在里海之滨,这一带地势高,多山;米底境内的其他地区则是一马平川。牧人遵照吩咐急忙来见哈尔帕格斯。哈尔帕格斯说:“国王命你带走这个孩子,扔到荒山野岭野兽最多的地方,让他尽快死掉。国王还命我转告你,假如你没把孩子杀死,而是藏了起来,他会对你严加惩处。我会亲自去查看你把孩子扔在了什么地方。”

牧人听罢吩咐,带着孩子回到了家里。他的妻子惶恐不安,不知丈夫因为何故被哈尔帕格斯叫去。牧人一进家门,妻子就问他哈尔帕格斯急急忙忙找他去是为了什么。他答道:“唉,老婆,我进了城以后,居然听说了一件奇怪的事。我简直不愿意相信这是陛下的吩咐。哈尔帕格斯家中愁云笼罩。我胆战心惊地进了门,看见一个衣着华丽的婴儿蹬着小腿哇哇地哭着。哈尔帕格斯看见我,就命我立刻带走孩子,扔到野兽最多的荒山野岭去;还说如果我不执行命令,国王陛下定会大怒。我就抱起装着孩子的盒子,心想这一定是某个下人的孩子,因为我实在想不出他出自何家。但是令我惊奇的是他竟然穿金戴银,而且哈尔帕格斯家中叹息声连连。一位仆人送我出了城,路上他把一切都告诉了我。原来,这是公主曼丹妮的孩子,国王下令杀死他。看,就是这个孩子。”

牧人说着,就打开了盒子给妻子看。牧人的妻子看见了一个十分可爱的婴孩。她哭了起来,抱住丈夫的膝盖,求他不要杀死孩子。牧人不答应:“我不能留下这个孩子,因为哈尔帕格斯的密探会来查看我是否按他吩咐的做了。如果发现我没照他说的做,他会不高兴的。”妻子看丈夫不听劝就说:“既然我不能说服你不杀他,那就这么办吧。听我说,你不在的时候,我生了一个孩子,不过孩子生下来就是死的。给,带去扔掉吧!我们把公主的孩子当做自己的孩子养大。这样一来,让人看起来好像真的把公主的孩子扔了,就没人会怪罪你不服从老爷的吩咐,我们也不会有事了。我们死去的孩子会被当做王子来安葬;活着的孩子也不用送死。”

牧人听罢,认为妻子的建议不错,当即就同意了。他把奉命要杀害的孩子从盒子里抱出来递给妻子,给死去的孩子换上居鲁士的衣服,放入带来的盒子中,立刻带进了山里扔在了野兽最经常出没的地方。第三天，牧人让助手放牧，自己进了城，去见哈尔帕格斯，汇报说他已准备领哈尔帕格斯的手下去看孩子的尸体。哈尔帕格斯派最贴身的随从跟牧人去，吩咐他们证实孩子已死后就把他安葬了。牧人的妻子收养了活着的那个孩子，给他另取了一个名字。这个孩子就是后来的居鲁士。

小居鲁士十岁时，谜底揭开了。他在村子里和同龄的孩子们一起玩耍。游戏时小伙伴们选牧羊人的儿子小居鲁士做国王。他吩咐一部分小伙伴造房子，一部分做他的随从，另一部分做国王的“耳目”，还有一部分向“国王”汇报。一起游戏的孩子中，有米底贵族阿尔腾巴罗斯的一个儿子，他不肯听从小居鲁士的命令，小居鲁士就令孩子们把他抓起来，揍他。贵族的孩子受到这样的待遇后，感到气愤不已，他急忙进了城，向父亲告状，说居鲁士欺负他。但是，他没说居鲁士是牧人①的儿子，因为那时居鲁士还没有这种名分。

阿尔腾巴罗斯怒气冲冲地领着儿子去见国王，向国王抱怨他的儿子受到了国王的下人的欺负：“王啊！牧人的儿子羞辱了我啊！”他掀开儿子的衣服，国王看见了孩子背上的鞭痕。国王听了大臣父子二人的诉说后，命人按照阿尔腾巴罗斯的官职给其子以补偿，同时传牧人带儿子进宫。

当牧人父子来到阿斯提亚格斯面前时，阿斯提亚格斯看了看居鲁士，喝道：“穷小子！你竟敢如此对待一品官的儿子，真是胆大包天！”居鲁士答道：“陛下！我有权这么做。我们村的孩子游戏时选我做国王，大家都听我的命令，惟有他不听，所以才会受到惩罚。如果我错了，任陛下处置。”

小居鲁士说完后，阿斯提亚格斯立即认出了他。他感到这孩子的相貌与自己很相像，而且气度不凡。他想，被抛弃的外孙如果活着也该有这般大。想到这儿他震惊万分，许久说不出话来。最后，他平静下来，答应给阿尔腾巴罗斯以补偿，命其他人全都退下，只留下了牧人。阿斯提亚格斯问：是谁把这个孩子给你的。牧人回答说：这是我自己的儿子，孩子的母亲就在孩子身边。阿斯提亚格斯摇了摇头，威胁说：“你不说实话，这是自找苦吃。”说完他一摆手，令左右把牧人拿下。在要给牧人用刑时，牧

① 估计“牧人”为“公主”之误。

人开口说了真话，请求国王饶恕。

牧人一说明真相，阿斯提亚格斯就立刻息了怒。但是，不禁对哈尔帕格斯火冒三丈，他命令随从立即把哈尔帕格斯带来。阿斯提亚格斯质问哈尔帕格斯："我把公主的孩子给了你，命你杀了他，你是怎么杀死他的？"哈尔帕格斯看见牧人也在场，担心被揭穿就没敢撒谎，而是说："陛下！您把孩子交给我后，我就想我应当执行您的命令才能继续得到您的恩宠。所以我就把这个牧人叫来，把孩子交给他，吩咐他国王下令杀死这个孩子。这一点我没说谎，因为您就是这样吩咐的，只不过我把孩子交给了他，令他扔到荒山野岭，等孩子死后收尸。说这番话时，我还对他百般威胁，生怕他不执行。孩子死后，我派最贴身的随从前去查看，证实后，才埋葬了。这就是事情的经过，孩子就是这样死的。"

尽管哈尔帕格斯所说均是实情，可阿斯提亚格斯仍对他不满。他不露声色地把从牧人那里听到的一切都给哈尔帕格斯说了。最后，他告诉哈尔帕格斯，公主的孩子现在还活着，他认为这是很公正的。他说："因为我一直对此感到很内疚，女儿指责我，我也并非无动于衷。既然现在孩子毫发无损，我希望你把儿子送来陪伴失而复得的王子。随后，我想设宴感谢众神救了我的外孙，希望你参加我的午宴。"

哈尔帕格斯听了这番话，立即拜倒在国王的脚下。他被喜悦冲昏了头脑，失去了警觉，竟然答应来赴宴。回到家，他立即派人把年仅13岁的独生子找来，命他去见国王，叮嘱他进宫后一切听从国王的吩咐。他高高兴兴地把这件事的前前后后全都告诉了妻子。哈尔帕格斯的儿子一进宫，阿斯提亚格斯就立即让人杀了他，碎尸万段，把其中一块煮了，其余的烤熟，放好。

午宴时，所有客人都到了，哈尔帕格斯也来了。给阿斯提亚格斯和其他客人吃的是羊肉，给哈尔帕格斯端上的是他亲生儿子的肉。不过，头、腿、脚和手臂放在一个篮子里用盖子盖着。当阿斯提亚格斯觉得哈尔帕格斯已经酒足饭饱时，他问哈尔帕格斯味道如何，哈尔帕格斯说好极了。这时，国王命人把篮子递过去，告诉他想吃哪块就吃哪块。哈尔帕格斯听如此说，就揭开了盖子，不想看见了儿子的遗骸。当他看见儿子的尸骨时，他一下也没有抖，竭力克制住了自己。

阿斯提亚格斯问他知不知道刚才吃的什么肉。哈尔帕格斯回答说知道，而且他认为无论国王做什么都是对的。随后，他提起儿子的尸骨，回家去安葬。

阿斯提亚格斯就这样报复了哈尔帕格斯。他唤来十年前曾为他占梦的祭司，请教居鲁士一事。僧侣们进宫后，阿斯提亚格斯问他们他的梦该如何解释，他们仍然说，如果这个孩子活着，会做国王。这时，阿斯提亚格斯说道："这孩子活着，而且就在宫里。他在外省长大，被村里的孩子们选做国王，身边有随从，有门卫，还有使臣。这意味着什么？"祭司回答说："如果他活着，而且已在无意中做了一回国王，那么陛下只管放心，不必担忧，因为他不会第二次做国王了。我们的很多预测往往都在不经意的小事上兑现，梦常常只是一些微不足道的小事的预兆。"阿斯提亚格斯说："我也这么想，既然他已经做了国王，那就不再对我构成威胁了。不过，你们说说看，对我、对你们来说最安全的是什么？"祭司答道："陛下！对我们本人来说您的政权牢固，这是最重要的。因为如果大权落入这个波斯孩子之手，那就是落入了异族之手。我们米底人就只好沦为奴隶，波斯人不会把我们当自己人看待。可是如果陛下继续当国王，那么我们就能和陛下一道统治天下、受人尊敬，所以我们有义务尽可能多地关心陛下和陛下手中的大权，假如我们现在发现有危险，决不会对陛下有所隐瞒。不过，由于陛下的梦还没有结果，所以我们会继续观望，建议陛下也多加留意，把孩子送回波斯他父母的身边。"

阿斯提亚格斯听说后，很高兴。他唤来居鲁士对他说："孩子！我因为做了一个梦就这样对待你，实在不公平，好在你福星高照，幸免于难。现在，高高兴兴地回波斯去吧。我会派人送你回去。你会看见你的父母，不过，不是牧人夫妻。"阿斯提亚格斯就这样送走了居鲁士。居鲁士回到冈比西斯的家里，见到了生身父母。当公主和丈夫听说这就是他们的儿子时，喜不自胜。他们问居鲁士他是怎么得救的。居鲁士说他原来根本不知道还有这回事，这次来波斯的路上才听人说起。他从没想过会不是牧人的儿子。他告诉公主夫妇是牧人的妻子养育了他，他对养母赞不绝口。当冈比西斯夫妇听说儿子的真名叫做居诺时，就在波斯人中宣扬说是一条狗养大了被抛弃的小居鲁士。因为在波斯语中“居诺”的意思就是“狗”。这样,人们就会以为是神搭救了小居鲁士。一个民间传说就这样产生了。

居鲁士长大成人后,在同伴中最勇敢、最受人爱戴。哈尔帕格斯收买他,燃起他心中向阿斯提亚格斯复仇的强烈愿望。因为哈尔帕格斯很清楚自己单枪匹马无法报国王的杀子之仇。但是,他起初还做了一件事:由于阿斯提亚格斯残酷对待米底人,哈尔帕格斯就拉拢了最有名望的几个米底人,向他们灌输这样的想法:应该召居鲁士回米底,剥夺阿斯提亚格斯的大权。

哈尔帕格斯做好这件事后,想把计划告诉居鲁士,但是居鲁士住在波斯,路上有士兵把守,所以他只好想了一个法子。他搞到了一只兔子,掏出内脏,但未剥皮,他把写有计划的信放入了兔子的腹中,又重新把兔子的腹部缝好。他找了一张捕兽网给最贴身的仆人带上,让仆人看起来就像是一个猎人,然后就打发仆人去波斯。仆人的使命就是在献上兔子时,告诉居鲁士要在身边无人时亲自杀了它。

仆人完成了哈尔帕格斯的嘱托。居鲁士收下了兔子。他剖开了兔子,看见在兔子的腹中藏了一封信,信的内容如下:“冈比西斯之子,神在指引着你,否则你不可能这样幸运。感谢神和我,你现在才活着。我认为这一点你早就知道。你还知道由于我没有杀了你而是把你送给了牧人,我才忍受了丧子之痛。如果你现在肯听我的劝告,你就会取代阿斯提亚格斯统治这片土地。号召波斯人起来反抗,来攻打米底人吧!如果阿斯提亚格斯派我领兵抵抗你,那么一切都将如你所愿。即使派其他米底大将抵抗,也不会有意外。因为他们会背叛阿斯提亚格斯转而投靠你,还会努力推翻阿斯提亚格斯的统治。我们这里一切已准备就绪,请尽快起兵。”

居鲁士看了信后,就开始考虑该如何行动才能说服波斯人起来闹独立,很快,他有了一个好办法。他写了一封信,然后,把波斯人集合起来。他当着众人的面打开这封信,向大家宣读。他说,阿斯提亚格斯任命他为波斯人首领。“因此,”最后,居鲁士说,“我命令你们明天每人带一把镰刀来。”

当大家都带着镰刀到齐时,居鲁士命他们在一天之内割完一大片麦子。波斯人干完了交给他们的活计。居鲁士命他们第二天着节日盛装仍来这里。居鲁士吩咐下人把自家的牛、羊全都赶到一个地方宰了,烹制成各种菜肴,准备招待将士们。为此,他还令下人带来葡萄和其他不常见的美味佳肴。第二天,人们来了,他请大家坐在草地上,尽情享用。等人们酒足饭饱时,居鲁士问:"你们觉得哪一天好,昨天还是今天?"众人答道:"这两天有天壤之别,昨天备感劳累,今日只有愉快的享受。"于是,居鲁士挑明了他的计划:"波斯人!这就是你们的处境。如果你们听从我的指挥,那么今后就有享不尽的荣华富贵;如果你们不肯,那就只好像昨天一样劳累一世。听我的,你们定会自由!我相信,是神赋予我使命带领你们获得自由,我认为,你们个个英勇,至少这一点丝毫也不比米底人差。所以,起来摆脱阿斯提亚格斯的统治吧!"

波斯人早就不满米底人的统治,现在有了这样一位领袖,人们很愿意宣布独立。当阿斯提亚格斯听说了居鲁士的所作所为后,派出使者传居鲁士进宫。居鲁士让这位使者答复阿斯提亚格斯:"我会来得比你所希望的还早。"阿斯提亚格斯得到这个回音后,令全体米底人武装起来,准备抗敌。可是,就好像是神迷惑了他的头脑,他竟然忘记了自己是哈尔帕格斯的杀子仇人,任命哈尔帕格斯为统帅,阻拦波斯人。当米底人与波斯人在战场上相遇时,有些米底人不知两军之间早有约定,与波斯人交起手来,还有一些米底人阵前投敌,大多数则是懦夫,当了逃兵。

阿斯提亚格斯得知米底人狼狈逃窜,不禁大怒:"居鲁士高兴得太早了!"他下令处死为他占梦的祭司,因为就是他们劝他不要除掉居鲁士。随后,他率领留在城中的米底人,不分老幼一同迎战波斯人。但是,他带领的人马被波斯人打得大败,他本人被俘,其他人全部战死。

哈尔帕格斯得意洋洋地来到被俘的阿斯提亚格斯面前,对阿斯提亚格斯冷嘲热讽。两人唇枪舌战。当年阿斯提亚格斯杀了哈尔帕格斯之子,请他吃爱子的肉,问他味道如何;而今哈尔帕格斯问阿斯提亚格斯与做国王相比,阶下囚的滋味如何,这就是当初杀子的后果。阿斯提亚格斯盯着他质问道:"你以为波斯人的胜利都是你的功劳?"哈尔帕格斯说正是他怂恿居鲁士造反,以此报杀子之仇。阿斯提亚格斯指责哈尔帕格斯愚蠢至极,错误之至。蠢就蠢在如果他亲自起兵反叛,就可以自己称王天下，而不是为他人作嫁衣；错就错在为了报一己之仇，竟然使成千上万的同胞沦为奴隶。即使他阿斯提亚格斯不能继续为王，那么最好也应由米底人而不是波斯人来接替。如今可好，无辜的米底人过去是老爷，现在成了奴隶；波斯人从前是米底人的奴隶，现在摇身一变，做起了老爷。

米底人的统治就这样结束了。但居鲁士并未停止征服，他又向位于小亚细亚半岛上的吕底亚王国推进。

3. 吕底亚王国的衰落

（公元前540年）

小亚细亚地域辽阔，物产富饶。这里居住着众多不同的民族。奇里乞亚人和卡帕多细亚人占据了半岛的东部，按照语言和风俗他们都属于叙利亚人。半岛的西边被弗里吉亚人、加里亚人、吕底亚人和米泽里亚人占据着，他们大概都源于同一种民族。此外，在沿海地带还住着很多外来移民。其中西海岸的希腊移民和南海岸的腓尼基人最多。其他部落居住在山区，主要是在半岛的东北部。

这里民族众多，因此有许多个独立的国家，其中最先崛起的是弗里吉亚王国和吕底亚王国。后来，基迈里亚人入侵小亚细亚，有一段时间各个民族都屈从于基迈里亚人。但是，吕底亚人很幸运，他们赶走了外来入侵者（约公元前564年），建立了强大的国家，很快就征服了小亚细亚的大部分地区。吕底亚人与沿岸希腊殖民城邦多年征战，到了克洛索斯在位时，吕底亚人终于攻克了希腊殖民城邦。吕底亚人的势力西起地中海沿岸，东达哈利斯河、潘非利亚及里奇亚。但是，吕底亚王国最强盛之时也是它开始衰落之日。阿斯提亚格斯与克洛索斯是姻亲，但后来居鲁士当权，从属于米底的卡帕多细亚也归顺了波斯，这时，居鲁士开始逼近吕底亚王国。不久，克洛索斯就被迫集中兵力与波斯决一死战，在这次战斗中吕底亚人被打得落花流水。关于吕底亚亡国之前的几个不同寻常的传说，非常有名，被希罗多德记载了下来，我们打算在这里讲一讲，因为这些传说生动地描绘了当时的风气和人们的思维方式。

克洛索斯是一位强有力的君主，他富有，有修养，他的王宫是科学艺术界名人常常眷顾的地方。而且，由于沿岸希腊城邦也在他的控制之下，所以，最有名望的希腊人也常常拜访他。雅典人梭伦在编写了梭伦法典之后曾游历过埃及和小亚细亚。关于这部法典我们将在下一章中作一介绍。有一次，梭伦来到了克洛索斯的王宫。克洛索斯非常欢迎他，几天后命随从陪伴他参观国王的宝库，带他看所有最好的东西。

待梭伦看过后，克洛索斯问："雅典来的客人，我们耳闻你周游了不少地方，也听说了你的英名，所以，我想问问，你见过比我更幸福的人吗？"

梭伦喜欢说真话，不习惯阿谀奉承。他说："见过，陛下。是雅典人特罗斯。"

克洛索斯很惊讶，他好奇地问："为什么你认为特罗斯是最幸福的人？"

梭伦回答："在祖国最繁荣的时候特罗斯儿孙绕膝，而且个个健康。我们认为这就是幸福。这种生活之所以幸福就在于它能圆满地终结。当雅典与邻国交战时，他参加了战斗，打退了敌人，最后英勇战死在疆场。雅典人出资把他安葬在了他倒下的地方，人们怀着崇敬的心情怀念他。"

梭伦对特罗斯的一番赞扬打动了克洛索斯。他问："你认为除了特罗斯，谁最幸福?"克洛索斯相信，这下肯定就是他自己了。

梭伦答道："克勒奥比斯和比同。他们是阿尔吉夫人，家境富裕，并且力大无比。所以他们两人都在公众竞技会上得了奖。有一次过节时，他们的母亲急着要去神庙，可家里的牛却没按时从田里回来，无法套车。时间很紧，于是两个少年把大车套在自己身上，以人代牛，奔跑了45斯塔季（约9000米），把母亲送到了神庙。对这种行为的褒扬就是最美的死亡。阿尔吉夫的男子以他们为荣，妇女们称赞他们的母亲有这样的好儿子。他们的母亲非常满意儿子的行为，她听了众人的赞扬后，祈求女神把世上最大的幸福赐给儿子。由于她的祈祷，献祭及进餐完毕后，两个少年在神庙里睡着，再也没有醒来。他们的一生就这样结束了。神想以此说明死了比活着好。阿尔吉夫人为两位少年塑了雕像，放在得尔福，好让每个人都把他们当做是最可尊敬的人来怀念。"

就这样梭伦提出克勒奥比斯和比同是第二幸福的人。

克洛索斯不满地叹道："唉！雅典人！难道你如此轻视我的幸福，竟然拿两个老百姓来和我比？"

梭伦回答说："唉！克洛索斯！难道不是你问我的吗？我深知神嫉妒人们的幸福，千方百计阻挠人们得到幸福，人在一生中要看见、经历很多他不想看见、不想经历的事。人的一生能活70年，这70年中包括25200天，这其中的每一天都与其他日子不同，所以，唉，克洛索斯！人的命运变幻莫测。我知道你非常富有，还能呼风唤雨。但是，只有当我将来听说你已经幸福地结束了一生时，我才能说你是幸福的。如果幸福不能忠实地陪伴一个富翁一生，那么即使是最富有的人也不比吃了上顿没下顿的穷光蛋更幸福。看任何事都应当看它如何终结。因为神让很多人起初平安富足，临死前却是一无所有。"

梭伦的一席话不仅未让吕底亚王满意，也没能使他重视普通的人。梭伦获准告辞了。在克洛索斯看来，这个梭伦很无知，他居然认为应期待每件事的结果，而不重视眼前所拥有的幸福。但是梭伦走后没过多久，克洛索斯就尝到了丧子之痛，也许这就是因为他自认为是天下最幸福的人，所以天神暴怒之下降祸于他。他有两个儿子，一个健康，一个是哑巴，他失去的却偏偏是健全的儿子。王子是在打猎时被镖枪意外击中致死的。

许多年过去了，他一直沉浸在失去爱子的悲痛中。这让他更深切地感到幸福无望。但是，居鲁士代表命运为他准备了更沉重的打击。波斯军队大捷和米底王国灭亡让克洛索斯摆脱了悲痛。他希望阻止波斯人建立的国家继续强大。

为此，他想利用神谕，于是他求助于希腊和利比亚的所有神灵。最著名的有得尔福的阿波罗神庙的神示所和埃及西部锡瓦绿洲的朱庇特·阿蒙神庙的神示所。不过，克洛索斯决定先检验一下神谕是否正确。他决定先问问神谕他是否应当与波斯人交战。国王的使者从吕底亚的都城萨底斯出发，出发后的第二十天应当询问所有的神谕：吕底亚的国王在做什么。使者们将先知们的答复记录下来，然后带回来呈交国王。其余神谕是如何回答的我们已不知晓，总之，当吕底亚人到达得尔福神庙向神询问早已准备好的问题时，皮提亚[1]这样回答使者：

[1] 阿波罗神庙的女巫。

海底和沙粒都逃不过我的眼睛；
我听得见哑巴的心声，理解力不逊色于聋人。
现在我嗅到了甲鱼的味道，
和羊羔肉一同炖在铜锅中，
锅盖也用铜铸成。

吕底亚人将女巫的这番话记下来带回了萨底斯。当其他使者带着神谕回到萨底斯时，克洛索斯看了他们带回的神谕。大部分回答他都不喜欢。当他听说得尔福的神谕后，不禁肃然起敬，他承认这个回答是惟一正确的，因为只有它准确无误地说明了克洛索斯当时在做什么。原来他派出使者后，在那一天宰了一只甲鱼和一只羊羔，一起放在铜锅里，盖上铜锅盖焖。

为了博得神的欢心，克洛索斯给得尔福的阿波罗神庙送上了3000头牲畜和不少贵重礼品；其中最著名的包括170块金砖，一头狮子，许多金银器皿，一座3肘高的美女金像，以及王后的项链和金腰带。克洛索斯吩咐献礼时询问女巫：他是否应当与波斯人开战。神谕这样回答："如果克洛索斯与波斯人交战，他就会毁掉一个大国。"神谕还建议他与希腊最强大的几个国家结盟。

克洛索斯听了这个预言后非常高兴，因为肯定是他将毁掉波斯人的国家，对此他毫不怀疑。他给每一个得尔福祭司送了一枚斯塔特尔金币。由于他确信得尔福神谕一定正确，所以就想知道得多一些。他吩咐使者第三次去得尔福请教神谕：他统治的时间是否会长久。预言家这样对他说：

当骡子[1]统治了米底人时，
健步如飞的吕底亚人哪，赶快逃向赫尔莫斯河畔，
不要反抗，不要羞于做一个胆怯的人。

克洛索斯听到这个回答时，比前一次更高兴，因为他认为骡子永远也不可能取代国王统治米底人，而且不仅他本人，甚

① 这里暗指居鲁士，因为他是混血儿，他的母亲是米底人，父亲是波斯人。

至他的继承人也不会失掉王位。接着,他四处打听希腊的哪一个国家强大。他得知在希腊诸国中斯巴达和雅典的地位举足轻重,而且当时最强盛的国家是斯巴达。于是,克洛索斯派使者带着礼物前往斯巴达,希望与斯巴达人结盟。

使者来到斯巴达后,转达了国王的愿望:“尊敬的拉哥尼亚人[①]! 由于神建议我与希腊人建立友谊,由于我知道贵国为希腊诸国之首,因此,为了遵行神的意愿,谨邀请你们与我们结为互不欺瞒、坦诚相见的盟友。”拉哥尼亚人早已听说了神谕对吕底亚国王的预言,对于吕底亚国王曾经给予他们的帮助他们非常感激,因此,他们对吕底亚人的到来感到很高兴,双方结为互助盟友。

克洛索斯与当时的另外两个强国——巴比伦和埃及——也结为同盟,因为波斯人的日益强盛也威胁到了这两个国家。但是,这些协约几乎没有给克洛索斯带来任何好处,因为居鲁士使克洛索斯的如意算盘落空了。

克洛索斯错误地理解了神谕,他满怀希望率大军前往卡帕多细亚,打算打垮居鲁士的政权,消灭波斯人。当克洛索斯还在忙于准备这次远征时,吕底亚一个有名的贤人十分明智地劝告国王:“陛下! 你打算征服的人食不果腹,衣不蔽体;那片土地贫瘠、凄凉。他们没有美酒,没有瓜果,没有任何美味点心。既然他们一无所有,即使你胜了,你又能得到什么? 相反,如果你失败了,你会失去多少! 波斯人一旦尝到了吕底亚的甜头,他们就会长期占据这里,不会任凭我们把他们赶走,我感谢上天没让波斯人想到要攻打吕底亚。”

确实,在征服吕底亚之前,波斯人还未享受过舒适安逸的生活。但是,贤人的这番话并未改变克洛索斯的主意。他仍然希望夺取卡帕多细亚,向阿斯提亚格斯复仇,所以他匆匆忙忙地远征了。来到哈利斯河边后,他乘船渡过了这条河,或者,如其他传说所言,他听取了米利都著名的哲学家泰勒斯的建议,挖了一条半圆形运河,这样,就可以涉水渡过这条河了。克洛索斯一路抢劫来到了卡帕多细亚。居鲁士竭力怂恿亚细亚半岛的希腊城邦脱离吕底亚,但是他枉费心机。于是,他只好率领波斯军

① 即斯巴达人,他们居住在伯罗奔尼撒半岛的拉哥尼亚平原上。

队迎击克洛索斯。在随后的一场战斗中双方打得难解难分，夜幕降临时各自鸣金收兵，未分出胜负。

克洛索斯认为吕底亚军队兵力不足，因为居鲁士的军队兵力占了优势，所以，他决定撤回萨底斯，向埃及、巴比伦和斯巴达求援，待来年春天与盟军一起再次进攻居鲁士。他打发雇佣军回家过冬，等待春天。波斯王得知克洛索斯退兵后，起初也打算解散军队，但是经过一番深思熟虑后，他决定尽快赶往萨底斯，在吕底亚兵力再次集结之前到达那里。当居鲁士突然出现在萨底斯附近的平原上时，克洛索斯顿时惊慌失措，他断定情况已经有了180度改变，现在的局势完全出乎他的预料。但他仍然带领吕底亚人迎战。当时，吕底亚人是最骁勇善战的民族。他们手持长矛，骑马作战，是出色的骑手。两军在萨底斯附近一片广阔的平原上对峙。由于居鲁士害怕吕底亚的骑兵，所以，他按照哈尔帕格斯的建议做了安排。波斯军队中有大批运送粮草的骆驼。居鲁士下令卸下所有驼背上的粮草，全副武装的士兵骑上骆驼打先锋，迎击吕底亚骑兵，随后是步兵，骑兵走在最后边。

即将被烧死的克洛索斯

之所以这样安排，是因为马害怕骆驼，不仅见不得骆驼的样子，也闻不得骆驼的气味。哈尔帕格斯想出这个办法，是想让吕底亚人引以为自豪的骑兵无法施展。果真，马一闻到骆驼味，看见骆驼，就立刻转身，向后逃窜。但是，吕底亚人并不是胆小鬼，他们看出了波斯人的诡计，就立即跳下马来，与波斯人展开了肉搏。交战双方的伤亡都很惨重。最后，吕底亚人被迫退进了城里，关闭了城门。波斯人包围了萨底斯。克洛索斯派使者向所有盟友请求提前派兵援助。他希望包围的时间长一些。虽然盟友——特别是斯巴达人——已准备就绪，但是远隔千里，不可能神速赶来，而死亡已经威胁着吕底亚国王。

萨底斯人顽强抵抗。居鲁士的军队中有个叫做吉罗伊阿德斯的士兵发现城墙上有个地方无人防守，因为那里好像无法攀登。他打算从这儿攀上去。这时，他看见有个吕底亚人的头盔掉下了城墙，那个人下了城墙捡起头盔，又攀了上去。吉罗伊阿德斯正好看见了这一幕，他断定可以从这里上去。吉罗伊阿德斯爬了上去，其他波斯人紧随其后。就这样，萨底斯城被包围40天之后，终于失守。居鲁士下令一定要活捉克洛索斯。

可克洛索斯差点儿被杀死。有个波斯人不认识克洛索斯，扑向他，想杀死他。克洛索斯发现了敌人，但他极度悲哀，对死早已漠然。当克洛索斯的聋哑儿子看见一个波斯人冲向父亲时，由于惊吓和难过，他突然开口说了话！他喊道："喂，别杀克洛索斯！"这是他有生以来第一次开口说话，从此，他就不再是哑巴了。

被俘的吕底亚国王被引到了波斯皇帝的面前，居鲁士下令生起一大堆篝火，把上了手铐和铁链的克洛索斯和另外14个吕底亚少年一同烧死，作为这次胜利的祭品。

克洛索斯站在篝火上，想起了梭伦曾经说过的话：任何人不到临死之前都不能自认为自己是否幸福。他深深地陷入了回忆之中，沉默了许久，不时地叹气，最后叫了三次梭伦的名字。居鲁士听见后，命翻译问克洛索斯，他在呼唤谁。克洛索斯答道："我呼唤的这个人曾和我交谈过，他的一席话可能对所有的国家都是有益的。"接着他告诉了居鲁士他和梭伦的谈话。居鲁士想：我也是个凡人，我也有可能经历种种不幸。于是，他命令熄灭篝火，把克洛索斯从柴堆上放下来。

这时,居鲁士不得不承认克洛索斯是个有德的人,他受到诸神的偏爱。士兵们遵从居鲁士的命令想扑灭篝火,但是熊熊火焰越烧越旺,人们无能为力。于是,克洛索斯流着泪,向阿波罗求救。晴朗的天空顿时乌云密布,顷刻间,倾盆大雨浇灭了大火。

克洛索斯把身上的枷锁送到了得尔福,质问:难道希腊的神就是这样说谎、忘恩负义?皮提亚说克洛索斯命中注定要遭遇这样的不幸,她还指出,当时吕底亚国王对此漠不关心,因为在第一次求神时,他居然没问清楚神谕中说的是哪个国家,第二次求神时也没猜到神谕中的"骡子"可能指的是居鲁士,因为居鲁士的父母来自不同的民族、不同的阶层。这时,克洛索斯明白了,他应该怪自己,而不是神,从此他就更加认命。由于他有头脑、有经验,居鲁士把他当做了朋友。

由于他们之间的友谊,由于他对居鲁士的影响力,他很快就使自己的同胞和萨底斯城免遭彻底的毁灭。居鲁士把主帅留在了萨底斯,责成一个叫做帕克提耶斯的吕底亚人看管在吕底亚掠夺的财宝,然后,带着克洛索斯一同离开了吕底亚。但是,居鲁士刚一离开萨底斯,这个帕克提耶斯就用这些财宝召集了一支雇佣军发动了起义,包围了萨底斯。为此,居鲁士想使所有吕底亚人沦为奴隶,以示惩罚。

这时,克洛索斯对他说:"陛下!请息怒,不要毁了这个无辜的古老城市。过去是我不对,我已经赎了罪,现在是帕克提耶斯有罪,他应当受到惩罚。可是,请饶恕吕底亚的民众吧!为了让他们今后不再习武,你可以命令他们穿衬衣和高跟鞋,规定他们教子女弹琴、唱歌、做小买卖。陛下,用不了多久,你就会发现他们的男人也变成了女人,你就再也不必担心吕底亚会脱离你的国家。"

克洛索斯提出这样的建议是因为他认为对吕底亚人来说,这比沦为奴隶好。居鲁士表示赞同,他命令付诸实施,然后继续远征。不过,他留下哈尔帕格斯去征服加里亚人和其他小民族,尤其是希腊殖民城邦,但不包括米利都,因为居鲁士已和他们签订了和平条约。

其他希腊城邦也期望和居鲁士签订和约,但过去居鲁士向他们提议签约时,他们不愿抛弃克洛索斯,为此居鲁士对他们

不满。当希腊来使说希腊人愿意听命于居鲁士，条件和吕底亚人相同时，居鲁士这样回答他们："有一个长笛手看见海里有鱼，就吹起了长笛，以为鱼会自己跳上岸。当他发现错了时，就拿起鱼网，捕到了许多鱼，拖上了岸。他看见鱼儿跳个不停，就对鱼儿说：刚才我吹笛子时你们不愿跳，现在啊，由不得你不跳！"居鲁士这样说了，也这样做了。哈尔帕格斯把所有小亚细亚的希腊城邦都捕进了他这张结实、强大的网。不过，居鲁士保留了他们的机构，在这之上他又设立了所谓的"僭主"，也就是一些投靠了波斯人做了高官的知名的希腊人。只有福西亚和特奥斯这两个城邦的居民外迁，才逃脱了受奴役的命运。福西亚人先去了科西嘉，后来又迁往马西利亚①；特奥斯人在色雷斯建起了阿夫杰尔城，这个城的居民以愚蠢而著称。爱奥尼亚人不听从来自普里安的贤人柏立安得（希腊七大贤人之一）的劝告，不肯弃城出逃。这一带成了欧洲的希腊人与波斯人冲突的地方。小亚细亚的希腊人害怕波斯人的威胁，向斯巴达求援。斯巴达人派使者前往亚洲告诫波斯王不要侵占希腊城邦，因为斯巴达不会坐视不管。但居鲁士命手下这样答复："有些城邦有一块地方能让人们聚在一起、打着盟誓的幌子相互欺骗，我从不害怕这些城邦的人。如果我活着，他们就不会仅仅为爱奥尼亚人的不幸感到惋惜，他们定会为自己的不幸感到懊悔。"居鲁士在此讥笑了全体希腊人，因为他们有做集市的广场，而波斯没有。

4. 新巴比伦王国的衰亡

居鲁士之死

居鲁士征服了吕底亚，把它并入了波斯帝国的版图之后，又回到了小亚细亚来一一清算克洛索斯的盟友，首先就是不久之前才建立的迦勒底-巴比伦王国的国王纳布纳吉德。太子巴尔塔沙尔与国王纳布纳吉德共同执政。

该国都城巴比伦气势雄伟、规模宏大、人口众多、富甲天下，因此成了居鲁士攻克的目标，但是攻下这座城市并不容易，因为它防御坚固，可

① 今马赛。

以进行顽强的抵抗。巴比伦城墙用沥青砌成，牢固结实，把整个城市都包在其中，城墙上的路面很宽，战车可在上面转身。幼发拉底河从城中流过，把城市分为了大小相等的两个城区，一边有豪华的王宫，一边有富丽堂皇的贝勒大神庙，神庙的屋顶上还可以观察天象。在城里，沿河两岸各有一道高高的内城墙，巴比伦城的两个城区都有横贯的街道通往城墙下。只要锁上这两道内城墙的铜质门就把两个城区完全隔开了。在城外，幼发拉底河与底格里斯河之间绵延着一条被称做“米底墙”的长城，用来防御米底人的入侵，因为在波斯入侵之前，米底人是巴比伦最可怕的敌人。

但是现在，新的敌人出现了，“这些人不看重金银，他们的箭穿透了无数少年，他们甚至连母亲腹中的胎儿也不放过”。居鲁士率军前往巴比伦，来到了欣德干河边。作为祭品献给太阳的一匹马跳入水中时，被卷入激流，溺死在漩涡中。居鲁士勃然大怒，下令将河水变小，让女人也能轻松过河，不会湿了膝盖。居鲁士把部队分为两部分，驻扎在两岸，命士兵挖180条水渠，把河水引入渠中，这样河中的水势就减弱了。这项工作用了整整一个夏天。居鲁士就这样惩治了欣德干河。不过，他这样做还有另一个目的：使部队能顺利、方便、安全地过河，像居鲁士这样有远见并且富有经验的统帅本不应为此耗费整整一个夏天，给了巴比伦人加固防御工事的时间。

这样一来，巴比伦人有了足够的时间向城里调集足够的粮食储备。后来，被居鲁士打败后，他们退入城中，毫不在乎居鲁士的包围。波斯王在巴尔塔萨尔修建的高高的防御城墙外，煞费苦心，却无法突破。幸亏他想出了一条妙计才使先前的种种努力没有白费。

居鲁士命精锐部队守住幼发拉底河的入城和出城口，令他们等待河变浅可涉水走过时，从河道潜入城里。他本人和其余人马向距巴比伦不远的一个湖泊开拔。曾几何时，女王尼托克里莎为引出幼发拉底河的河水下令开挖了这个湖。居鲁士利用了这个湖并用水渠把河水引入其中，因此旧河床中的河水突然浅了，可以涉水走过。

部队立即循着河水进入了城里。波斯人来得突然，巴比伦人还来不及防御。他们本可以关上城门如捉网中之鱼一样，一个个捉拿进入河床的波斯人，但是，波斯军队进入得太快，完全出乎人们的意料，而巴比伦城非常之大，当敌人已经入城后，住在市中心的居民还不知道敌人已占领了城的周边，很长一段时间还在漠不关心地庆祝节日。

正当人们聚在一起欢度节日时，突然响起了波斯人气势汹汹的一声

呐喊，人们惊呆了，任凭波斯人来回砍杀，却不知反抗。巴尔塔沙尔死于混乱中，王宫被大火烧毁。纳布纳吉德投降，被赦免。他明智的行为赢得了波斯人的青睐，居鲁士任命他为巴比伦省的总督。一代强国巴比伦王国曾经疆域辽阔，包括迦勒底、亚述、叙利亚和巴勒斯坦，现在，纳布纳吉德不得不眼睁睁地看着它亡国，落入了波斯人之手。

居鲁士对埃及的强大感到非常不安。对于他来说，在巴比伦亡国之后允许犹太人返回巴勒斯坦是明智的做法。和埃及的冲突或早或晚总会发生，因此，他希望在和埃及接壤的边境地区能有一个忠于他的、精力充沛的民族。42000名犹太人得到许可准备返回家园，其中大部分是犹大支派和便雅悯支派的穷苦人民。公元前536年，所罗巴伯和大祭司耶书亚带领以色列会众返回了耶路撒冷后，立即着手重建耶路撒冷圣殿，虽然撒马利亚人百般阻挠，可圣殿还是于公元前516年建成了。

为了原米底-大夏国的边境安定，或者出于其他原因，居鲁士开始率军征服小亚细亚北部里海沿岸的游牧民族。这些民族中人数最多、最富有的当数马萨格泰人。

马萨格泰人的女王是托米丽丝。居鲁士派遣使者向女王求婚。但托米丽丝猜到与其说居鲁士是倾慕她，还不如说是为了夺取对马萨格泰的统治权，因此拒绝了。于是居鲁士率部来到里海东边的雅克萨尔提斯河[1]畔，打算袭击马萨格泰人。为便于军队过河，他架起了桥梁，还打造了船只，用来运送兵马。

在居鲁士忙于做这些战前准备时，托米丽丝派使者去见他，对他说："米底王！放弃你的计划吧！你不可能事先就知道桥是否合用。回去做你自己国家的国王去吧，别因为我们统治自己的国家就嫉妒我们。当然了，你肯定不会听从我们的劝告，你会按照你的意愿行事，但你不会维持和平。如果你非常希望袭击马萨格泰人，那么就请停止架桥。我们从雅克萨尔提斯河边后退三天的路程，请你过河到我方来；如果你更愿意我们过河到你方，就请你后退三天的路程。"居鲁士听如此说，就召集了波斯的知名人士，说明了目前的局势，希望大家谈谈他该怎么办。人们一致认为应当在波斯一方的领土上等待托米丽丝。

克洛索斯也出席了会议，他不赞同这个决定："陛下！我早就提醒你要尽可能防止灾难威胁到你的家门口。我惨痛的经历已经给了我一个教训。如果你自以为是神，而且率领的是一支战无不胜的军队，那么我的意

① 又译药杀河，今锡尔河。

见对你毫无益处。如果你承认你不过是个凡人，你的士兵也是凡人，那么首先需要明白一点：人的一生变幻莫测，人不可能永远幸运。对于你刚才提出的问题，我的看法完全不同。如果你允许敌人进入我们的领土，那么我们面临的威胁就是：一旦你失败了，你就会亡国。因为显而易见，假使马萨格泰人打败了你，他们肯定不会逃回自己一方，他们只会进一步入侵你的领土。即使你胜了，也不如在对岸作战好处多。在对岸作战，如果你胜了可以乘胜追击，还有可能把托米丽丝的王国夺过来。此外，对于居鲁士来说，把自己的国家让给一个女人是可耻的。所以，我认为，我们应该过河，敌人退却多远，我们就挺进多远，努力去战胜他们。据我所知，马萨格泰人从未见过波斯国奢华的生活方式，更别说享受了。因此，在我方营地上宰好多羊美美地招待招待这些人，再摆出大量未兑水的葡萄酒。准备好以后，留下极少数人，其余人马撤回河边。敌人一看见这么多的美味，定会扑上去饱餐一顿，到那时我们建功立业的机会就来了。”

居鲁士否定了第一种意见，采纳了克洛索斯的建议。他通知托米丽丝，请她撤退，因为他决定过河到马萨格泰人一方。托米丽丝遵守诺言，向后撤退了。随后，居鲁士把克洛索斯交给他指定的继承人——儿子冈比西斯，态度坚决地劝说儿子要尊敬克洛索斯，如果攻打马萨格泰人失利，要好好待他。之后，他打发他们二人回波斯，自己带兵过了河。

第二天，居鲁士实施了克洛索斯的计划。为此，他率领各精锐部队再次退回阿拉斯河，把最弱的部队留在了原地。于是，马萨格泰人派出三分之一的人马袭击了居鲁士留下的兵马，杀死了所有留下的波斯人。马萨格泰人打胜后，看见了摆放的美味，就坐下大吃起来，酒足饭饱之后躺下呼呼大睡。波斯人冲回来杀死了许多敌人，被俘的马萨格泰人就更多了。俘虏中有女王的儿子——先头部队的统帅，名叫斯帕尔加皮斯。

托米丽丝得知后，派使者给居鲁士传话：“杀人不眨眼的居鲁士！你别太得意。这不算什么本事。你不是在战斗中手持武器，而是用葡萄汁可耻地战胜了我的儿子。接受我的一个有益的建议：还回我的儿子，从这里走开。否则，我以马萨格泰人的神——太阳的名义发誓：我要用鲜血灌饱你！”

居鲁士并不在意使者的这番话。斯帕尔加皮斯酒醒后，发现自己身陷囹圄。他请求居鲁士放他走。王子获得自由后，立刻自尽了。

托米丽丝调集了马萨格泰人的全部兵马杀向波斯人。这次战斗是野蛮部落之间最激烈的战斗之一。敌对双方起初面对面相距很远布阵，相互放箭。箭放完了就开始肉搏，手持长矛和剑展开厮杀。双方杀得昏天黑地，谁也不肯后退。最后，马萨格泰人获胜。波斯军队死伤大半，居鲁士战死。

托米丽丝用人血灌满皮囊，吩咐在战死的波斯人中寻找居鲁士的尸首。找到后，女王下令将他的头颅放入皮囊中。随后开始嘲弄死者："虽然我还活着，虽然我在战场上击败了你，你还是毁了我，因为你要阴谋活捉了我的儿子。现在，我要履行我的诺言，我要兑现对你的威胁：用血来喂饱你。"公元前529年，居鲁士执政30年后就这样结束了自己的一生。

居鲁士将亚细亚的众多小国并入了强大的波斯帝国。后来埃及也加入进来，这样，世界古代所有的文化都汇集在了波斯帝国。

5. 埃及的普萨姆提克一世和末代诸位法老
（公元前655~前345年）

埃及第二十六王朝是普萨姆提克建立的。当初吕底亚国王基格斯派爱奥尼亚人和加里亚人雇佣军去埃及支援他，在基格斯的帮助下，普萨姆提克推翻了亚述在埃及的统治，埃及重获独立，又有了埃及人自己的君主。但是不久，普萨姆提克就不得不捍卫埃及的东部边境。这是因为他把"这些来自海上的强壮的人"（布巴斯提斯城的一位圣哲这样形容他们）——爱奥尼亚人和加里亚人安置在了尼罗河三角洲。毫无疑问，接受外国军队帮助的结果就是引火烧身。从此，埃及结束了闭关自守。普萨姆提克向外国开放埃及的港口，允许他们自由贸易，允许外国人在内陆地区定居。希腊人充分地利用了这一点。他们如潮水般大量涌来，瑙克拉提斯城成了希腊人的商业中心。他们善于讨得国王的欢心，以至于国王要求埃及的年轻人（其中包括王子）学习希腊语和希腊的风俗。希腊雇佣军人在埃及享有诸多特权，他们得到了许多田产，备受国王的宠爱，先知耶利米把他们比作喂肥的牛犊。大部分埃及军人对此不满，约20万将士离开埃及，迁往埃塞俄比亚。普萨姆提克因此损失了相当大的国防力量，而且有了一个极为危险的邻国。

他对待祭司的态度则好得多。令祭司们满意的是他又恢复了往日盛大的祭拜神灵的仪式。他为孟斐斯的卜塔神庙建了围墙，增加了南大门。在神庙的对面为阿庇斯神牛修了一个院子，四周围有圆柱，院墙上饰有雕刻。他在塞易斯的王宫是一座富丽堂皇的建筑。普萨姆提克一世在位期间，埃及的艺术再次繁荣起来。这一时期建筑物的特点是小巧玲珑、和谐自然。象形文字得到了改进，达到了非常优美的程度。但是，这些重新复兴的艺术的规模仍然不能与拉美西斯家族统治时期相比。

普萨姆提克一世之后，他的儿子尼科于公元前610年登上王位。前文已讲过，他枉费心机试图把埃及的统治扩大到叙利亚，却在卡尔赫米什惨遭失败。和父亲一样，他重视航海和开展贸易。为此，他打算修一条运河把尼罗河和红海连接起来。但是，由于种种原因，这件事没有做成。为了有新的发现，他还使用腓尼基人航海。

他的继任者普萨姆提克二世（公元前595~前589年）在位时间很短，几乎没有留下任何痕迹。

尼科的孙子霍夫拉（公元前589~前570年）也没有什么作为。他总是不走运。他曾经去援助过犹大王西底家，但是却被尼布甲尼撒打得大败。他远征希腊在利比亚的殖民城邦，结果导致了灭亡。因为如果派希腊雇佣军去和同胞作战显然不明智，所以，他派出埃及军队。埃及军队在伊拉泽地方被击溃，伤亡惨重，只有极少数残部回到了埃及。当时，骚乱开始了，因为人们认为霍夫拉为了除掉不可靠的军人，故意牺牲了埃及军队。霍夫拉派元帅阿马齐斯镇压暴动。阿马齐斯虽然出身寒微，但足智多谋，心胸坦荡，深得民心，受到普遍的爱戴。当阿马齐斯正准备向叛乱分子讲话时，一个士兵拿起头盔戴在了阿马齐斯的头上，大声宣布他为国王，阿马齐斯坦然接受了。虽然霍夫拉的军队在人数上超过叛乱者，但他仍然被俘，被愤怒的平民打死。

阿马齐斯登基后，立即遵循普萨姆提克的做法，保护一切希腊的东西，但同时也不轻视埃及的东西。他有两个妻子——拉奥迪克伊和谢巴斯特伊——是希腊人，另外还有两个妻子是埃及人，其中一个是普萨姆提克二世的女儿。阿马齐斯给普萨姆提克二世的女儿生的儿子取名普萨姆提克，以示这个孩子是王位继承人。尽管阿马齐斯对希腊人有好感，但由于他非常关心埃及人的安康，所以受到埃及人的爱戴。农业发展了，兴修了水利，贸易也扩大了。谈到这一时期时，希罗多德这样写道："他在位期间，埃及人生活幸福，因为人们不仅认识到河流对土地的影响，而且看到土地对人的影响，此外，当时已有二万个有人居住的城镇。"孟斐斯和尼罗河三角洲地区的城市尤其繁荣。其中，塞易斯建设得最好。阿马齐斯在塞易斯的涅伊塔大神庙旁修建了高度、规模和建材质量都非比寻常的柱廊，这些柱廊所用的石料都取自孟斐斯及埃勒凡提尼岛上的花岗岩采石场。柱廊上饰有大型雕像，廊前是一条大道，道路两边排列着狮身人面雕像。此外，还有两座高大的方尖碑和一个用一块完整的大石头凿成的钟楼。为了把所用大块花岗岩从埃勒凡提尼岛运到塞易斯，花了三年时间，仅领航员就动用了3000人。阿马齐斯在塞易斯普萨姆提克家族陵寝的旁边为自己修建了一座陵寝，因为他想把自己算作是这个家族的合法继承人。

在废除旧的传统习惯方面，阿马齐斯比普萨姆提克更胜一筹。过去，存在着为国王和王宫制定的一套古老的礼仪，阿马齐斯不再遵守这些礼仪，只沉湎于希腊式的享乐。他尤其喜欢和亲信一起欢宴。然而，不久这种奢侈的生活的地平线上出现了黑压压的乌云：居鲁士统治的波斯帝国崛起了。当阿马齐斯看到这个危险的敌人日益逼近埃及东部边境时，他不由得为将来担忧起来，但是这时，他的统治已经快结束了。在居鲁士的儿子冈比西斯作为征服者踏上埃及的土地之前，他就死了。

阿马齐斯与萨摩斯岛的僭主波利克拉提斯的友谊也很有名。当时，希俄斯岛和莱斯沃斯岛都向波斯俯首称臣，只有萨摩斯仍然保持独立（公元前536年）。波利克拉提斯建立了一支拥有80艘重型舰和100艘轻型舰的海军，他指挥海军打退了来犯的波斯人，捍卫了国家的独立。后来，冈比西斯在腓尼基沿岸调集了大量原属小亚细亚沿海城邦、腓尼基和塞浦路斯的舰船远征埃及。这时，波利克拉提斯才被迫向冈比西斯屈服，而且还不得不派出40艘装备好的战舰随他远征。

五

希 · 腊 · 人

xi la ren

wu

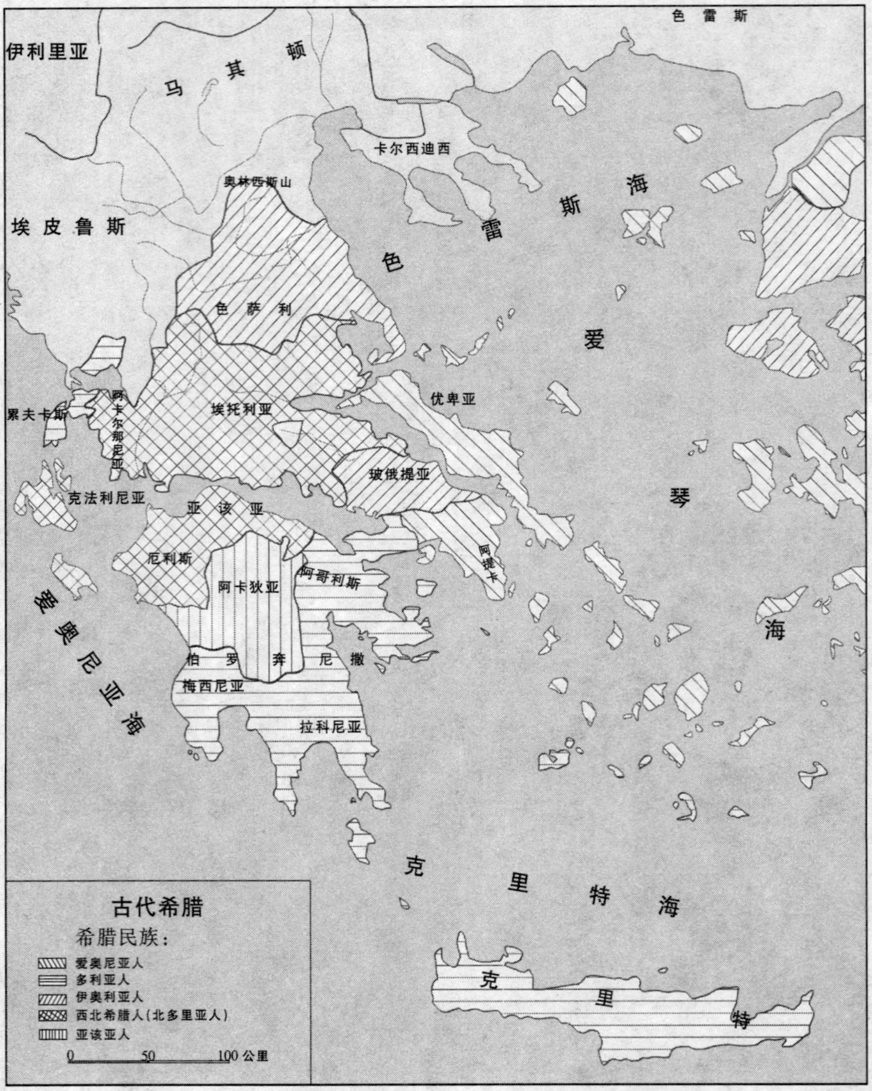
色雷斯
伊利里亚
马其顿
卡尔西迪西
奥林匹斯山
色雷斯海
埃皮鲁斯
色萨利
爱
优卑亚
埃托利亚
累夫卡斯
阿卡尔那尼亚
玻俄提亚
克法利尼亚
亚该亚
琴
厄利斯
阿提卡
阿哥利斯
阿卡狄亚
海
爱奥尼亚海
伯罗奔尼撒
梅西尼亚
拉科尼亚
克里特海
克里特
古代希腊
希腊民族：
爱奥尼亚人
多利亚人
伊奥利亚人
西北希腊人（北多里亚人）
亚该亚人
0 50 100 公里

古代希腊

1. 希腊城邦的起源

神话传说中包含着希腊的历史。研究结果表明,希腊的居民是来自亚洲的雅利安(印欧)民族各部落。首先要提到的是皮拉斯基人和赫楞人。皮拉斯基人爱好和平,以种田和畜牧为业。他们主要生活在富饶的帖撒利和阿尔戈利斯平原上。他们的宗教仪式非常简单,既没有神像,也没有神庙。宙斯是他们的主神,宙斯的后代生活的主要城市是多多那,那里有一座古代的神示所,神示所的祭司根据圣树——一株橡树树叶的沙沙声或者流经树旁的一条小溪汩汩的流水声来猜测神意。人们把大量用巨石垒成的建筑,即所谓的巨石城堡都归功于这些巴尔干半岛上的最早的居民。保留至今的巨石建筑有迈锡尼的狮子门和阿特柔斯的王宫遗址。德国考古学家谢里曼于1876年和1877年在迈锡尼附近发掘了大量的陵墓,其中埋藏了武器、工具、器皿、黄金饰品和饰有浮雕的墓石。显然,所有这些都属于古希腊时期之前的文化。

与皮拉斯基人相反,赫楞人好战、灵活多动。正因为如此,他们很快上升为多数民族,直到多利亚移民运动结束之前,"赫楞人"一词一直用来泛指全体希腊人。在《荷马史诗》中,包围特洛伊的希腊人被称做"阿尔基维亚人"、"亚该亚人"或"达那俄斯人"。

根据方言和风俗的不同,可将古希腊人分为四个部族:伊奥利亚人[1]、多利亚人、亚该亚人和爱奥尼亚人。根据传说,最早的希腊居民中还

① 又作埃奥利亚人。

有很多外来移民，由此可以证明希腊文化与东方文化——尤其是腓尼基文化和埃及文化——之间存在着联系。

公元前1550年，刻尔克洛普斯从下埃及的塞易斯迁至阿提卡。当地的国王对他的到来表示欢迎，把女儿嫁给他为妻。刻尔克洛普斯规范了宗教仪式，明确了婚姻制度，设立了法庭（其中包括后来有名的古雅典最高法庭），修建了以他的名字命名的城堡刻克洛庇亚，为未来的雅典国家的民事制度和国家安全奠定了基础，因此赢得了雅典奠基人的美名。他的第九任继承人忒修斯使雅典的居民更加团结，国家也因此更加强大。

彼奥提亚的卡德摩斯来自腓尼基。他带来了文字，教会人们冶炼矿石和其他手艺，他引进了新的宗教仪式，筑起了卡德摩亚城堡，后来，他的第四代继任者安菲翁在原址修建起了底比斯城，卡德摩亚人也改称为底比斯人。安菲翁之后的底比斯历任国王的命运成为后来的悲剧诗人笔下诸多作品的题材，也引发了多次战争。

达那俄斯来自埃及的亨米斯，他迁到了阿尔戈斯[1]后，建立了新的王朝。这个达那俄斯把50个女儿嫁给了孪生兄弟埃古普托斯的50个儿子。由于神谕警告他，这50个女婿中有一个将会取得他的王位，夺去他的生命，因此，他命令五十个女儿在一天夜里杀死各自的丈夫。她们遵从了父命，只有许珀尔涅斯特拉不忍对丈夫林叩斯下手。达那俄斯的女儿犯下了罪恶，她们被判在死后受到惩罚：无休止地往无底桶里灌水。与其他神话一样，这个神话也反映了一个自然现象：永无止境地向无底桶中灌水的达那俄斯的女儿其实就是阿尔戈斯地区每年都干涸的江河溪流。

达那俄斯的继任者后来分别在阿尔戈斯、泰林斯和迈锡尼建立了三个国家。随后，坦塔罗斯的儿子珀罗普斯从弗里基亚迁来。伯罗奔尼撒半岛的名称就由此而来，意即珀罗普斯的半岛。他的后人占据了伯罗奔尼撒半岛上的三个地区：伊利斯、阿尔戈利斯和拉哥尼亚，成了这些古代国家的特殊的统治者。

珀罗普斯后裔的命运非常悲惨。珀罗普斯的两个儿子阿特柔斯和堤厄斯忒斯相互仇视，疯狂报复。有一次，阿特柔斯假意要与堤厄斯忒斯和解，请他来赴宴。堤厄斯忒斯毫不怀疑他的诚意，就去了。谁知，阿特柔斯杀了堤厄斯忒斯的两个儿子，烹了他们，请做父亲的吃儿子的肉。堤厄斯忒斯的另一个儿子埃癸斯托斯为此杀死了阿特柔斯。阿特柔斯的两个儿

① 又译亚各斯。

子阿伽门农和墨涅拉俄斯逃往斯巴达。

2. 希腊历史上的英雄时代

英雄时代的神话讲述的都是英雄豪杰的故事。这些英雄是介于神与人之间的半神化的人物。他们的父亲或母亲往往是神灵。

主要英雄及业绩

多利斯人的民族英雄赫拉克勒斯的父亲是天神宙斯,母亲是凡人阿尔克墨涅。赫拉克勒斯一生都受到宙斯好妒的妻子赫拉的迫害。当赫拉克勒斯还是一个婴儿时,赫拉在他的摇篮中放进了两条大蛇,但是赫拉克勒斯扼死了蛇。当他步入青年时代时,赫拉克勒斯犹豫不决地站在了人生的十字路口上。这时,在他的面前出现了两位女性:谦和、纯朴的美德女神和无耻、淫荡的轻浮神女。她们争相劝他走自己指明的道路,他选择了前者。当他真正成年后,最喜爱的事是狩猎和打仗。遵照迈锡尼国王欧律斯透斯的命令,赫拉克勒斯立下了12个功绩。其中最出色的是勇斗涅墨亚狮子和杀死九头水蛇许德拉。自从他打死了涅墨亚巨狮,就整天将狮皮披在身上。许德拉是个蛇怪,每次砍掉它的一个头,就会另长出两个头来。随后,赫拉克勒斯在一天之内清扫了奥革阿斯的牛棚,棚里有3000头牛;接着又取来阿玛宗[①]女人国女王希波吕忒的腰带,制服了冥国的看门狗刻耳柏洛斯。值得一提的还有与利比亚巨人安泰俄斯之战。安泰俄斯只要身体不离开大地母亲,就可以从那里不断吸取力量,就是无法战胜的;赫拉克勒斯把他举起来,扼死了他。后来还有戏剧性的与小矮人之战,因为这些小矮人趁他睡觉之机袭击他,他将小矮人们裹进巨狮皮带回了迈锡尼。

但是,赫拉克勒斯的一生并不是一帆风顺的。他爱上了美丽的伊俄拉,妻子得伊阿尼拉因此心生妒意。她给赫拉克勒斯送去了一件浸透毒血的衣服,赫拉克勒斯穿上后,毒立即渗入了他的体内。他疼痛难忍,想扯下衣服,却将身上的肉也一同扯了下来。赫拉克勒斯在绝望中点起一堆篝火自焚,希望在火中了结痛苦。但这时一团云抓起了他,雅典娜·帕拉斯驾着四马天车把他带到了奥林波斯山。他在此获得了永生,与永恒的青春女神赫柏结为夫妻。

① 又译亚马逊。

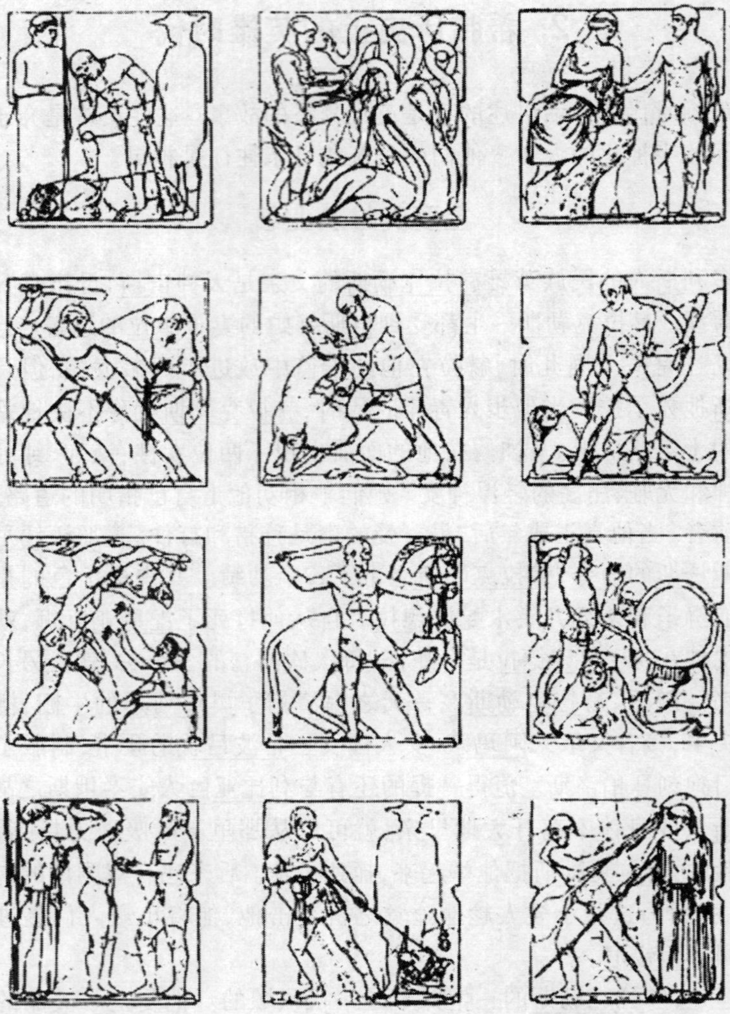

赫拉克勒斯的十二件功绩：第一排(从左至右)：杀死涅墨亚狮子，斩杀九头蛇怪许德拉，杀尽斯延法利斯湖怪鸟；第二排(从左至右)：制服克里特公牛，捕获刻律涅亚山的赫牝鹿，获取女王希波吕忒的腰带；第三排(从左至右)：活捉厄律曼托斯山的野猪，驯服狄俄墨得斯的牝马，牵回巨人革律翁的牛群；第四排(从左至右)：摘取赫斯珀里得斯姊妹的金苹果，带回冥国看门狗刻耳柏洛斯，清扫奥革阿斯的牛棚。(奥林波斯山宙斯神庙中经过修复的雕刻。公元前 470~前 456 年)

阿提卡国王埃勾斯的儿子忒修斯是爱奥尼亚人尤其是雅典人的民族英雄。他们认为是忒修斯给了他们政治权利。忒修斯的故乡是特洛曾，他在前往雅典寻父的路上，扫除了拦路的强盗和怪物。他先是遇见了扳树贼辛尼斯。这个辛尼斯能把松树扳弯，把过路人的双脚分别绑在两棵树的树梢上，一放手让松树伸直，过路人就被撕成两半。忒修斯打死了这个恶棍。随后，又处死了人称普洛克儒斯忒斯(意即抻人匪)的强盗。这个拦路匪有一长一短两张床，他强迫矮小的路人躺在长的床上，把他抻长，逼高个子的过路人躺在小床上，把他的腿脚砍掉，砍得跟床一样长。因此得了这个外号。但是，忒修斯最大的功绩当属为雅典免除了耻辱的贡赋：每年按克里特国王弥诺斯的吩咐，送七对童男童女作为祭品供牛首人身怪物弥诺陶洛斯食用。有名的建筑师代达罗斯奉命专为其建造了一座迷宫，这个怪物就住在里面。又到了该送上这可恨的贡赋的时候了。父母的痛哭声和少男少女的哀号声响彻了整个城市，祭司需要决定哪一个孩子注定要作祭品。这时，忒修斯挺身而出，自愿作为其中一个祭品，他希望借此机会杀死怪物，使祖国永远摆脱这种耻辱。他吩咐舵手除了黑帆再备一个白帆。返回时悬挂黑帆表示哀悼，悬挂白帆意味着成功。忒修斯和众人来到克里特岛时，弥诺斯的女儿阿里阿德涅爱上了他，给了他一个线团，有了线团，他杀死了弥诺陶洛斯后就能走出迷宫。忒修斯除掉了怪物，从此以后，再也不用献上这耻辱的贡品。返回的路上他们顺路来到那克索斯岛。在岛上他还了愿，感谢太阳神阿波罗赐给他胜利，为此，他发明了一种模仿在迷宫中蜿蜒蛇行的舞蹈。

忒修斯杀死怪物弥诺陶洛斯

轮船驶近阿提卡时，忒修斯忘了吩咐舵手升起白帆。他的父亲埃勾斯这时正焦急地等待着儿子归来，当埃勾斯看见远处的黑帆时，痛不欲生，从悬崖上纵身跳入大海自尽。岸上其余的人起初也十分悲痛，但当他们发现忒修斯活着归来时,立即欢腾起来。人们欣喜若狂地欢迎这位英雄,因为是他使人们摆脱了向别国纳贡的耻辱,人们一致拥立他为国王。从此以后,雅典人每年都把忒修斯这次乘坐的船装扮一新,驶往那克索斯岛,为阿波罗献上祭品。

忒修斯决定要做一件更有益的事:对宪法进行重大的修改。

刻克洛普斯把阿提卡分为十二个村镇,渐渐地,这些村镇各自独立了,相互之间不是友好相处,而是互相敌对。因此国家首脑的权力十分有限。为了结束这种混乱局面,忒修斯下到各个村镇,建议取缔各地现存的法官和村镇首领,在中心城市设立一个共同的法官,后来,雅典成了阿提卡的中心城市。为了嘉奖各村镇举足轻重最有名望、最有权势的人,他请他们参与治理国家,给自己只保留了战时统帅和监督司法执行两项权力。

这个建议得到了富人的赞同,因为穷人的权利最少,而且站在忒修斯一边,富人担心如果不答应会引起穷人的不满。阿提卡的统一事业就这样完成了,雅典人每年都庆祝这个公社合并为城邦的节日。还有另一个盛大的纪念雅典娜女神的节日也与忒修斯统一雅典有关,这个节日原来叫作"雅典节",忒修斯将它改称为"泛雅典节",意即所有雅典人的节日。忒修斯希望增加雅典的人口,为此,他许诺外来人口也能获得雅典公民权,此后,大量移民纷纷涌入雅典。

为确立各阶级之间的相互关系,忒修斯把全体公民分为三个阶层:贵族、农民和手工业者。贵族做官,负责解释法律、监督宗教礼仪的执行;农民和手工业者不得担任上述职位。

这样重大的变革不可能不一再引起反对忒修斯的骚动。由于忒修斯削弱了那些大贵族的权势,他们十分不情愿,而这时有个叫做墨涅斯透斯的贵族嫉妒忒修斯的名望和地位,趁机煽动贵族仇视忒修斯。墨涅斯透斯还唆使平民暴动。他向平民灌输这样的思想:他们的自由是虚幻的,忒修斯葬送了国家,因为他舍弃了雅典最神圣的东西;原来人们有许多个合法的明君,现在,人们不得不听命于一个外乡人的专制。

这样一来,忒修斯失去了民心。忒修斯为了建功立业,离开了雅典一段时间,当他归来时,看见的不是过去的拥戴,而是上下一片反对之声,他备感失望,去了斯基罗斯岛,那里有父亲留给他的大笔遗产,而且当地国王吕科墨得斯与他也有交情。然而,也许是吕科墨得斯认为忒修斯对于他是个危险人物,也许吕科墨得斯与墨涅斯透斯及其同伙之间有秘密协议,总之,忒修斯这一次看见他时,他已不是忒修斯的朋友,而是叛徒、敌人。他借口领忒修斯看看父亲留下的领地，带他来到了高高的悬崖边，把他推下了悬崖。墨涅斯透斯死后，忒修斯的儿子才得以回到雅典继承了王位。后来，雅典人给忒修斯恢复了应有的名誉。人们将他奉作英雄，修建了忒修斯庙，为他筑起了祭坛，把他的遗骸迁回了雅典。

克里特岛国王弥诺斯是宙斯与欧罗巴的儿子。欧罗巴是腓尼基国王阿革诺耳的女儿，宙斯变作牛，劫走了她，同她生了弥诺斯。雅典著名的工匠代达罗斯在克里特岛为国王弥诺斯建了一座迷宫。弥诺斯不肯让代达罗斯离开克里特岛，于是代达罗斯做了两对假翅膀和儿子伊卡洛斯一起从克里特岛飞走了。伊卡洛斯坠入海中溺死，代达罗斯飞到了西西里。至于弥诺斯，由于他贤明公正，死后做了冥府的判官。

柏耳修斯也建立了一系列功勋。他是宙斯与达那厄的儿子。他战胜了三个长着翅膀的女妖——戈耳工。柏耳修斯在赫耳墨斯和雅典娜的陪伴下，找到了三个女妖，她们正在睡觉，任何凡人一看见戈耳工的眼睛就会变成石头。所以柏耳修斯用雅典娜亮光闪闪的盾牌作镜子小心翼翼地倒退着走近她们，用赫耳墨斯给他的弯刀割下了戈耳工墨杜莎的头，迅速放进袋里。赫耳墨斯送给他一顶隐身帽，有了它，别人就看不见他。他戴着这顶隐身帽战胜了其余两个戈耳工。崇拜柏耳修斯的地方是阿尔戈斯。

在斯巴达，人们特别崇拜狄俄斯库里（意即宙斯之子）兄弟：卡斯托耳和波吕丢刻斯。他俩是一对出色的拳斗士，他们同心协力建立了许多功勋。卡斯托耳死后，宙斯答应让他们永不分离，从此，他们兄弟俩便一天在地府、一天在奥林波斯山上度过。

神话中说，弗里基亚歌手俄耳甫斯的歌声能使万物着迷，他的歌声能使野兽俯首、树木弯腰、顽石点头、小溪止流。他的妻子欧律狄刻被蛇咬死后，他下到冥国，他的歌声打动了冥王，冥王特许他把妻子带回人间，但在走出冥国之前不得回头。俄耳甫斯违背了禁令，因此欧律狄刻只能永远留在阴间。

英雄时代大事

底比斯战争

正当雅典人认识到忒修斯是雅典国家政体的创建人和开国英雄时，与其相邻的底比斯国自从俄狄浦斯登基后，就骚乱不止。他的命运成了许多希腊悲剧喜爱的题材。

关于俄狄浦斯的神话主要内容如下：

拉伊俄斯是底比斯国王拉布达科斯之子。拉伊俄斯听到预言说，他将被亲生儿子杀死。因此，当妻子伊俄卡斯忒生下了儿子时，拉伊俄斯吩咐把婴儿扔到深山老林喂野兽。婴儿被刺穿双脚扔在了林子里。几个牧人发现了孩子后，把他抱给了科林斯国王波吕玻斯。波吕玻斯没有子嗣，就认婴儿做了儿子，把他抚养成人。给他取名"俄狄浦斯"，意思是"脚肿了的"。一次，同伴在玩笑中暗示俄狄浦斯身世不明，引起了他的怀疑。他来到神示所求问自己的命运。神谕劝告他不要返回祖国，否则他将弑父娶母。于是，俄狄浦斯没有返回科林斯，而是踏上了去底比斯的路。他走到了一个峡谷时，遇见了一个陌生人，他和对方互不相让，争着先过峡谷，双方争吵起来，他杀了对方。被杀死的正是他的生父拉伊俄斯。接着，他为底比斯城除掉了半人半狮的怪物斯芬克斯。这个怪物坐在悬崖上，要路人猜一个谜语，如果路人猜不中，它就扑上去把他吃掉。这个谜语是："是谁早晨用四条腿走路，中午用两条腿走路，晚上用三条腿走路？"俄狄浦斯猜中了，这是人在一生中的三个不同时期。作为奖赏，俄狄浦斯得到了拉伊俄斯的孀妻伊俄卡斯忒和底比斯国的王位。伊俄卡斯忒为他生了四个孩子，两个儿子是厄忒俄克勒斯和波吕尼刻斯，两个女儿是安提戈涅和伊斯墨涅。

盲人预言家忒瑞西阿斯揭穿了这个骇人听闻的秘密。伊俄卡斯忒自尽，俄狄浦斯刺瞎了自己的双眼。俄狄浦斯的内弟克瑞翁和他断绝了关系，他的两个狠心的儿子也诅咒他，他只好在女儿安提戈涅的陪伴下离开祖国，在雅典附近的科罗诺斯城找到了安宁。

俄狄浦斯与斯芬克斯

父亲受到的诅咒转嫁到了儿子的身上。厄忒俄克勒斯和波吕尼刻斯约好轮流做国王，每年一换。厄忒俄克勒斯首先登上了王位，然而他迷上了权力，一年期满后不肯让出王位，受骗的波吕尼刻斯就求助于岳父——阿尔戈斯国王阿德拉斯托斯。

七位将领率领各自的兵马出征强大的底比斯。这七位英雄是：波吕尼刻斯、阿德拉斯托斯、提丢斯、安菲阿拉俄斯、卡帕纽斯、希波墨冬、帕耳忒诺派俄斯。在离开伯罗奔尼撒之前，七位英雄在涅墨亚森林里新创了一种游戏，后来这个游戏在希腊流传了很久，深受希腊人的推崇。

厄忒俄克勒斯和他的军队守在底比斯城里，城门紧闭。七位将领带兵包围了底比斯，却无法把厄忒俄克勒斯赶出城外，因为他们只善于在开阔地作战，不擅长攻打坚固的城池。双方都有不少伤亡。卡帕纽斯把云梯靠在城墙上向上攀，不幸栽了下来。厄忒俄克勒斯和波吕尼刻斯决定一对一搏斗结束二人之间的纷争。选好了时间和地点后，兄弟俩扭打在一起，彼此都受了致命伤，双双咽了气。按照希腊人的风俗，要对死者实行火葬。人们把兄弟两人的尸体放入了同一堆篝火中，但是，他们相互仇恨到了极点，甚至火苗也分作两半，好像担心两人的骨灰会混在一起。

伊俄卡斯忒的弟弟克瑞翁做了国王。他不准人掩埋波吕尼刻斯的遗骸，违者处以死刑。但是，安提戈涅不能容忍让哥哥暴尸户外，于是掩埋了哥哥。为此，她被活活砌在地洞中，她的未婚夫——克瑞翁的儿子海蒙闻讯自尽。

索福克勒斯在悲剧《安提戈涅》中生动地描写了服从法律与恪守骨肉之情这两种责任之间的矛盾。

克瑞翁指挥底比斯人继续抵抗围城者的进攻。第一次偷袭对方即获成功，几乎所有的阿尔戈斯将领都阵亡。七个将领中只有阿德拉斯托斯活了下来。他急急忙忙地逃跑了，甚至来不及为纪念阵亡者向神灵供奉祭品和火葬死者。底比斯人欢天喜地庆祝胜利。七个英雄虽然失败了，但他们的儿子，即“后辈英雄”，为父辈报了仇。十年后，后辈英雄进攻敌国。这一次，底比斯人大败，弃城而逃，入侵者将底比斯洗劫一空。波吕尼刻斯的儿子忒耳珊德耳做了底比斯国王，但是，在俄狄浦斯的后人执政期间，底比斯国内一直是各种灾祸接连不断。

阿耳戈船英雄远航

在七英雄远征底比斯的同时，形成了一些独立的国家，出现了一些新的动态，这就是后来向小亚细亚移民潮的开始。这次移民源于希腊民

族统一的意识。阿耳戈英雄的远航也在其列。

这次远航总的说来历史上确有其事,但是和上述事件一样被诗人们当做史诗和悲剧的内容极度渲染。

帖撒利国王珀利阿斯得到一则神谕:“谨防穿着一只鞋的人。”有一次,他请朋友们赴宴,来了一个穿着一只鞋的人,因为他在过河时丢了一只鞋子。这个人就是伊阿宋,是珀利阿斯的亲戚,他有王位继承权。为了避免伊阿宋威胁到王位,珀利阿斯命他去遥远的科尔喀斯做一次危险的旅行,从凶残的野蛮人手中偷回金羊毛。曾几何时,底比斯王子佛里克索斯和姐姐赫勒为了逃避后母伊诺的迫害,骑着金毛羊从希腊飞往科尔喀斯。途中赫勒坠入海中,从此那个海就被叫做赫勒斯滂[1]。佛里克索斯到达了科尔喀斯,宰杀了金毛羊作为祭品献给诸神,把羊皮挂在战神阿瑞斯的圣林里,由一条喷火龙看守。后来,佛里克索斯被当地国王所杀。

阿耳戈船英雄的远航,首先在航海史上很有意义。伊阿宋所乘的这条船叫“阿耳戈”,是当时最大的船,由一名腓尼基造船师打造而成。许多英雄都响应了伊阿宋的邀请,希望参加这次希腊历史上闻所未闻的旅行,其中包括著名的孪生兄弟卡斯

阿耳戈船英雄到达科尔喀斯(瓶画)

① 意即赫勒海,今达达尼尔海峡。

托耳和波吕丢刻斯、赫拉克勒斯、忒修斯和天才歌手俄耳甫斯。阿耳戈英雄驾船离开帖撒利的伊俄尔科斯湾，先是向雷姆诺斯岛方向驶去，接着经过赫勒斯滂海峡和普罗彭提斯海[1]；随后又穿过一个被色雷斯人叫做博斯普鲁斯的海峡，进入了黑海。在此之前，黑海叫做阿克辛海，意思是不好客的海，自从阿耳戈船英雄顺利完成旅行后，这个海就更名为攸克辛海，意思是好客的海。

科尔喀斯国王埃厄忒斯是个野蛮人，他提出了可怕的条件：驯服两头喷火的牛，给它们套上犁，去耕一片坚硬的田地，播种龙的牙齿，待这些龙齿长成了身穿铜铠甲的巨人后，打败这些巨人，最后，杀死看守金羊毛的巨龙。这对伊阿宋来说并不

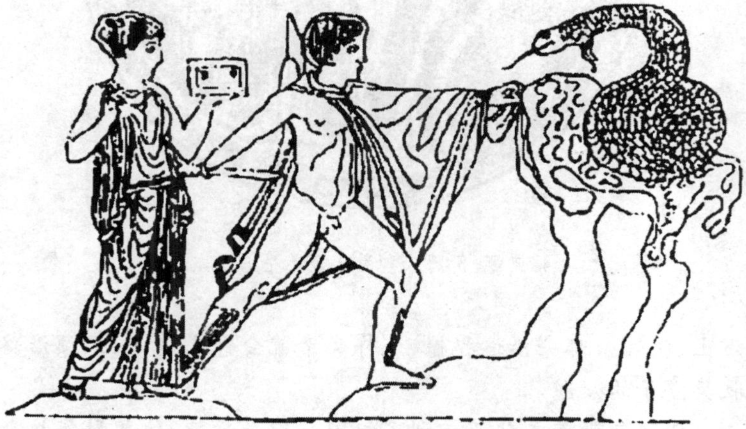

伊阿宋和美狄亚盗取金羊毛(瓶画)

难，因为国王惟一的女儿美狄亚爱上了他，美狄亚擅长巫术，在她的帮助下，伊阿宋刀枪不入，火烧不伤。她还给了他一种能让巨龙熟睡的催眠药和一块魔石。当他播下龙齿后，从地里长出了许多巨人战士，他把这块巨大的魔石扔到巨人中间，巨人们立即扑过去，相互之间厮打起来。

伊阿宋和美狄亚取下金羊毛，上了阿耳戈船，逃离了科尔喀斯。埃厄忒斯紧追不舍。美狄亚在伊斯特尔河口附近看见了

① 今马尔马拉海。

父亲的船帆，就采取了残忍的措施。她把带出来的小弟弟阿布绪耳托斯杀死后，将尸体肢解，把他的头和手臂留在高高的岩

雅典娜、伊阿宋和看守金羊毛的恶龙

石上，把其余部分沿途抛撒，这样父亲就会停止追击，只顾沿路收集爱子的残骸。

伊阿宋带着美狄亚回到了祖国。但是后来，他想娶科林斯国王的女儿克瑞乌萨，这时，被抛弃的美狄亚决定向他报复。她用浸过毒液的衣服和花环毒死了伊阿宋的未婚妻，接着杀害了她和伊阿宋的亲骨肉。随后，乘龙车飞往雅典。

特洛伊战争

在希腊还有一件比阿耳戈船远航更有名的事件，那就是特洛伊战争。这是一次全民战争，参战的不仅有各路英雄，还有所有的希腊城邦。战争是由双方相互冒犯引起的。那时，后来与希腊开战的波斯帝国还未出现，在小亚细亚的海岸上有一个特洛伊国，与其说它想把版图扩张到欧洲，不如说它努力想与欧洲建立联系。阿耳戈船远航期间，赫拉克勒斯

和其他英雄就曾与特洛伊当时的国王拉俄墨冬打过一仗。这里要说的特洛伊战争的起因是由于特洛伊国王普里阿摩斯之子亚历山大——通常叫做帕里斯——的行为不慎。

海伦头像(大理石雕像。作者A·卡诺娃)

帕里斯来到了伯罗奔尼撒，住在了斯巴达国王墨涅拉俄斯的王宫里，按照当时的风俗，主人待他很殷勤。但是帕里斯恩将仇报。王后海伦是当时有名的美人。帕里斯的俊美俘虏了她的心，而他也被海伦迷住了。墨涅拉俄斯因故外出，帕里斯掠夺了他大部分财宝，劫走了海伦，带回特洛伊。全希腊都被这种行为激怒了，认为这是奇耻大辱。因此，墨涅拉俄斯成功地说服了各路英雄，他们答应走遍全希腊，邀请所有的国王和王子一同远征亚细亚。其中最有名的人物有：墨涅拉俄斯的哥哥迈锡尼国王阿伽门农，伊塔刻国王奥德修斯和阿尔戈斯国王狄俄墨得斯。奥德修斯机智善辩，狄俄墨得斯英勇无畏，力大无比。

远征特洛伊意味着能从与黑海沿岸的贸易中获益匪浅（这时阿耳戈船英雄已经发现了黑海),所以立即集合起了一支庞大的军队,仅仅为了运送兵马过海就需要1200艘船。来自希腊各个地区的人们这时才第一次相互认识,才开始意识到大家都是同一个伟大的民族的成员。

阿伽门农被推选为联军的最高统帅。但是,他不能擅自使用这一权力,而且无权统领其他将领的军队。每次行动之前,全部将领围坐在石头上开会。任何一个与会者想发言时,便要求传令官递过权杖,发言结束后,再把权杖还给传令官。在这些会议上,奥德修斯和来自皮洛斯的年迈的涅斯托耳的意见最受重视。在随后的几次战斗中,阿尔戈斯国王狄俄墨得斯、克里特国王伊多墨纽斯、萨拉米斯国王忒拉蒙的儿子埃阿斯和透克洛斯的表现都很出色,但是最优秀的战士还是密耳弥多涅人阿喀琉斯,他来自帖撒利的佛提亚。阿喀琉斯像一头雄狮,强壮有力,勇敢刚毅。

军中还有一位祭司卡尔喀斯，他负责必要的献祭及询问神意。

所有的船只和军队都集中在彼奥提亚的奥利斯港。持续不断的逆风使船队无法出港，这是诸位神灵不悦的迹象。预言家卡尔喀斯说，由于阿伽门农射杀了一头神鹿，因此必须将阿伽门农的女儿伊菲革涅亚作为祭品献给女神阿耳忒弥斯。正当要杀死伊菲革涅亚给女神献祭时，阿耳忒弥斯救出了她，用一片白云把姑娘带到了陶里斯（克里米亚），阿伽门农的女儿在那里的阿耳忒弥斯神庙里做了一名女祭司。

献祭刚一结束，风向就立即改变，希腊人的战船顺利驶向了特洛伊海岸。

然而，到了这里后，事情的进展并不像希腊人所预料的那样顺利。特洛伊比底比斯更加坚固。特洛伊城不仅有城墙，而且还有许多个塔楼。由于有众多邻邦派兵支持，因此敌军人数众多，与希腊人不相上下，而且特洛伊城里有特洛伊国王普里阿摩斯的儿子赫克托耳指挥，他智勇双全，丝毫不逊色于希腊人。因此，战争持续了很久，正如希腊诗人荷马所说，攻打了十年。

除了特洛伊城防坚固之外，另一个重大的困难就是希腊人缺乏粮草。为此，希腊人不得不一部分在色雷斯种粮食，一部分用手中的剑去抢夺必要的物资。阿喀琉斯率领帖撒利官兵袭击了莱斯沃斯岛，把岛上洗劫一空，掳走了许多妇女，带回营地与其他将领瓜分。有一次，为了掠夺他还到达了奇里乞亚海岸。他一共占领了12座沿海城市和11座内陆城市。

正因为如此，希腊军队很少能全军都留在营地，所以不能够完全包围特洛伊城或者组织大规模进攻。当时的战术和包围术还不成熟。敌对双方的军队都并未投入全部兵力，也没有一个总的作战计划。英雄们交战时常常使用战车，驭手站在前边驾车，英雄在后边掷出长矛。有时，就用大石块代替长矛。

但是，战斗中的战术越少，就越能充分表现出人类的情感和作战的技巧。我们在著名的史诗《伊利亚特》中可以找到这些战斗场面的描写。荷马的英雄史诗《伊利亚特》和《奥德赛》是史诗的两部典范之作，对于希腊人来说，是最伟大的民族文化创作，希腊人在这两部作品中寻找而且找到了民族的起源。我们在此选取最能反映当时时代风貌的几个片段。

史诗《伊利亚特》片段

两军对阵。这时，从队伍中骄傲地走出了美男子帕里斯。他身披豹皮，肩背弓箭，腰佩宝剑和两支矛。他高声向希腊人叫阵。他的情敌墨涅拉俄斯站在战车上，听见了他的骂声，就像一头狮子嗅到猎物正在向它靠近一样，兴奋地扑了过来，跳下了车，要与帕里斯一决雌雄。鬈发青年帕里斯看见墨涅拉俄斯后胆怯了，就像行路人在途中遇到危险急忙后退一样，他也不由得往回逃，消失在了特洛伊人的队伍中。

他的哥哥赫克托耳看见后，对他的不体面的表现非常不满。“胆小的好色鬼！你最好就别生下来，或者在学会勾引女人之前就死掉！也总比现在让所有的特洛伊人为你蒙羞、让希腊人耻笑好！看你刚才一本正经地走出来，希腊人还以为你打算一个人来了结战斗呢。真奇怪，像你这样的

特洛伊战争中的诸位英雄豪杰

人怎么会有胆量驾船登上别国的土地，从如此众多的威武男子中带走了一位美女，给父亲和我们大家惹来了麻烦，给你自己也带来了洗刷不尽的耻辱呢？怎么样，你觉得现在的墨涅拉俄斯不同于当时吧？假如他刚才抓住了你，你的琴、你挺拔的身姿和你的爱神可一点儿也帮不上你的忙。你给特洛伊人带来了多少不幸，不错，如果不是他们糊涂，早就为此向你报复了。”

帕里斯回答道：“哥哥，你说得对。我为自己惭愧，我也不知道为什么一见墨涅拉俄斯就害怕。面对其他人时我总是很平静。但我希望洗刷耻辱，我想和他一拼高下，我要在所有人的面前与他单独决斗。”

赫克托耳高兴极了。他立即冲进了激战的人群中，挥舞长矛，令他们停战。有几个人正打算向他放箭，阿伽门农看出了他的意图，高喊着：“士

兵们,住手!不要放箭,他有话要说!”

赫克托耳说:“对,我有话要向大家宣布,请注意听!这一切灾难

赫克托耳出阵前与妻子告别

都是我的兄弟帕里斯挑起的,现在,他想了结这一切。他提议为了海伦和她带来的财富与墨涅拉俄斯公开单独决斗。谁赢了,谁就得到海伦和她的财宝,谁输了就威风扫地,战争结束。你们回家,我们与你们结为同盟。”

墨涅拉俄斯接受了这个建议,但他要求郑重签约,由国王普里阿摩斯亲自签约。于是赫克托耳立即派人进城去请普里阿摩斯并准备必要的牲畜作为祭品。将领们跳下了战车,士兵们坐在地上等待着决斗。

老国王普里阿摩斯这会儿正与海伦和几个公主坐在城墙上,从远处注视着战局。这时,王子安忒诺耳驾车疾驰而来,他请求国王上车。青年们扶着老国王下了城墙,另有人牵来了羊羔。随后,他们乘车来到了战场。所有的希腊将领和特洛伊将领都围成一圈,在仪式开始之前几位传令官用水喷洒各位将领的手,为众人净手。接着,阿伽门农选了一把大刀,剪去羊羔头上的毛,给每位将领各递上一绺羊毛,然后,高高举起双手,向上天祈祷:

万物之主宙斯和无所不见的太阳神赫利俄斯,还有江河、

土地，还有你们——在地狱中负责惩罚违背誓言者的灵魂的神祇们，请你们明鉴：如果帕里斯赢了墨涅拉俄斯，那么海伦和财宝就归他，我们开船回家。如果帕里斯输了，那么特洛伊人应当归还海伦和所有的财宝，而且直到下一代人都须付给我们应有的赔偿。

所有的人都起了誓，于是阿伽门农割断了羊羔的喉咙，羊不住地挣扎，他把羊放在地上，让羊血流入泥土中。然后，传令官给每人斟上一碗酒，众将领都先给地上浇一些以祭众神，接着，人们起誓如果谁先违背神圣的誓言，就让宙斯流他的血。

然后，人们向四周退开，给两个决斗的人腾出一块地方。这时，善良的普里阿摩斯声音颤抖着说：“尊敬的英雄们，请允许我回宫，因为我不想眼睁睁地看着我心爱的儿子与他人决一死战。无论谁胜谁负全都是宙斯的意愿。上天会做最好的安排。”

普里阿摩斯说着就带着盟誓用的羊羔上了车，安忒诺耳急忙驾车送国王回城里。赫克托耳和奥德修斯作为双方的中间人量好了距离，然后把两个签扔进头盔，一个签上写着墨涅拉俄斯，一个签上写着帕里斯，抽签决定谁先向对方掷长矛。赫克托耳晃动了几下头盔，一会儿从中掉出了一个签。抽签结果，由帕里斯先掷。

搏斗的双方和围观者都各就各位。帕里斯走了出来，他身披铠甲，膝围护腿，头戴头盔，上插一束马尾，迎风飘飘，腰佩宝剑，一手持矛，一手扶盾。墨涅拉俄斯从对面走了出来。他们晃了晃手中的武器，鼓起勇气，然后帕里斯使出全身的力气向对方投出一支长矛，但它碰在了墨涅拉俄斯手中的盾牌上，矛尖碰弯了，矛无力地落在了地上。

“现在，万能的宙斯啊！”墨涅拉俄斯喊道，“为了以后没有人敢以德报怨，请给我力量，让我惩罚这个侮辱了我的青年吧！”

他说完就使劲儿向对方掷出一支长矛，穿透了帕里斯的盾牌，假如不是帕里斯急忙闪开，肯定就刺中了他的心脏。但是，正当帕里斯惶恐不安地去看盾牌时，墨涅拉俄斯拔出剑，向帕里斯扑过去，拼命刺向他的头部，可惜剑太脆了，碰在坚硬的头盔上断成了几截，否则，帕里斯的头一定会被劈成两半。墨涅拉俄斯咬牙切齿地叫道：“残酷的宙斯！难道你这一次又不让我赢？”他第三次扑向帕里斯，一把揪住了对方头盔上飘曳的马尾，试图把对手打翻在地。假如不是头盔上的带子断了，他一定会得手。女神阿佛洛狄忒趁机抓起爱将帕里斯，躲进了云里，角斗场上只剩下了墨涅拉俄斯一个人，否则帕里斯必死无疑。

希腊人欢呼墨涅拉俄斯赢了，阿伽门农高叫着，要求履行和约。但这时，不知是谁放了一箭，射中了墨涅拉俄斯，他受了轻伤。顿时一片哗然。希腊人大叫："特洛伊人违约！"阿伽门农发誓：不灭绝这个不守信用的民族、不烧毁特洛伊城誓不罢休。

有一次，当战斗正激烈时，只见狄俄墨得斯像一头暴怒的雄狮，驾着战车、手持长矛在战场上来回砍杀。侍卫们紧紧跟随，随时准备剥下死者的铠甲或者把死者的战车、战马送回大船上。已经有八个最有名的特洛伊青年倒在了狄俄墨得斯的长枪之下。这时，特洛伊的一位勇士埃涅阿斯急忙找到年轻的特洛伊神箭手潘达洛斯，对他说："潘达洛斯！你的弓和从不虚发的箭都在哪里？那边有一位强悍的勇士左突右冲，杀了我们的许多人，没人能拿得下他，现在就看你的了！"

"这是堤丢斯的儿子狄俄墨得斯，"潘达洛斯答道，"大概是神祇在保佑他，我的箭曾射中了他，鲜血涌出了他的伤口，他却若无其事地又投入了战斗，又挥舞起了长矛。噢，不！我不想再瞄准他了。与神作对不会有好结果。况且这里只有我一个人。我也没有马车。虽然出门时，父亲还吩咐我驾上车，但我没有。父亲说，家里有11辆大车，个个都套着好马，赶一辆车去吧，会有用的。但我心疼马，因为它们习惯了在家里的生活；我当时想，到了特洛伊，那里肯定集中了无数的兵马，人都吃不饱，更别说马了！噢！我现在只想回家，我的弓和箭法起不了多少作用。我瞄得很准，却没有射死任何人，只是激起了敌人的怒火。等我一回家，就把这身没用的铠甲扔进火堆里！"

"别，"埃涅阿斯说，"先让我们再试一试我们的武器。干掉这个可怕的刽子手。上我的车吧，你先试试我的马。抓住缰绳，我要等待时机投入战斗。"

"这可不行，埃涅阿斯！"潘达洛斯不同意，"最好你自己驾车，谁不知道，人人都只会驾驭自己的马。万一狄俄墨得斯向我们追来，你的马不听我的，那我们两个就都完了。如果他离我近，我就用尖矛刺他。"

"请便，"埃涅阿斯说着，让潘达洛斯上了车。他驱车直奔狄俄墨得斯。狄俄墨得斯这时正站在车上仔细观察敌人动向。他的朋友斯忒涅罗斯为他驾车。"看！"斯忒涅罗斯喊道，"这两个勇士向我们冲过来了！这两个人来势凶猛，我要向旁边拐了。你拼杀了这半天，已经疲倦了，而且还受了伤。"

"闭嘴！我在战场上从不退缩。我在战车上站了这么长时间无所事事，早就站烦了，我要跳下车来。我想，这两个人一个也逃不过我的长矛！你驾车跟着我，等我杀了他们，你就赶紧跳下车，把他们的马车缰绳拴在我们的车上，牵回他们的马。你瞧瞧，那几匹马多棒！这是战场上最好的马。”狄俄墨得斯大声喊着。

潘达洛斯在飞奔的战车上掷出一支矛，刺穿了狄俄墨得斯的盾牌。潘达洛斯以为杀死了敌人，高兴地欢呼起来：“我终于刺中了他！但愿你的末日临近了。”但是，狄俄墨得斯大叫一声：“我还没死！你高兴得太早了！看你往哪里跑！”狄俄墨得斯“嗖”地一枪正中潘达洛斯的脸部，穿透了他的头颅，潘达洛斯倒在了地上。埃涅阿斯用盾牌和长矛护着死去的朋友，不让亚该亚人抢去朋友的遗体，使朋友的遗体蒙受耻辱。这时，狄俄墨得斯手中已无长矛，就从地上搬起一块大石头拼命扔过去，砸在了埃涅阿斯的腿上，埃涅阿斯呻吟着倒下了。假如不是他的母亲女神阿佛洛狄忒用银色的衣裙裹住了他，带他离开了战场，他必死无疑。但是那几匹骏马女神却没能救出，它们被斯忒涅罗斯牵走，交给了贴身随从，带回了营地。

墨涅拉俄斯和兄弟阿伽门农并肩站着，注视着战局。突然，从特洛伊人一方冲出一辆战车直奔他们二人，车上站着特洛伊少年阿德拉斯托斯。他控制不住受惊的马匹，被马突然抛下了车。他还来不及镇定一下，墨涅拉俄斯已经手持长矛杀将过来。这时，无助的少年一把抱住墨涅拉俄斯的双腿，向他哀求：

“留我作俘虏吧，阿特柔斯的儿子，别杀我！求求你！我的父亲很富有，如果他知道我没死，落在了你的手里，他会付给你一大笔赎金。”

墨涅拉俄斯动心了。他正打算把俘虏交给随从时，阿伽门农快步走过来，生气地对心软的弟弟叫起来：“你怎么能怜悯他们！他们全是恶棍！想想看，旷日持久的特洛伊战争给你的家庭和我们大家带来了多少耻辱！就是母亲腹中的胎儿也不能怜惜！他该死！他不能活着！”

墨涅拉俄斯扭过脸去，他的残酷无情的哥哥一枪戳透了下跪的阿德拉斯托斯，阿德拉斯托斯临死前抽搐着蜷曲起了身体，向后倒去。阿伽门农一脚踏在他的胸口上，拔出长矛。

这时，狄俄墨得斯正打量着四周，期待再次投入战斗。一个勇士向他冲过来，他从未见过这个人。来人全身披挂，身材高大，威风凛凛，看样子像是特洛伊人的首领。这就是格劳科斯，他刚从吕喀亚赶来。当双方相距一箭之遥时，同时勒住了马。狄俄墨得斯大声说：“来者何人？迄今为止我还未曾在战场上见过你。既然你敢于向我靠近，那么你一定是个出色的战士，因为我的武器从没放过走近我的任何一个人。如果你是神，那么我不想和你斗；如果你和我一样是食人间烟火的凡夫俗子，那就准备受死吧！”

格劳科斯回答说：“堤丢斯的儿子你听着！我出身高贵！我的先祖是阿尔吉夫人，曾统治过科林斯。科林斯国首任国王西绪福斯生子格劳刻斯，格劳刻斯的儿子是有名的柏勒洛丰。柏勒洛丰为了帮助吕喀亚国王打败索利米亚人去了吕喀亚。吕喀亚人敬重他，国王把公主嫁给了他，和他分享王位。柏勒洛丰有两个儿子：伊珊得耳和希波罗科斯。伊珊得耳已经去世，希波罗科斯还活着，他就是我可敬的父亲。特洛伊国王普里阿摩斯陷入困境，父亲派我来特洛伊助他一臂之力。父亲告诫我要做最勇敢的人，要身先士卒，不辱没先祖。所以你严厉的目光吓不倒我，我愿与你一决雌雄！”

“不，我不能和你拼！”狄俄墨得斯愉快地叫了一声，把长矛戳在了地上。“你是我的贵客。尊贵的柏勒洛丰曾在我的祖父家中做客，住了20天，分别时，他们互赠礼品留作纪念。祖父送给他一条深红色的腰带，柏勒洛丰临行时给祖父留下了一只金酒杯。我一直收藏着这只酒杯，常常拿出来赏玩。所以，在阿尔戈斯，你是我的客人，如果我去了吕喀亚，也是你的客人。我们之间不必血刃相见。我有足够的特洛伊人作我的敌人，你有足够的希腊人作你的敌人。为了表明我们的友谊，我们来交换武器，让大家都能看见，我们为先辈之间的友谊而自豪。”

于是，他们双方都跳下战车，真诚地握了握手，交换了武器。格劳科斯吃亏了，因为他的武器是金的，荷马说值100头牛，而狄俄墨得斯的兵器是铜的，值9头牛。但格劳科斯并不在乎，他高高兴兴地换了。他们又一次盟誓，接着，各自快步驶向各自的方向。

这会儿，赫克托耳正对弟弟怯懦的表现感到不满，打算为特洛伊人血洗耻辱。他叫希腊人派出一个人来，他要与其单独对阵。希腊人非常害怕与如此强大的敌手单打。涅斯托耳建议抓阄决定谁与赫克托耳对阵。抓阄的结果是萨拉米斯岛的大埃阿斯上阵。埃阿斯吹牛说：“赫克托耳！希腊还有不怕你的人，我不过是其中之一罢了。来吧！”

“忒拉蒙的儿子，你是不是想尝尝我的厉害？”赫克托耳回答说：“有点自知之明吧，我作战经验丰富，无论是徒步还是乘战车，我都能追上逃跑的敌人，有事实为证。现在，你就当心吧，勇士！我不想杀你个措手不及，我希望光明正大地与你交战。”

他们先是互掷短矛，但是都碰在了盾牌上，接着，又想用长矛扎中对方，但盾牌又一次挡住了进攻。于是，他们又抓起了石头，但这一次，又被盾牌拦住了。最后，赫克托耳想与对方肉搏，他力大无比，很可能会赢，但是这时夜幕降临，于是双方的战斗到此为止。赫克托耳对埃阿斯说："埃阿斯，你非常勇敢，只有神祇才可能赋予你如此强大的力量和智谋。我们今天到此为止吧，明日再战。瞧，天色已晚。你回船上和自己人一起去用餐吧，我回城里，女人们还在庙里忧心忡忡地为我祈祷。不过，我们先互赠礼物以表敬意。让希腊人和特洛伊人都说：看，他们拼杀了半天，分手时竟成了朋友。"说着，赫克托耳解下宝剑连同剑鞘和漂亮的吊剑带一起递给埃阿斯，埃阿斯也把紫金腰带送给赫克托耳。然后，他们就在各自队伍的欢呼声中分手了。

特洛伊战争进程慢的主要原因是希腊联军统帅阿伽门农夺走了阿喀琉斯的一个漂亮的女俘布里塞伊斯，两人因此失和。为此，阿喀琉斯很长一段时间不参战。后来，赫克托耳杀死了阿喀琉斯的好友帕特洛克罗斯，这头猛狮才跳起来投入战斗。阿喀琉斯在战斗中极其勇猛，敌人一个接一个地死在他的长矛下。他使特洛伊人闻风丧胆。阿喀琉斯发誓，不为好友报仇誓不罢休。他在战场上寻找赫克托耳，而赫克托耳整整一天都躲着他。傍晚，当特洛伊人的战车陆陆续续回城时，赫克托耳才鼓起勇气，下决心等待凶狠的阿喀琉斯出现。

最后，阿喀琉斯出现了，当他发现目标时，欣喜地大叫一声，叫声惊天动地。勇敢的赫克托耳虽然全力振奋起精神，可无济于事。对手那暴怒的样子夺去了他所有的勇气，他不由自主地转身就逃跑。他就像一只被鹰追逐的鸽子，围着城墙跑，而阿喀琉斯则欢快地大叫着紧紧追赶。赫克托耳左突右冲，想消耗对手的体力。阿喀琉斯跟着赫克托耳绕城跑了三周。最后，赫克托耳筋疲力尽，他停下来向对手喊道：

"站住，珀琉斯的儿子，我再不躲你了！我想，就站在这儿吧。不是我杀了你，就是你杀了我。不过，我们先在神祇面前立个约：胜者不得凌辱败者的尸首。"

"你我之间不可能有任何约定！"阿喀琉斯喊道，"难道狮子能与人立约、狼能与羊羔立约吗?！最好想一想怎么对付我吧！但愿你逃不出我的手心。"

说着，他就向赫克托耳掷出长矛。但赫克托耳急忙单腿跪下，躲过了阿喀琉斯的进攻，长矛落在他身后远处的沙滩上。他跳起来，高兴地叫道："没击中！神一样的阿喀琉斯！现在护好你的胸膛吧，你这个吹牛大王！"

赫克托耳的矛击中了阿喀琉斯的盾牌,发出了响亮的声音。但这个盾是无法穿透的。赫克托耳正打算拔剑时,阿喀琉斯趁机掷出长矛,不幸的赫克托耳被刺中了喉咙,倒下了。所有的希腊人都围在近旁注视着战局。看见赫克托耳倒下了,他们欣喜若狂。

赫克托耳在临死前又一次请求不要凌辱他的尸体。但阿喀琉斯毫无怜悯之心。他用刀在赫克托耳的脚踵和脚踝之间刺了个洞,用皮带一穿,捆在了战车上,他就这样拖着赫克托耳的尸体驶过城门,从一个个树桩和一片片石头上飞驰而过。赫克托耳年迈的父亲和站在城墙上的特洛伊人目睹这一幕悲痛万分。回到了营地后,阿喀琉斯吩咐手下解下浑身污血的尸体,扔在野地里喂狗。

这时,他才开始着手准备隆重地安葬朋友帕特洛克罗斯。他想为朋友举办一个最隆重的葬礼,因此邀请了所有的希腊人。他让人们堆起了一个高高的柴堆,柴堆的中央放着擦洗得干干净净的帕特洛克罗斯的尸体。阿喀琉斯在柴堆旁把他抓来的12名特洛伊俘虏亲手杀死,然后将他们的尸体摆放在帕特洛克罗斯的尸体的周围。柴堆燃尽后,人们从灰烬中拾起帕特洛克罗斯的尸骨,盛在一只金盒中,埋入坟墓,修了一座高高的坟。随后,为了纪念亡友,阿喀琉斯又在坟头组织比赛,对优胜者给予重奖,奖品有女俘、马、骡子、鼎、碗、酒杯、金锭、铠甲等。比赛项目有赛车、赛跑、一对一角斗、瞄准目标投石、掷长矛和拳击。一切都很顺利,大家都很满意。但是这丝毫不能减轻阿喀琉斯的悲痛。

夜里,他睡不着,于是就走出营帐,套上车,拖着赫克托耳的尸体围着朋友的坟墓跑了三圈。

这时,普里阿摩斯的家里一片悲声。最后,年迈的父亲再也无法想像他的英雄儿子死后居然要像倒毙的动物一样在荒野上腐烂,让鸟啄食,让野狗撕咬。当时的宗教习俗规定要体面地安葬死者,因为那时人们相信如不安葬,死者的灵魂在阴间就得不到安宁。普里阿摩斯打算冒一次险:他决定夜里去见阿喀琉斯,请他归还儿子的尸体。他从箱子里取出十塔兰特金子、四个金碗、两只三足鼎、一个漂亮的酒杯、十二件节日的锦袍和十二块地毯,全部搬到车上,在夜幕降临时,带着忠实的仆人伊特俄斯前往希腊人的营地。神祇派赫耳墨斯一路上保护了普里阿摩斯。赫耳墨斯用手一指,敌人顿时什么也看不见。普里阿摩斯幸运地来到了密耳弥多涅人的帐篷旁。他看见阿喀琉斯坐在那里吃晚饭。他低着头,在痛苦地沉思着。普里阿摩斯泪流满面地走

帕特洛克罗斯葬礼上的献祭仪式

进帐篷，扑倒在英雄的脚边：

“神一样的阿喀琉斯呀！想想你的父亲吧，他也像我一样年老体弱，也在家中思子心切，望眼欲穿。也许正有人在欺侮他，却无人保护他。然而，他知道他心爱的儿子还活着，虽然现在与他远隔千万里，但是儿子一回来，他所有的痛苦都会结束。有了这个希望，老人就感到安慰，时时在心里期待着那一刻的到来。我也曾是一个幸福的父亲，我有50个儿子，其中有19个都是一母所生。他们是我的乐趣，也是我的骄傲。但是自从你们来到这里，无情的战争几乎夺走了我所有的儿子。现在，我最好的儿子也倒下了，他是惟一能保护我们的人啊！唉！我不敢奢望他还能活着，可你把他的尸体还给我们吧！想想吧，家里他的妻子、母亲和姐妹都在为他痛哭，他的父亲我就跪在你的脚边求你。把他还给我吧，我给你带来了一大笔赎金。听听神的劝告吧！想想看，或许将来你年迈的父亲也会像我一样不得不跪在一个青年的面前，祈求他。噢！上天啊！我还不得不亲吻杀害了我的孩子们的这双手！”

阿喀琉斯看着老人泪流满面的样子，经不起他的一再请求，答应了。他和气地弯下腰扶起老人，对老人的不幸表示同情，夸奖赫克托耳作战英勇。随后，他走出营帐，查看了赎金，悄悄吩咐女奴们擦洗了赫克托耳的尸体，用干净的麻布裹好，然后，下人们给大车上铺好垫子，他亲自把赫克托耳的尸体搬上车。他沉思了片刻，最后说：“帕特洛克罗斯，如果你在冥王府看见我把杀你的凶手的尸体还给了他悲伤的父亲，请别怪我。他给我带来了丰厚的赎金，我会把你应得的那份献给你。”

随后，他从自己的战利品中挑了一只肥羊，牵回了帐篷中。“老人家，现在高兴高兴吧，”他说，“你赎回儿子了，我已命人用柔软的麻布把他裹好，放在大车上了。现在我们吃点儿东西暖暖身子吧。我在内心也为你高贵的儿子的死感到悲痛，因为他死得其所。”接着，他宰了羊，下人们剥下羊皮，把肉切成小块，穿在铁钎上烤好，端了上来。阿喀琉斯的马夫奥托墨冬从篮子里取出面包，他们暂时忘却了悲伤开始用餐。进餐时，他们两人仔细地互相打量着对方。老人欣喜地看着阿喀琉斯高傲的神态，阿喀琉斯满怀敬意地望着特洛伊国王高贵的面容和威严的仪态，聆听着他睿智的话语。用餐后，老人休息了几个小时，因为他几乎已经四天四夜未合眼了。但是，天还未亮，他就命车夫套上车回城，以免被希腊人发现。阿喀琉斯问他为赫克托耳举行葬礼需要几天，答应他在这期间内不发动进攻。“噢，阿喀琉斯！”普里阿摩斯回答说：“如果你想对我们表示尊敬，那么请给我们九天的时间为死者痛哭、准备葬礼。第十天我们火葬亡人，第十一天修坟，如果战争不可避免的话，你就在第十二天开战吧。”

阿喀琉斯答应着，送走了老人。老人急急忙忙赶回城里，人们欢呼着迎接国王归来，特洛伊人为他的安危而担心。妇女们哀号了九天，第十天火葬。人们把灰烬和赫克托耳的遗骸收集起来，放入一只金匣子中，在城外修了一座高高的坟，埋入坟中。最后，在王宫举行葬后宴，结束了葬礼，同时，人们还给神祇献上了祭品。在此期间没有一个希腊人来破坏葬礼。

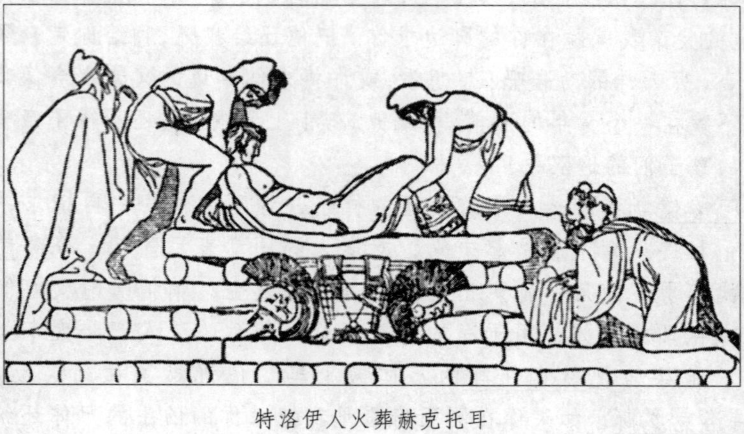

特洛伊人火葬赫克托耳

阿喀琉斯虽然无人可敌，但他也在特洛伊城下送了命。阿喀琉斯出生时，他的母亲忒提斯为了使他成为刀枪不入的人，曾提着他的足跟浸入冥河——斯提克斯河，但是由于足跟没有沾到冥河之水，因此成了他致命的弱点。帕里斯的箭正是射中了这里。阿喀琉斯死后，奥德修斯和萨拉米斯王子埃阿斯为了争夺他留下的武器激烈地争执起来。最后，武器被判给奥德修斯，埃阿斯备感屈辱，他发了狂，自杀了。

后来，由于奥德修斯的足智多谋，特洛伊城终于被攻下。奥德修斯和狄俄墨得斯一起立了这个大功。他们二人乔装打扮潜入特洛伊城中，偷走了特洛伊城的护城神像——一尊古老的帕拉斯·雅典娜女神的雕像。因为他们知道一则神谕：只要这尊神像还在特洛伊城里，那么这座城市就会安然无恙。希腊人根据奥德修斯的建议造了一个巨大的木马。三十名精兵强将藏进木马后，希腊人佯装撤退乘船离开，驶往最近的一个海岬，把木马留在了营地。特洛伊的阿波罗神庙祭司拉奥孔竭力劝说人们不要将木马拖进城里。但这时从海里出来了两条蛇，缠住拉奥孔和他的两个儿子，咬死了他们。特洛伊人认为这是神在显灵，他们把"达那俄斯人"[①]的礼物拖进城里献给了神灵。夜里，希腊的勇士们一个个钻出木马，为希腊人打开城门。杀掳和抢劫开始了。普里阿摩斯倒在了宙斯的祭坛旁。无数的战俘沦为奴隶被带走，其中有赫克托耳的母亲赫卡柏和赫克

特洛伊木马

① 即希腊人。

托耳的姊妹们。赫克托耳的众姊妹中卡珊德拉容貌最美丽，她是个预言家，曾预言特洛伊城终将毁灭，现在她被罗克里斯王子小埃阿斯掳走，献给了阿伽门农。墨涅拉俄斯在城里找到了海伦，又一次被她的美貌迷住，把她带走了。特洛伊英雄埃涅阿斯[1]背着父亲安喀塞斯离开了熊熊燃烧的城市，可能逃往意大利。

墨涅拉俄斯和海伦

如一个希腊古瓶上所画的，在攻取了特洛伊城之后两人相见的情形

希腊人回乡

希腊人毁灭了特洛伊城后，在返回故乡的路上历尽艰难。在出航时，众将领为走哪一条路回希腊争执起来，结果是意见不统一，各走各的路。暴风毁了大部分战船，希腊联军的大半人员伤亡。有些船只被风暴席卷着完全偏离了航线，漂向了不知名的海，甚至被吹往非洲及西西里海岸，漂泊多年，经历了数不清的灾难。大部分人回到家后迎接他的不是亲人欣喜的相见，而是一片狼藉和不幸。阿伽门农的家中就是这样。在他远征特洛伊期间，他的妻子克吕泰涅斯特拉改嫁埃癸斯托斯。现在，埃癸斯托斯既不想归

① 相传埃涅阿斯为罗马人的始祖，维吉尔的史诗《埃涅达》就是专门写他的。

还妻子，也不愿归还王位，于是不忠实的妻子就只好做了他的同谋。他们决定不让阿伽门农得知他们的阴谋，尽可能热情地迎接他，然后在他归来的当天用温水沐浴时将他杀死。不幸的阿伽门农踏进了日夜思念的家门，没有预感到任何不幸，当他洗浴完毕，叫人送来干净衣服时，克吕泰涅斯特拉用衣服蒙住他的头，藏在门后的埃癸斯托斯用斧子杀死了他。奥德修斯在归途中更是历经劫难。荷马在史诗《奥德赛》中描写了他遇到的艰险。这部作品在描写他历险的同时，还真实地记录了当时的文化、教育、生活方式和地理知识等各方面情况，因此对于研究历史也有极为重要的意义。

起初，奥德修斯被风浪带到了非洲海岸，那里生长着一种莲花，人们吃了这种莲子就会忘记往事，乐而忘返。后来，暴风又把奥德修斯吹到了西西里，岛上居住着吃人的库克罗普斯人（独眼巨人）。离开西西里后，他又和同伴们来到了一个岛上，这里有个女巫叫做喀耳刻，她把奥德修斯的几位伙伴变成了猪。奥德修斯走到世界的尽头后，进入了地狱王国，和母亲及朋友的阴魂交谈了几句，然后，又到了西西里，在意大利与西西里岛之间的海峡中住着怪物斯库拉和卡律布狄斯，他们伸出长长的手臂一把抓住了奥德修斯的几个同伴，塞进了血盆大口。接着，奥德修斯的船又从海妖塞壬居住的岛旁驶过。塞壬是几个半人半鸟形状的女妖，她们用动人的歌喉迷惑人们驶向小岛，这样船就会触礁、沉没。奥德修斯听从喀耳刻的建议，用蜡塞住同伴的耳朵，吩咐同伴们把他捆在桅杆上。就这样，他们抵制住了塞壬的引诱。有一次宙斯用闪电把船劈成了碎块。所有的同伴都落水淹死，只有奥德修斯一人抱住了一块船板，在海上漂荡了九天九夜，水米未进，最后被海浪抛上了俄古癸亚岛，美丽的仙女卡吕普索热情地收留了他，她很高兴，因为她早就盼着能有一个丈夫。现在，她终于等到了。她向奥德修斯许诺，只要他肯留下来永远陪伴她，她就能让他长生不老、永葆青春。但是奥德修斯每天早晨都坐在岸边望着汹涌澎湃的大海，深深地怀念忠实的妻子和儿子，流下思念的泪水。他多想在死前再看一眼故乡的青山和小屋上缭绕的炊烟啊！仙女留奥德

奥德修斯头像

奥德修斯与塞壬女妖

修斯在岩洞里住了七年后，奉众神之命才答应放他走。于是奥德修斯砍来松树做成了一个木筏子，独自一人乘坐这只不可靠的小船驶向了不知名的大海。头十七天他只看见蓝天和大海，不见任何陆地。到第十八天，他终于看见了淮阿喀亚人居住的斯刻里亚岛。可是，还没驶到岛上，他又遭遇了一次风暴，他的筏子被击碎。他和巨浪搏斗着游到了岸上。他在岛上稍事休息后，驾着淮阿喀亚国王赠送的大船返回故乡。

这就是奥德修斯历险记的简要经过。下面我们从史诗《奥德赛》中选取几个刻画了当时的日常生活和风俗的片断，做较为详细的介绍。

史诗《奥德赛》片断

奥德修斯在阴间

按照女巫喀耳刻的建议，奥德修斯找到了世界的尽头，地狱之门就在这里。奥德修斯把船拴好，上了岸，来到了一片广阔的平原上。他挖了一个坑，宰了两只黑羊，作为祭品，让羊血流入坑中。这时，立即出现了一大群幽灵，荷马称其为“透明的人形”。盲人忒瑞西阿斯生前是底比斯的预言家，在阴间只有他还能理解人的语言并与人交谈。他手拄金杖第一个走上前来。他喝了一口坑中的血，就走近奥德修斯说了他的预言。忒瑞西阿斯的身后许多男女老少的阴魂都向前挤，想喝一口鲜血，但奥德修斯按照喀耳刻的吩咐,不让他们喝。突然,他看见了母亲的阴魂,他叫了起来,“喂,忒瑞西阿斯,这位是我的母亲,可她却好像不认识我,我能和她交谈吗?”

忒瑞西阿斯回答说:“如果你想向哪个阴魂问话,就让他喝些鲜血,他就能恢复神志,也能说话了。没有食血的阴魂就会一句话也不说再次消失。”

奥德修斯立即领深爱的母亲走到祭血旁。母亲舔了一口血后,惊喜地认出了儿子。他从母亲的话中得知妻子和儿子还活着,但母亲因思子心切离开了人世。奥德修斯又叫来了阿伽门农、阿喀琉斯、帕特洛克罗斯和埃阿斯的幽灵,给他们喝了血,与他们谈了谈。幽灵们请他说说他们家人的事,但他无可奉告。然后,他们忧伤地走了。

奥德修斯还见到了在阴间做判官的古代著名的英雄弥诺斯和在阴间继续打猎的猎人俄里翁。奥德修斯看见那些曾经与神祇对抗过的人遭受着严厉的惩罚。达那俄斯的女儿们不停地往无底桶中灌水。科林斯国王西绪福斯被迫无休止地把一块巨石往山上推,每次他费尽力气刚推上山顶,石头又轰隆一声滚落到山脚,就这样推而复坠,坠而复推。坦塔罗斯站在没颈深的水中,头上垂着果实累累的树枝,但却注定永远遭受焦渴之苦:只要他一低头,水就退去,一伸手去摘果子,树枝就移开了。巨人提堤俄斯由于曾经企图非礼女神勒托,在地狱中被铸在地上,两只老鹰不停地啄食他的肝脏,像普罗米修斯一样,提堤俄斯的肝脏也是每天又重新长好。冥国所有的居民全都阴沉着脸,一副忧伤的样子。当奥德修斯走出冥国回到人间又看见了明媚的阳光时,他分外高兴。

奥德修斯在淮阿喀亚

有一次,奥德修斯的筏子被巨浪击碎。为了减少负担他脱下了沉甸甸的湿衣服,丢进了海里,因此,当他爬上小岛时身上一丝不挂,而且筋疲力尽。他看看周围空无一人,就走进了树林,用树叶铺了一张床;用落叶从下巴一直盖到脚,就睡了。荷马这样写道:“就这样,一个孤独的人在远离尘世的地方把燃烧的火种藏在了灰烬中,为的是有朝一日当他需要火时,可以随时从灰中找到,而且这时的火种已变成了熊熊燃烧的火炭。”

第二天早晨,命运让淮阿喀亚公主、国王阿尔喀诺俄斯的女儿瑙西卡来到了这里。瑙西卡带着侍女乘马车来洗衣服。母亲给了她一篮子香甜的馅饼和一皮袋葡萄酒，还递给了她一瓶发乳。

她们来到了一条清澈的河边。姑娘们把衣服扔进与小河相连的水池中，跳进水里，用脚搓洗衣服。衣服洗完后晒在干净的石头上，卸下马，让马儿在附近吃草。姑娘们沐浴完，抹上发乳，坐在草地上开始野餐。姑娘们喧闹着吃过饭，脱下外衣玩起球来。瑙西卡一边玩一边唱歌。

傍晚，衣服干了，姑娘们收好衣服放进筐子里，把筐子放在大车上，套上马准备出发。但这时，瑙西卡想和一个姑娘开个玩笑。她把漂亮的毛线球扔向那个姑娘，但未打中，球飞向远处落进了水里。姑娘们大声叫嚷着，吵醒了睡在树叶中的奥德修斯。他一下跳了起来，不过，为了不失礼，他拉过浓密的树枝遮住赤裸的身体。姑娘们看见一个陌生人身上沾着枯黄的树叶，手臂和腿脚糊满淤泥，都吓跑了。只有瑙西卡一人勇敢地站在原处没跑。奥德修斯站在远处央求她帮助。他的话语娓娓动听，他的遭遇令人同情，虽然他的样子很古怪，但瑙西卡还是喜欢上了他。奥德修斯请她指明从哪一条路进城，请求她给件衣服蔽体。他最后还说："愿神祇赐给你一个可心的丈夫，保佑你们生活幸福美满。"

瑙西卡唤来受惊的姑娘们，命她们把外乡人领到沐浴的地方，给了他一瓶香膏和一套最华丽的衣服。奥德修斯洗了很久才洗净身上的污垢。不过，当他沐浴完，给头发搽上香膏，穿上干干净净的衣服走出来时，就像换了一个人似的，姑娘们都着迷地盯着他。她们拿出了剩余的食品和美酒。待他吃饱后，瑙西卡坐上大车，吩咐他与侍女们一起跟在车后步行。他们走在鲜花盛开的田野上。快进城门时，她建议他从另一条路进城门，因为她担心人们看见她与外乡人在一起，会嘲笑她。接着，她告诉他王宫在城里的位置，嘱咐他在国王、王后和诸位大臣的面前如何行事。然后，她一甩鞭子赶着马车进了城。

不多时，奥德修斯也进了城。他远远望见港湾里泊了许多船只，就立即猜到要和一个航海的民族打交道。他进了阿尔喀诺俄斯的王宫，立即为它的宏伟感到震惊，他从未见过如此富丽堂皇的宫殿。大殿的门、柱和锁都是金光灿烂、银光闪耀。靠墙摆放着一圈圈椅子，椅子上铺着垫子，淮阿喀亚的贵族大臣们正襟危坐在椅子上。宫里有50个女佣，一部分女佣专司磨面，其他人纺纱织布。王后阿瑞忒坐在火炉旁纺线。王后的旁边端坐着国王阿尔喀诺俄斯。奥德修斯记着瑙西卡的嘱咐，走到了王后面前。按照当时的风俗，他抱住王后的双膝，向王后请安后，就请求王后接待他并派船送他回家乡。然后，他按照礼节在火旁的炉灰上坐下，等待答复。

奥德修斯的言谈举止很讨淮阿喀亚人的喜欢。他们笃信神灵，而且很清楚待客之道，所以接纳了他，大家都对他抱有好感。国王走过来，伸出手把他扶起来，引到一把包金的圈椅旁，吩咐儿子让座。不一会儿，一个女佣捧着一个精美的金水罐和一只银盆请他洗手，随后又在他的面前摆了一张小桌，女管家端来了面包、肉和菜。奥德修斯一路上吃了不少苦，这下不会挨饿了。国王阿尔喀诺俄斯令司酒官给酒里兑好水（古人不喝未经稀释的酒），给在座的每一位斟满，为天下众生的保护神宙斯干杯。人们往地上洒了几滴祭神，然后一饮而尽。随后，又谈到了奥德修斯如何回乡。一会儿12名贵族首领起身告辞，大殿里只剩奥德修斯和国王夫妇。官女撤去桌子和残羹冷炙。王后早就认出外乡人身上的细毛披风是她的，于是就询问此事。奥德修斯把船被风暴击毁的事告诉了她，称赞瑙西卡心地善良。最后，王后吩咐在前厅摆一张床，抱来最好的枕头，铺上毛毯，拿一件羊毛披风当棉被。宫女一一做了，然后手拿着蜡烛领外乡人去安歇。阿尔喀诺俄斯夫妇回了内宫的寝室休息。

次日清晨，国王领客人来到港口附近的广场上，这里是淮阿喀亚人集会的地方。广场上已经来了许多人。客人与国王并排在磨光的石头上就座。接着国王讲话。他命52名最勇敢的青年准备一条大船出海。他答应在王宫设宴招待青年们为他们饯行，同时邀请12名贵族首领也参加宴会，再次宴请外乡人。

喧闹的宴会开始了。国王下令宰12只羊、8头猪、2头牛。司酒官也在尽职尽责。请来了一位人们喜爱的歌手，进餐结束后他伴着竖琴唱起了特洛伊战争的传说。歌中多次提到奥德修斯的名字，但谁也没想到这个鼎鼎大名的大英雄就在身边。国王发现奥德修斯双手掩面，想到他可能也参加了这场可怕的战争。稍后，他命歌手不要再唱了，请年轻人游戏竞赛。参加宴会的人再次涌到广场上，给外乡人表演了拳击、角斗、掷铁饼、跳远和赛跑。比赛结束时，王子拉俄达马斯邀奥德修斯角斗，但奥德修斯借口忧伤想家拒绝了。有人为此嘲笑他，意思是他算不上战士，不过是条商船的船主经常航海罢了。奥德修斯激烈地反驳他，表示准备接受任何人的挑战，说着拾起一个沉重的石头圆盘，用力掷去。圆盘远远超过了目标，落在了远处。这一来，再也没人敢和他开玩笑了。比赛结束后，歌手唱起了欢快的歌儿，几个年轻人和着拍子跳起了舞，动作极为敏捷。12个淮阿喀亚贵族首领每人都给高贵、聪颖的外乡人送了一套无袖羊毛内外衣，刚才嘲笑过奥德修斯的人友好地走过来，把银柄象牙剑鞘的宝剑送给了奥德修斯，他说："别生气！如果我们之间发生过不愉快的事，就让大风吹散它吧！你历经了苦难，现在神祇一定会保佑你再次回到家乡和亲人团聚！"

奥德修斯也友好地回答了对方，接过宝剑，佩在腰间。傍晚，人们回到王宫，奥德修斯收到了所有的礼物，这些物品都已叠好放在了一只贵重的箱子里。奥德修斯熟练地用绳子将箱子捆扎好。一会儿，女奴烧好了热水，女管家领他去沐浴。擦洗干净，头发上抹上香膏后，他正想回大殿，看见了善良的瑙西卡羞怯地站在门口。那个时候，男人们聚会时，姑娘和年轻的媳妇不能参加，因此瑙西卡只能悄悄地下楼祝她喜爱的外乡人一路顺风。"再见了，外乡人，"她用低得几乎听不见的声音说道，"希望你回到家乡后有时也能想起我。""噢，瑙西卡，"奥德修斯回答说："你就像女神，我每天都会在心里为你祝福，可爱的姑娘，你是我的救命恩人。"

他走进了大殿，烤猪肉和兑好的酒已摆好。为了表示对客人的尊敬，给他割了一块又肥又大的肉。歌手又唱起了特洛伊，听众们赞不绝口，惟有奥德修斯一人哭了。国王令歌手停下，这时，国王才问起客人的名字和籍贯。于是，英雄讲起了他的奇遇，人们听得目瞪口呆，都请他多待一会儿。他答应了，众贵族首领为此每人再送给他一只金碗和一只三足铜鼎。第二天早晨，人们把全部礼物都搬上大船，阿尔喀诺俄斯亲自小心翼翼地把东西塞在桨手的坐椅下。告别时又宰了一头牛，按照当时的风俗，把腿肉放在祭坛上烧了献给宙斯。所有在场的人都往地上洒了几滴酒，行了祭礼，然后一饮而尽。奥德修斯祝愿殷勤的主人们一切平安，然后喝光了碗中的酒，递给王后，接着充满激情地说："王后，祝你一生永远健康！在此临别之际，我的心里充满对你的感激。祝你和家人生活幸福，人民安康！"

奥德修斯说完就出了宫，三个女奴捧着食物、美酒和被褥随他上了船，在船尾为他铺了床，放下食物后离开了。大英雄倒在床上睡着了。桨手们坐在凳子上划起了船。正是月明之夜。大船在平如镜面的海上静悄悄地航行着，飞快地驶向奥德修斯的国家。

珀涅罗珀的求婚人

奥德修斯的国家伊塔刻岛位于阿卡尔那尼亚以西，这里也与淮阿喀亚人一样有几位贵族首领，不过奥德修斯是国家的君主。由于奥德修斯

离家已近20年,因此岛上一片混乱,氏族贵族首领——尤其是年轻的首领们——横行霸道,胡作非为。奥德修斯的母亲因思念儿子忧郁成疾而死,年迈的父亲莱耳忒斯住在乡下,照看着葡萄园。奥德修斯的贤妻珀涅罗珀天天以泪洗面,想念久不归家的丈夫,痛惜庞大的家业无人照看,被他人挥霍。她的美丽、富有、聪慧和端庄吸引了很多人向她求婚,因为谁也不相信奥德修斯会回来。求婚人要求珀涅罗珀回到父亲的家中,选一个人嫁给他,其余人自会散去。但是,珀涅罗珀的心中还念着奥德修斯,不愿再婚。此举激怒了傲慢的求婚人,他们固执地说:“好吧,我们会逼你嫁人。我们要天天在你的王宫里大吃大喝,享用你家的美酒佳肴,直到你答应嫁给我们中的一个。”从此,奥德修斯宽敞的王宫里住满了这些蛮横无礼的酒鬼,他们恣意挥霍奥德修斯的财产。当人们得知这座宫里日日欢宴,可以随意出入时,来参加宴会的人越来越多。虽然他们个个自称是求婚,但是谁也配不上珀涅罗珀。仅伊塔刻岛上的求婚人就有12个,来自邻近的杜利其翁岛的有52个,从萨墨岛来了24个,从查托斯格岛来了10个。每个人都带着奴隶、厨子、信使和歌手。这一百多个不知羞耻的人三年来在奥德修斯的家中肆意妄为、大吃大喝。他们早晨来到宫里,牧人们要把牛、猪、羊赶来,仆人们要端上面包等食物和酒。宴会开始了,人们大声地喧闹、游戏。晚上,求婚人们各自回家。可怜的珀涅罗珀忍受着这一切,没有人保护她。她的独子忒勒玛科斯还是一个不谙世事的少年。即使他身强力壮,又怎么可能以一当百?可怜的珀涅罗珀日夜与侍女坐在卧室中哭泣。每当她来到大殿看见这群人胡作非为、无礼取闹就感到不安全。珀涅罗珀为了摆脱求婚人的纠缠,想了一个主意。她对求婚人说:“你们听着,我要为年迈的莱耳忒斯织寿布用来做寿衣。这需要很长时间。在我织布期间请不要再烦我,过后我会满足你们的要求。”求婚人同意了,珀涅罗珀开始织布。但她每日白天织,夜里拆,所以永远也织不完。求婚人得知后,就闹得更凶了。

忒勒玛科斯外出寻父

忠实的珀涅罗珀母子始终盼望失踪的奥德修斯能回家。他们询问所有的旅行者是否有人曾听说过奥德修斯的踪迹,但是一无所获。于是女神雅典娜建议忒勒玛科斯去拜访与父亲一同参加特洛伊战争的英雄。他希望能打听到有关父亲的更准确的消息,如父亲走的是哪一条路,是否还有可能生还。为了不让母亲担心,他没向她说明自己的打算,只告诉了年老的女管家,吩咐她准备路上吃的面粉。一个朋友借给他一条船,12个

珀涅罗珀在夜里拆开她白天织好的布

机灵的青年立即答应为他划船。傍晚，他们在岸边会齐，竖起松木桅杆，用绳子固定住，用结实的皮带绳把帆系好，坐稳，解开缆绳，浇酒给神祇献祭，然后愉快地出海了。

第二天上午他们到了伯罗奔尼撒西岸的皮洛斯港。年迈的涅斯托耳就住在这里。涅斯托耳因年长，阅历丰富，足智多谋，在参加特洛伊战争期间就深受诸位英雄的尊敬。这一天他正与朋友们一起为海神波塞冬举行盛大的献祭仪式，一共宰杀了100头牛。忒勒玛科斯和水手们收了帆，用缆绳把船系在码头上，一起下了船。

忒勒玛科斯发现皮洛斯的男人们排成九行坐在岸上吃献祭的牛肉。

忒勒玛科斯与珀涅罗珀(瓶画)

每一排500个人，给海神献上了肥美的剥了皮的腿肉，烧了，参加献祭的人把其余的肉穿在钎子上烤熟了吃。忒勒玛科斯向人们问了好，人们也给了他一份。他坐在铺开的皮子上，把酒浇在地上，行了祭礼。酒足饭饱后，他告诉长者他想打听父亲的消息。老人原本就很健谈。这一下，打开了话匣子，谈到了特洛伊，也谈到他是怎样回到皮洛斯的。但他对奥德修斯的情况一无所知，因为他比奥德修斯先走了一步。他建议忒勒玛科斯去斯巴达拜访墨涅拉俄斯和海伦，或许他们能提供更准确的消息。涅斯托耳说："如果愿意就走陆路吧，我可以借给你马车，为安全起见，再派我的儿子陪你同行。"

谈话间，天色已黑。仆人端上水，客人们净过手，浇酒行了祭礼，继续宴饮。人们回到了涅斯托耳的王宫后，在宽大的圈椅上落座。老人请在座各位喝酒。随后仆人在大殿挨着涅斯托耳的幼子珀西斯特拉托斯的床给忒勒玛科斯铺了一张床请他去休息。涅斯托耳和已婚的儿子在内宫各自的卧室就寝。

早晨，老人坐在王宫门口光滑的石头上，他的爱子和仆人围在身边。他许过愿要给雅典娜献祭一头金角母牛，现在打算兑现。忒勒玛科斯的水手也应涅斯托耳之邀下了船。铁匠也带着锤子、铁砧和镊子来了，他用金片包了小母牛的两只角。两位王子把母牛牵到祭坛前，第三个王子拿着一只盆子和一篮大麦，第四个手执一把利斧，第五个端着盆子准备接血。

涅斯托耳洗了手，把大麦撒在地上，割下小牛额头上的一绺毛扔进火中。第四个王子走上前举起斧子向小牛砍去，砍断了小牛的脊背，小牛倒下了。于是众王子忙着准备祭品。他们砍下牛腿，涂上油，把肉切成块，放在腿肉上，开始烧，老人向燃烧中的祭品洒了几次红酒，年轻人手持铁叉，必要时翻一翻肉块。

其余的肉烤熟后作了献祭人的早餐。涅斯托耳的小女儿带忒勒玛科斯洗了澡，涂上香膏，换了衣服，然后他也来了。人群中间放着一口大铜锅，里面盛满了兑好的酒。每人舀出满满一碗，按照习俗喝了。随后开始为忒勒玛科斯出行做准备。他们套上马车，女管家把干粮放在车上，然后，忒勒玛科斯和涅斯托耳的小儿子珀西斯特拉托斯上了车。珀西斯特拉托斯手握缰绳，策马扬鞭，马儿跑了起来。他们在途中住了一宿，第二天傍晚来到了斯巴达，马车静静地停在了鼎鼎大名的墨涅拉俄斯的王宫门前。

墨涅拉俄斯正在喜气洋洋地同时举办两个子女的婚礼宴会。大殿里欢歌笑语，热热闹闹，如果不是奴隶来报告，墨涅拉俄斯根本不知一辆大车来到了门前。他命奴隶卸下马拴在马厩，接着愉快地接待了两位客人。仆人带他们沐浴后给头上搽了香膏，然后回到大殿与墨涅拉俄斯并排就座。一个女仆端上盆子和水罐，请他们洗了手，然后每人面前各放一个小茶几，摆上面包、素菜和肉。墨涅拉俄斯出于礼貌从自己面前的桌上给客人们抓了一块肥肥的排骨，然后两位年轻的客人开始进餐。斯巴达王宫富丽堂皇非比一般，令他们吃惊。原来，从特洛伊归来的英雄中数墨涅拉俄斯带回来的战利品最多。当主人说起了特洛伊之行，提及奥德修斯的名字时，忒勒玛科斯用披风掩住了脸。墨涅拉俄斯虽然不曾问过他的姓名，见此情形，也猜到了。这时，特洛伊战争的祸首海伦走了进来，她一下就认出这是奥德修斯的儿子，因为他们太相像了。忒勒玛科斯感到了主人夫妇真诚的同情，诉说了母亲的求婚人在家中的所作所为。墨涅拉俄斯听了后义愤填膺，“这些恶棍如今在你的家里胡作非为，有朝一日奥德修斯回了家，定会叫他们以血还血，以牙还牙！”

朋友们又谈了许久，为大英雄的命运深感惋惜。墨涅拉俄斯只是告诉忒勒玛科斯，有一次能变成各种样子的海神普洛透斯向他预言：“奥德修斯漂泊十年后，会只身一人回到祖国。”

年轻的忒勒玛科斯听到这个消息十分满意，虽然墨涅拉俄斯和海伦苦苦相留，他还是决定启程返家。富有的主人非常高兴年轻人来访，送给忒勒玛科斯三匹马、一部马车和一只金碗。忒勒玛科斯谢绝了马和马车，因为伊塔刻岛上山峦起伏，不适合骑马和驾车。于是，墨涅拉俄斯就送给他一只腓尼基银杯，这只杯子做工精美，还镶着金边。祭祀宴刚一结束，两位外乡青年就在王宫前的拱形廊下就寝；仆人们早已在此铺好了松软舒适的床。

次日上午献祭结束后，忒勒玛科斯和珀西斯特拉托斯就上了车，墨涅拉俄斯和海伦一直将他们送到大门口。这时，一只老鹰抓起一只鹅飞上了天空，海伦认为这是预示着求婚人必然死亡的吉兆。两个年轻人听了这个解释高高兴兴地启程返回皮洛斯。到了皮洛斯，忒勒玛科斯顾不上进涅斯托耳的家门就直接上了船，水手们立即扬帆启航。夜，静悄悄，海上风平浪静，船儿驶近了伊塔刻。求婚人乘另一条大船埋伏在路上，打算杀了忒勒玛科斯，少年的保护神雅典娜在梦中提醒他有危险，所以船儿有意偏离了航向，驶向北岸。

奥德修斯返回故乡

淮阿喀亚的水手们披着朝霞划船驶近伊塔刻时，奥德修斯沉沉地睡着了。水手们不想惊醒他，于是小心翼翼地将他搬下船放在岸上，把送给他的贵重礼物放在他的身边，就返航了。奥德修斯一觉醒来发现自己独自一人躺在草地上，周围摆着箱子、酒杯和三足鼎，不禁哀怨地叹了一声。岛上大雾笼罩，可怜的人没有认出这就是他的故乡。这时，女神雅典娜出现了，她装扮成一个年轻英俊的牧人告诉奥德修斯他的妻子现在很痛苦，他的儿子出门寻父。她劝告奥德修斯要除掉这些狂妄的求婚人首先要用计谋，其次才是武力。她帮助他把礼物藏进洞穴，用权杖碰了他一下，他就从一个身强体壮的男子汉变成了一个脏兮兮的秃顶老头，两眼流脓，四肢干枯无力。身上华丽的服饰不见了，取而代之的是鹿皮做成的破衣烂衫，手上多了一根讨饭棍，肩上搭着破口袋。

多灾多难的大英雄奥德修斯就这样衣衫褴褛、步履艰难地翻过一道道苍翠的山，照雅典娜的吩咐，来到了欧迈俄斯老人的小屋前。欧迈俄斯原本也是一个王子，孩提时代腓尼基海盗将幼小的欧迈俄斯与奶母一同拐卖到了遥远的国度为奴，后来，奥德修斯买了他，让他放牧猪群。猪场远离城市，牧猪人的小屋就在猪场旁。与老人一起放牧猪群的还有几个助手。

牧猪人欧迈俄斯诚实、有头脑，对主人奥德修斯忠心耿耿。每次，当

装扮成乞丐的奥德修斯见到了他的老牧人

他被迫去城里给求婚人送猪时，都对他们的横行霸道深感不满，为主人的去世感到难过——他认为主人早已不在人世。这一天，他坐在自家的门槛上切牛皮做绊鞋时，突然狗"汪汪汪"地吠了起来。他急忙丢下手里的皮子，拦住狗，请陌生人进屋。他在树叶铺成的床铺上垫上一张牛皮，请客人坐下。随后，他杀了一对儿小猪崽，扑上面粉，放在钎子上烤熟，拿出一只木碗，斟满酒，热情地把肉和酒一起摆在客人面前，主人和客人首先浇酒在地给众神献祭，然后客人就吃了起来。谈话中欧迈俄斯说到了伊塔刻国王家中的不幸。

按照当时的规矩，客人饭后应当谈谈自己。奥德修斯编造说自己是克里特国王的儿子，不久前曾见过奥德修斯，这会儿奥德修斯可能正在回伊塔刻的路上，也可能已经到家了。欧迈俄斯不信。

等其他牧人赶着猪群回来后，欧迈俄斯选了一头大肥猪宰了招待客人。晚饭后牧人们安歇了。欧迈俄斯在火炉旁为奥德修斯铺了几张山羊皮，上面盖上毛皮披风，请他休息。他自己则带着武器走出小屋，睡在了猪圈旁的悬崖下面。

奥德修斯打算以乞丐的身份进城，回自己的家，做个仆人，了解了解家中发生的事。但老人不同意这个计划："像你这样的人不可能去做他们的仆人。服侍他们的人个个年纪轻轻，穿得漂漂亮亮，头抹香脂。到了那儿，有你好吃的！不，朋友，在忒勒玛科斯回来之前，你最好待在这里。他也许会送给你衣服，派船送你回日夜思念的家乡。"

的确，不一会儿，血气方刚的忒勒玛科斯走进了小屋。他的头发又黑又亮，身穿漂亮的衣裳，足登绊鞋，手执一根长长的权杖。他刚从斯巴达回来，还未回宫，想先和忠实的欧迈俄斯聊一聊。狗欢快地向他扑去，牧猪人眼里含着高兴的泪拥抱了王子。做父亲的多么想也走上去拥抱儿子啊！但他现在的身份是一个乞丐，他不想暴露自己。他毕恭毕敬地站起来，给儿子让座。但王子摆摆手，温和地说："坐吧，老人家，我们有地方坐，主人会安排的。"

"这是什么人？"王子问牧猪人。

"他来自克里特岛，"牧人回答说，"来乞讨，希望你能发发善心。"

"我很同情他，"王子说，"可你知道我家里现在的情况，我不能让他住在王宫，因为求婚人会嘲笑他，那会让我很难受。我最好还是给他送些吃的穿的送到你这儿，以免他成为你的负担。现在你到我母亲那里去一趟，悄悄告诉她我已平安归来。我留在这里等你回来。"

牧猪人穿好绊鞋，拿起手杖出了门。路很远，因此父子两人在小屋中单独待了很久。奥德修斯与儿子相认了。年轻人欣喜若狂，激动地扑进了日夜思念的父亲的怀中。但是，现在还不是埋怨和高兴的时候。奥德修斯急忙把计划告诉儿子：他要亲手惩治这些自以为是的求婚人。年轻人有些怕，但父亲给他鼓劲，吩咐他保持沉默，第二天奥德修斯去王宫行乞时，除了儿子，不能让任何人知道他的真实身份。

他们商定好所有的细节，聪明的儿子牢记父亲的叮咛。牧猪人回来后，忒勒玛科斯就进了城，健健康康毫发无损地出现在求婚人的面前。求婚人暗暗抱怨他们派去伏击他的海盗船未截住他。他们本想公开杀死忒勒玛科斯，但是因为担心人民会为王子报仇，只好放弃这个计划。

第二天，奥德修斯身穿破衣烂衫随牧猪人一道上了路。在路上他就感受到了即将在家里忍受的羞辱。他们沿着山路途经一片杨树林，林中有一口井，姑娘们每天都来这里打水。当奥德修斯和牧猪人经过水井时，遇见了他的牧羊人墨兰透斯。这个墨兰透斯是求婚人的朋友，他走过来对着衣衫褴褛的奥德修斯国王一路破口大骂，直到来到奥德修斯王宫的大门才住口。这时，一阵阵烤肉味扑面而来。

在门口，出现了令人感动的一幕。院子里的粪堆上趴着老狗阿耳戈斯，这条狗是奥德修斯养大的，后来它年老体衰，遭人抛弃，任虫叮咬。阿耳戈斯早已爬不动了，如今已是奄奄一息。现在，它认出了老主人，它摇着尾巴想爬到主人身边，但是爬不动。它最后一次嗅了嗅主人的气息，就死去了。奥德修斯暗自擦去泪水，进了大殿。

大殿里沿墙摆放着一圈铺着皮垫的椅子，坐着100多个求婚人，他们脚踏在小木凳上。每人面前有一张小茶几，几上摆着面包和烤肉，没有盘子。仆人们忙前忙后地服侍这些人大吃大喝。房间的中央是一只硕大的铜质酒桶，盛满了兑好水的酒，仆人们从桶里把酒盛到酒杯中。还有歌手唱歌助兴。长矛放在大厅的每个柱子旁的武器架上，其余武器挂在墙上。

奥德修斯扮作乞丐坐在门槛上。求婚人见来了一个衣衫褴褛的外乡人，顿时大怒，痛骂牧猪人不该把他领来。凶恶的牧羊人墨兰透斯也不住口地骂起了可怜的乞丐。外乡人站起身，向所有客人乞讨，每个人都给他的破口袋里放进一块面包、一块肉，只有求婚人中最傲慢的安提诺俄斯什么也不给。另一个人大笑着拿起一块牛蹄向外乡人扔去。甚至女仆也嘲弄他，羞辱他。

国王耐着性子忍受了一切，但在心里义愤填膺，盼望着报仇雪恨的那一刻早日来临。珀涅罗珀最后下定决心，向求婚人提出最后一个条件。

她走进大厅，说："你们听着！在武器库中有我的丈夫奥德修斯喜爱的一张硬弓。他可以毫不困难地一箭从12把钺[①]上的小孔中穿过。请你们明天试一试，如果有人能做到，我就收下他的聘礼，答应做他的妻子，以免你们继续用这种可耻的方式挥霍属于我高贵的儿子忒勒玛科斯的财产。"

奥德修斯感到报仇的机会来了。当天晚上，求婚人离去后，他和儿子把所有的武器都从大厅拿走，锁进了楼上的一个房间。只给自己留了两把剑、两张盾牌和两个头盔，藏在大厅里。有一个牧人看见了奥德修斯膝盖上的一块伤疤，认出了国王。国王父子向他和牧猪人欧迈俄斯说明了真相，他们答应鼎力相助。

次日清晨，求婚人又来了。忒勒玛科斯把12把钺依次钉在大厅的地上，将弓箭递给安提诺俄斯。但是，这个自高自大的求婚人自认为无比强壮，却拉不动这张弓。于是欧律玛科斯拿起了弓，在众多求婚人中，除了安提诺俄斯，就数欧律玛科斯最傲慢，奥德修斯到来的第一天他曾向奥德修斯掷过小凳子。他给弓上了油，在火上烤了烤，但是仍然拉不动。其余人想试试自己的气力，也都不成功。最后，他们说："今天到此为止，我们明天再试。我们现在想喝酒吃肉。"这个提议很受欢迎。不一会儿，每个桌上都堆满了烤肉。

"请把弓递给我。"奥德修斯坐在门槛上请求道。

求婚人哈哈大笑："你不会是也想向美丽的珀涅罗珀求婚吧？"

"当心点，把弓递过来。"乞丐说。

求婚人认为这有失体统，勃然大怒。但是忒勒玛科斯说："弓是我的，我想给谁就给谁。老人家，接着。"

奥德修斯拿起熟悉的弓，轻松地一拉，箭"嗖"地一声穿过了12把钺上的小孔。众人目瞪口呆。国王给牧猪人和另一位牧人使了个眼色，说："现在，我再找个从未射过的靶子。"说话间箭已刺透了安提诺俄斯的喉咙，安提诺俄斯倒下了，碰翻了他面前摆着美酒佳肴的小桌。

客人们跳起来扑到墙边找武器，但墙上已经没有武器了。正当他们以为老人是无意中杀死了安提诺俄斯时，奥德修斯突然圆睁双目一声怒吼："你们这些畜生！你们以为我再也回不来了，所以大肆挥霍我的财产，强迫我的仆人服侍你们，我还活着就纠缠我忠实的妻子，你们肆无忌惮！今天，你们的死期到了！"

求婚人大惊失色，因为严厉的国王又拉开了弓。忒勒玛科斯急忙赶

① 古代的一种兵器，形似板斧。

来，给父亲也带来了武器。牧猪人和忠实的牧人闩上所有的门，全副武装走进大厅。所有的求婚人都手无寸铁，只好站在原地，不敢做声。只有欧律玛科斯一人申辩道："陛下，你对他们的指责没错，因为这里确实发生了不少不合规矩的事。但是罪魁祸首已经得到了惩罚。他不仅纠缠你的妻子，还想做伊塔刻的国王。饶恕了我们其余的人吧！我们愿赔偿你所有的损失，另外，牛、羊、铜、金子你要多少，我们就给多少！"

"不，欧律玛科斯，"国王怒气冲冲地说，"即使你把所有的财产都给我，我也不会饶过你，直到你们所有的人都为你们的胡作非为受到惩罚，来吧！准备开战吧！但愿谁都逃不出我的手掌心！"

欧律玛科斯绝望地抽出剑刺去，但是奥德修斯射出致命的一箭，穿透了他的胸膛，他倒了下去，桌椅被他碰翻，砸在了他的身上。接着，奥德修斯一个接一个地向其他人弯弓搭箭。箭用光了，他就用长矛刺。忒勒玛科斯和两个牧人勇敢地挺身相助。求婚人们被这突如其来的场面惊呆了，不知所措。国王背信弃义的牧羊人墨兰透斯给求婚人拿来了武器，于是他们手持尖矛，扑向奥德修斯。但雅典娜罩住了奥德修斯父子，求婚人手中的枪都不能刺中他们，奥德修斯抓住时机以闪电般的速度将求婚人一个个刺倒在地。背信弃义的牧羊人又一次蹿到楼上取武器。但是两个忠实的牧人急忙追上来，捆住他的手脚，用一根粗绳子把他吊在椽子上。牧羊人悬在空中，体验到了可怕的复仇。接着，两个牧人又下了楼，大厅里，战斗到了白热化的程度。走投无路的求婚人举起长矛一同扑向复仇者。放牛人杀死了几天前向乞丐掷牛蹄的求婚人，牧猪人也打倒了一个求婚人。

其余求婚人为了躲避追杀，像一群受惊的公鸡一样在大厅里"扑棱棱"地跑来跑去，直到一个个全都被奥德修斯和儿子忒勒玛科斯刺中倒下。在年轻的忒勒玛科斯的请求下，只饶过了两个人，一个是歌手斐弥俄斯，另一个是忠心的信使。听到年轻的王子为他求情，信使哆哆嗦嗦地从凳子下面爬出来，扔掉裹在身上的牛皮。奥德修斯派他们二人出去，命忒勒玛科斯叫来忠心的老管家，直到此时女管家还把50名女仆锁在屋里不能出来。老妪看见大厅里地板上求婚人鲜血横流，尸体成堆，特别高兴。

奥德修斯说了一番精彩的话："老妈妈，请在心里为正义事业的胜利而高兴吧，不过小心些，别太过张扬，因为为别人的死而高兴是一种罪过。"

随后，女管家奉命说出哪些女仆站在求婚人一边。一共有12个，忒勒玛科斯和忠诚的牧猪人、放牛人一道把这12个女仆一同绞死在王宫中一个僻静的房间。牧羊人被打成残废,最后痛苦地死去。

奥德修斯父子与两位牧人一道把尸体从大厅里拖出去堆在院子里,然后拿起扫帚和铁锹(当时人们并不轻视体力劳动)把大厅打扫干净。女仆们擦洗了桌椅,最后国王又用硫磺熏了所有的房间。

在这段时间里,神祇赐给受惊的珀涅罗珀甜美的梦,让她在楼上沉沉睡去,因此楼下的流血事件她一无所知。这会儿,女管家叫她下楼,把刚才发生的事全都告诉了她。她一想到要拥抱这个满脸皱纹的丈夫,不由得一颤。这时,奥德修斯已沐浴完毕,擦了香脂。雅典娜又用神杖点了他一下,立时,奥德修斯变得容光焕发,就像是神祇一样,一头长长的鬈发泛着光泽,身着紫色衣袍出现在惊讶不已的妻子面前。忠实的妻子珀

女仆欧律克勒阿为奥德修斯洗脚(瓶画)

涅罗珀认出了离别20年的丈夫,扑进了心爱的人的怀中。

3.多利亚人南下

希腊的殖民运动

特洛伊战争毁灭了特洛伊城,战争结束后,希腊人得胜还朝,但这丝

毫也未使亚洲和欧洲的关系密切起来。但是，既然希腊人已经了解到小亚细亚半岛沿岸土地肥沃，他们就向往着这片土地。随后不久，小亚细亚半岛所有沿海地带都布满了希腊城邦，因为许多希腊人被迫背井离乡在小亚细亚海岸寻找新的栖身之所。这次移民潮起初只波及了伯罗奔尼撒，后来蔓延到了希腊所有部落。

这就是著名的多利亚人南下，由于多利亚人的主要领袖自称是赫拉克勒斯的后裔，所以这次迁移又被称为“赫拉克勒斯族返回伯罗奔尼撒”。这一历史事件已与神话故事掺杂在一起。传说多利亚人多次攻打伯罗奔尼撒半岛，极力想证明他们有权拥有这个半岛。他们自认为是赫拉克勒斯的后代，赫拉克勒斯的父亲安菲特律翁曾是迈锡尼的国王，由于谋杀叔父被迫离开祖国，逃往底比斯，他的儿子赫拉克勒斯出生于底比斯，成年后长期为底比斯国王欧律斯透斯[①]服役，立下12件功绩，但未对返回父亲的故乡做过任何努力。

赫拉克勒斯的儿子们提出他们也是珀罗普斯的子孙。如今通过联姻，珀罗普斯的子孙不仅把迈锡尼，而且将整个伯罗奔尼撒半岛都置于自己的统治之下。赫拉克勒斯的几代子孙几次入侵伯罗奔尼撒都失败了，到了赫拉克勒斯的曾孙(忒墨诺斯、克瑞斯丰忒斯和阿里斯托得摩斯)一代，在特洛伊战争结束80年之后，多利亚人在埃托利亚及其他部落的帮助之下终于侵入伯罗奔尼撒。起初，他们试图从科林斯经伊斯特摩斯地峡进入半岛，但是后来听从得尔福神示所的神谕，乘船渡海，在亚该亚登陆，继续向南。除了阿卡底亚由于地处山区而且国王英明得以保持独立外，整个伯罗奔尼撒半岛都被他们征服。

他们通过抓阄瓜分了被征服土地，建立了三个新的国家：克瑞斯丰忒斯得到了美塞尼亚，忒墨诺斯得到了阿尔戈斯，阿里斯托得摩斯已阵亡，他的孪生子欧律斯忒涅斯和普洛克勒斯得到了拉哥尼亚。他们将伊利斯送给了同盟国埃托利亚国王俄克绪罗斯。阿尔戈斯的赫拉克勒斯后人征服了一系列边境地区。赫拉克勒斯的一个曾孙阿勒托斯占领了科林斯；在原珀罗普斯的后人中只有一个叫做提萨墨诺斯的在被多利亚人赶出家乡后，赶走了亚该亚的爱奥尼亚人，在这里建立了国家。伯罗奔尼撒的其余本地居民(尤其是在斯巴达)很快就被迫屈从于征服者的残酷统治或者迁往其他地区。爱奥尼亚人被排挤出亚该亚后，就前往阿提卡。这些逃亡者无家可归，最后只能告别故乡，在小亚细亚半岛上建立起了一

① 一说是迈锡尼国王。

个个在希腊历史上举足轻重的希腊殖民城邦。这些殖民城邦分布在小亚细亚西部沿海地区及附近的岛屿上。殖民城邦的移民们勤劳，善于经商，科学艺术教育发展早。在希腊人中他们最早和波斯人产生冲突，而且把他们的祖国希腊也牵扯进了这场冲突。爱奥尼亚人建立的最重要的殖民地有米利都、以弗所、士麦那[①]、科罗丰、克拉佐美纳伊、福西亚及萨摩斯岛和希俄斯岛。伊奥利亚人也有自己的殖民地。俄瑞斯忒斯的儿子彭菲洛斯起初从迈锡尼逃到了色雷斯，后来又去了亚细亚，在莱斯沃斯岛上建立了密提林那（今米蒂利尼）和迈通那[②]两个殖民地。稍后，又出现了多利亚人的殖民地，这就是哈利卡纳苏斯（今土耳其博德鲁姆）和克尼多斯，后来又增加了罗得斯岛。

这些殖民城邦的居民都属于同一个民族，所有这些城邦都按照古老的习俗建有同样的神庙，一年一度的庆祝活动及平常的全民大会都在神庙举行。共同的习俗有利于保持各个城邦相互之间政治上的联系。

在米卡尔海岬有爱奥尼亚人的泛爱奥尼亚神庙，在基摩斯有伊奥利亚人的神庙，在克尼多斯有多利亚人的阿波罗神庙。殖民城邦与希腊本土之间友好、融洽，如同父母与子女。移民们离开祖国时总是带着家乡的火。而且殖民城邦的居民也一同参加母邦举行的庆典。后来斯巴达和雅典都夺得了对希腊城邦的控制权。

多利亚人南下后的最初几个世纪，希腊各国的政治生活中发生了一件最为重大的变革：王权统治全面结束，贵族统治得已确立。氏族贵族原本也出身于王族，他们曾立下赫赫战功，拥有大片的土地，又受过良好的教育，因此崛起了。他们限制国王的权力，后来，将其彻底排斥在外。在有些城邦，氏族贵族滥用权力，极力剥夺其他公民的权利，形成了寡头政治，就是说，几个特权家族垄断了政治。因此人民开始了暴动。暴动的领袖往往都是才干出众的人，他会宣布自己是惟一的统治者。这样的人，不管他是否善于治理国家，都被称做“僭主”。科林斯的柏立安得（公元前625年）、萨摩斯的波吕克拉托斯、雅典的庇西特拉图、莱斯沃斯[③]的庇达卡斯、叙拉古的希耶隆一世都是不错的僭主；叙拉古的前后狄奥尼西修斯则不是好僭主。

僭主政治只不过是从专制到民主的一种过渡形式。

---

① 伊兹密尔的古称。

② 又作梅所纳。

③ 一说是密提利那。

这种国家政体的最好的典范就是雅典。而在斯巴达，正相反，还保留了王权统治，它是顽固、守旧的典型。

4.斯巴达的来库古改革

（约公元前800年）

彼奥提亚、阿尔戈斯、伊利斯和科林斯分别于公元前1126年、984年、780年及584年先后废除了国王的尊号。亚该亚也废除了国王，但时间不详。

只有斯巴达没有废除国王，但是与希腊其他城邦一样，斯巴达国内也是骚动不断。愤怒的人们在广场上杀死了国王欧诺摩斯。正是在这个动乱时期，斯巴达出现了一位善于对付这种局面的活动家。关于这个人的资料不可靠，主要来自传说。这就是国王欧诺摩斯最小的儿子来库古。他的哥哥波利德克提斯登基不久就死了，来库古继承了王位。但是七个月后，他得知寡嫂即将临产，于是郑重宣布待王子出生后就退位。爱慕虚荣的嫂嫂悄悄捎信给他：如果来库古答应娶她为妻而且不退位，她就偷偷弄死孩子。来库古对此非常厌恶。为了救孩子，他没有答复，但立刻命心腹秘密监视寡嫂，下令等孩子一生下来，就立即抱过来。当心腹把刚出世的小侄子抱来时，他正与斯巴达的重臣们在一起商讨大事。来库古看见孩子，不禁高兴地欢呼："斯巴达的公民们！你们的国王出生了！"他当即宣布自己是新生儿的保护人，给孩子起名叫卡里拉俄斯，意即"人民的快乐"。来库古本人退位。

来库古

虽然来库古的行为高尚、无私，但是仍然遭到王后及其亲信的诽谤。他们造谣说他想杀死婴儿。为了避免各种怀疑，来库古被迫离开斯巴达。也许他那时已经计划游历各国增长见识，丰富自己的阅历，以便报效祖国。他首先去了克里特岛，那里的弥诺斯法典以睿智和严厉闻名遐迩。

也许，就是在这里来库古第一次决定要为斯巴达编写一部法典。接着，他又去了小亚细亚，遍访了那里的希腊殖民地，带回了在此之前还不为希腊本土所知的《荷马史诗》。据说他还访问了埃及。

正当来库古远离祖国为编纂法典孜孜不倦地做准备时，那些渴望恢复国家稳定和秩序的人急切地盼望着他早日归来。来库古可以依靠的正是这些人。他决定实施新宪法。他在返回斯巴达的途中不失时机地把秘密和计划告诉了拥护他的人。不少人出于个人的目的反对改革国家政体。来库古求助于得尔福神示所，询问是否应当实施新法。皮提亚（女预言家）说，她敬重来库古，是因为将他看做神，而不是凡人，至于他编纂的法典，真是好极了。

有神相助，来库古信心大增。他在广场上庄严宣布改革。为了对付可能出现的反对派，30个拥护他的人全副武装陪伴在他的左右。改革涉及到政权与公民、私有财产与私人生活方式之间的相互关系。如果实施这个改革计划，国家对个人的统治地位就能得到确立，公民的平等权利及公民之间的自由融合也会得以实现。来库古在法典中巧妙地将古老的习俗与新的法令、国外的法律与国内的法律结合起来。斯巴达人固执地留恋着古老的习俗，与此同时，希腊其他城邦的文化状况却有很大进步，这使人想到，来库古的新法令虽然以古老的多利亚法律为依据，但它确实是一个新事物，而且是有其用意的。

斯达巴长久以来一直实行二王制[1]。来库古努力想用长老会议来巩固两位世袭国王与国民大会之间的权力关系。长老会议由28位长老和两位国王组成。长老们个个都是深明事理、阅历丰富的人，所以都有六十开外的年纪。只有那些品行端正、无可指责的人才能享此殊荣。人们选举新长老的方法是：在选举的那一天，候选人一个接一个地出现在公民大会上，评委们坐在一个关闭的屋子里，看不见候选人。哪一位候选人走过时，人们的欢呼声最响亮，评委们就决定由这位候选人担任此光荣职位。这一职位很重要：长老们的手中掌握着国家大权；他们还预先讨论公民大会上要研究的所有提案。所有年满三十岁的斯巴达公民都有权参加公民会议。在公民大会上，人们高声叫喊同意或者不同意，根据声音大小来表决，不去计算票数。国民大会上还决定是否投入战争和是否签订条约，

---

① 在打仗时，一个国王留守国内，一个国王担任统帅。

还选举新的公职人员。

给两位国王保留了两个极为重要的特权：第一，在战争时期统领全军；第二，担任国内最高祭司。有了这两个称号，无论是在和平时期还是战争时期，他们都代表全体人民主持盛大的献祭仪式、与外国政府进行外交谈判以及在重大场合对案件作出终审。

后来，又增设了监察院（五人院），由五名成员组成，任期一年。这是监督司法的最高机构，它是二王制和长老会议的民主的补充形式。监察院的地位后来越来越重要，国王本人也需服从监察院的审判。

来库古为了使这个新的国家机构有一个牢固的基础，极力消除引起人们不满的主要原因——公民之间财产分配的悬殊。他把整个拉哥尼亚地区划分为许多等份；划归斯巴达人，即多利亚人征服者的土地为9000份，划归庇里阿西人，即被征服者的土地为3万份。特别富有的人被迫接受这种划分方法。来库古很可能只是恢复了赫拉克勒斯族人征服斯巴达后的土地分配情况，而且他重新确立了被人们利用强权、阴谋或偶然的机会破坏的自古以来就有的法令，用法律的形式恢复了土地的分配状况。

为了避免再次出现财产分配不均的情况，来库古十分关注财产的再分配。为此，他禁止土地所有人出卖自己的土地，并且规定，父亲的财产只能传给长子，如果无儿，可传女，但是这个女儿只能与没有任何财产的男子结婚。

来库古特别关心青少年的培养。他认为孩子是国家的财产，培养孩子是国家的权利。孩子刚一出生就需检查是否健康，是否强壮。如果婴儿有残疾，说明长大后不能成为勇敢的战士，就把婴儿从悬崖上扔下去摔死。如果是健康的孩子，就送还其父母，由他们抚养。但父母只负责将孩子养到六岁，满六岁后，由国家教养。城邦所有的男孩子被编为若干个团、队，住在一起，国家指定专人监护。这些监护人都归一个总的学监领导。通常由最有名望、最受尊敬的人担任学监。通过这种集体教育，所有的孩子都被灌输了共同的思想、共同的精神。

斯巴达人教育孩子们要简朴，要节制，要忍耐物质缺乏的生活。他们的伙食质量很糟，而且根本不够吃，孩子们只好自己去找吃的，但是一旦被发现，回来要受重罚。他们只穿简朴的外衣，无论春夏秋冬，一律赤足。夜晚，睡在亲手割来的干草或芦苇上。每年的阿耳忒弥斯节时，人们用皮鞭抽打男孩子，有些孩子甚至被鞭打致死，但始终不哼一声。斯巴达人希望用这种方式培养出来的孩子长大成人后在战斗中不怕伤不怕死。

涉及到个人生活方式的法令也是为达到同一个目的：消除不平等。来库古法规定，任何斯巴达人都无权在自己家中吃饭，所有人都必须在公共食堂用餐，通常15人一桌。每个斯巴达公民每月要给食堂交一定量的粮食，如大麦粉、酒、乳酪等。每人每月缴纳10奥波尔[1]用来购买作料。

最贫穷的无力承担这些费用的人可以不搭伙。但是其他人，只有在忙于献祭或打猎归来疲惫不堪时，才能不去食堂进餐。在这种情况下，为了证明不能来确有原因，此人应当派人把一部分祭品或者是捕获的猎物送到食堂。斯巴达人严格执行这项规定。后来有一次国王亚基斯与雅典人打完仗从战场上归来，希望在家中用餐，食堂管理人员无论如何也不肯把他那一份给他。另外，还专门有一项法令支持公共食堂的存在。根据这个法令，不得在集体进餐前在家吃饭，然后在公共食堂只装装样子，假

斯巴达人在公共食堂用餐

装吃饭。顺便提一句，在斯巴达人的粗茶淡饭中有一种黑汤很有名，这是用血和醋煮成的汤。有一次，叙拉古的僭主尝了这种斯巴达民族风味汤。当问他味道如何时，他回答说太不合他的口味了。于是厨子指出："我相

① 古希腊的币制单位。

信这是因为汤里没放作料，也就是说既没有狩猎时付出的劳动，也没有在埃夫罗塔斯河[①]游泳时流下的汗水，这些就是作料，它能让斯巴达人感到饭菜香甜可口。”来库古的私人住宅没有丝毫奢华之处。为此，他还特意声明，在建房时除了斧、锯，不使用其他任何工具。

由于俭朴，在国内自然不需使用大量的钱币，与外国贸易极为有限，无需金银也可以，尤其是在最初。这都归功于来库古，他用铁币来代替金银，铁的重量轻，量大，加快了钱币周转。不过当时不需要也没有必要废除金币，因为斯巴达人从来没有大量贵重金属，所以，后来要为宙斯头像包金时，人们都拿不出金子。

据此可以推测，在来库古时期金银少也是很自然的。只是到了后来，当希腊其他城邦都已大量使用金币时，才显出斯巴达的金比其他国家少。

当时，在希腊其他城邦（起初在少数地区，后来在全希腊）都已开始科学文化教育，而来库古却禁止人们从事任何脑力劳动。

斯巴达人极其留恋老规矩，科学文化事业的开展受到古老的国家机构体制的阻挠。当在希腊其他国家演说家、哲学家、历史学家及戏剧诗人层出不穷时，斯巴达的文化教育还局限于只学习认字、书写、唱节日庆典时的宗教歌曲和打仗时的战歌。男孩子们从小就学习回答问题要简洁、明了。这种语言被称为拉哥尼亚式语言。它的独特之处就在于它准确、俏皮，而它所表达的精神上的自由和独立情感却比那些受过良好教养的苍白无力、晦涩难懂、矫揉造作的语言更胜一筹。斯巴达人对长者的尊敬远近闻名，因为他们凭生活经验知道，智慧主要是在漫长的一生中积累起来的。西塞罗讲了一个典型的例子。有一次在雅典，一个智者走进了剧场，在雅典人中间找不到位子，忽然他看见有一边坐着几位来自斯巴达的使者，于是，他走了过去，这几位斯巴达人立即站起身，给老人让座。

独具一格的风俗和教育体系得到了来库古法的肯定，它加大了斯巴达与希腊其他部落之间的对立，导致斯巴达–多利亚人的天性与其他希腊人愈加格格不入。根据来库古法，任何斯巴达人在外国逗留时间都不得超过必要的期限，任何外国人都无权在斯巴达长期居住。这一点虽说是法律规定，但这不过是自然而然的习俗。斯巴达自然条件恶劣，这本身就挡住了外乡人。如果说有什么可以吸引来外地人的，那就是出于对斯巴达的好奇心。对于斯巴达人来说，他乡没有任何吸引人之处，他们自幼

① 又译奥伦特河。

就鄙视他乡与故乡迥然相异的习俗和生活条件。来库古努力想使全体公民与国家紧紧地融为一体，每个公民都不愿离开祖国、长期客居他乡，除非他作为国家的一分子去国外参战。

斯巴达法律不仅规定生活要有节制，要保持健康的体魄，蔑视任何危险，还规定要努力把斯巴达人培养成勇士和真正的男子汉。

他们认为在军营服役是一件令人快乐的事。在军营中生活比较轻松、自由，夺来的战利品有肉有酒，丰富了饮食，他们在战场上身穿紫红色衣服，头戴花环，冲向敌人时和着笛声唱起战歌，所有这一切都赋予可怕的战争一种欢快、喜庆的气氛。

人们给在战场上牺牲的勇士戴上桂冠安葬。更光荣的是要给死者穿上紫色的衣服，姓名只写在墓上。胆小鬼受到人们的唾骂。战场上的逃兵或者开小差的人无权参加体育竞赛，无权在公共食堂就餐，不敢出门买东西，更不敢做小贩，总之，处处受到蔑视，令他们备感耻辱。

来库古禁止修筑城墙和防御工事，他主张只有国民勇敢顽强，才能保卫城市。斯巴达人不喜欢也不善于包围防御坚固的城池和堡垒。一对一地拼杀才是他们自幼学习的一门艺术。他们每日所做的所有的体育运动及狩猎都有以类似战争的规则为根据。他们练习单独拼杀、掷铁饼、军舞、游泳，练就了英勇无畏的性格，正因为如此，他们的短剑、能投掷很远的长矛和紧密排列的方阵在进攻时让敌人阵脚大乱。

为了避免其他任何外部影响对此有所妨碍，斯巴达姑娘和年轻妇女同样要参加体育锻炼，当然，她们有单独的运动场地，不过，有些竞赛项目男女青年一同参加。来库古希望斯巴达妇女能抛开女性的羞涩，不仅养育出强壮的下一代，而且她们本身也应像男子一样英勇，与男子一样爱祖国、不怕牺牲，能吃苦耐劳。所以，对于斯巴达青年来说，妇女的赞扬就是奖励，妇女的谴责令他们感到伤心和屈辱。因此，斯巴达妇女在斯巴达备受尊敬也就不足为奇了。

在斯巴达，女性和男性一样很少从事手工劳动，她们一生中只做最符合她们的公民使命的事。

斯巴达公民的这种自由建立在奴隶繁重的劳动的基础上。希腊有一句俗语道："斯巴达的自由人最自由，斯巴达的奴隶受欺压最重。"

前文说道，多利亚人征服伯罗奔尼撒半岛后，那里出现了两个权利完全对立的阶层：征服者多利亚人和被征服者亚该亚人。只有斯巴达人才被看做是全权公民，居住在中部及沿岸城市的被征服者（包括庇里阿西人以及拉西第梦人）一部分做买卖，一部分开手工作坊或者耕种留给他们的土地,部分收入要交给斯巴达人。他们也有义务服兵役,但是却不参与管理国家,而且被排除在国民大会之外。

庇里阿西人还只是第二等,希洛人才是第三等,他们是公共奴隶。希洛人是国家的财产,国家把他们分给斯巴达人,供其使用。人们普遍认为,"希洛人"的称呼来源于希洛斯城名,希洛斯城被征服后,全城居民都沦为奴隶。多利亚人占领其他城市后,希洛人的数量大大增加了。不过,征服者允许希洛人结婚。

希洛人有义务耕种国家的及斯巴达人的土地,需缴纳一定量的大麦、酒和橄榄油,承担各种杂务:在公共食堂端茶端饭,行军时负重,在战时为军队修筑营垒或送全副武装的斯巴达人上战场。希洛人与自由民只在服饰上有区别,他们头戴皮帽,身穿皮衣。他们常常被灌得酩酊大醉,年轻的斯巴达人捉弄他们,让他们丑态百出,令人厌恶至极,他们唱淫秽的歌,跳下流的舞。但是希洛人不得唱提尔潘德罗斯及阿尔克曼马诺斯编写的激起高尚的感情的歌曲,只有斯巴达人才能唱这样的歌。

惨无人道的"克里普提"也是来库古法中的规定。所谓"克里普提"是一种有组织的特务暗杀制度。斯巴达青年被派往全国各地,偷听希洛人的谈话,用匕首杀死所有可疑的希洛人。他们杀死最强壮、最勇敢的希洛人,注意不让希洛人的数量超过50万,否则会对9000个斯巴达家庭构成危险。由此可见,斯巴达人时刻担心希洛人造反,而希洛人随时准备暴动,准备复仇。自然,斯巴达人与希洛人之间越来越相互敌视,因为斯巴达人对希洛人的压迫越来越沉重,越来越残暴;而另一方面,来库古征服美塞尼亚后,当地居民沦为希洛人,希洛人的数量大大增加了。

关于来库古之死有几种不同的说法,根据一个传说,来库古编写完法律而且落实后,就前往得尔福,询问神谕是否还应对这部法加以修改,临行前他曾请求国人发过誓,在他回来之前不得对这部法做任何改动。神谕说靠这部法斯巴达会崛起而且会越来越强大。他派人把神谕送往斯巴达后,为了让斯巴达人信守诺言、不修改这部法,他在福基斯或者伊利斯自愿绝食饿死。按照其他传说,他死于克里特岛,命人在当地将他火葬,把骨灰撒入大海,这样斯巴达人就无法将他的遗骨带回斯巴达,只好履行誓言,严格执行这部律法。

来库古法在斯巴达执行了几个世纪。凭借这部法斯巴达强大起来,它不仅在多利亚人诸城邦中脱颖而出,甚至有一段时间雄踞全希腊之首。在美塞尼亚战争后,斯巴达成了伯罗奔尼撒半岛上最强大的国家。战争的胜利为斯巴达扫除了外部的威胁，而来库古法的执行促进了国内的顺利发展。

5. 第一次和第二次美塞尼亚战争

（公元前730~前710年和
公元前645~前630年）

最靠近拉哥尼亚的是美塞尼亚，意即腹地或者中心地区。它的面积比拉哥尼亚小，但土地却肥沃得多，而且物产丰富。它在异族的控制之下，可能会对斯巴达构成威胁，如果斯巴达人统治了它，它就是拉哥尼亚的盾牌。因此，斯巴达人为了巩固自己的地位，企图将美塞尼亚并入领土。两个城邦相互觊觎，相互提防，相互争执，最终导致双方之间发生了公开的战争。在这个问题上，战争的起因主要在斯巴达。斯巴达人秘密备战，郑重宣誓：不征服对方决不放下武器。公元前730年，斯巴达人违背当时的惯例，对美塞尼亚不宣而战。国王阿尔卡墨诺斯统领大军。有一次在斯巴达人与美塞尼亚人聚集在一起为神祇献祭时，阿尔卡墨诺斯的父亲国王忒勒克鲁斯被美塞尼亚人杀死，斯巴达人以此为借口入侵了美塞尼亚，占领了边境安西利要塞，杀死了要塞的大部分居民，当时有的居民还在家中熟睡，有的躲进神殿，在祭坛边避难。

活着的美塞尼亚人拿起武器进行抵抗。虽然他们很清楚面对骁勇善战的斯巴达人，他们不可能占上风，但是他们仍然十分勇敢。他们离开要塞，投奔防御坚固的城市，打退了敌人的进攻，成功地突袭了斯巴达地区。双方势均力敌，战争持续了四年，在一次大规模战役中，美塞尼亚人表现得十分勇敢顽强，毫不输于斯巴达人。

后来美塞尼亚由于兵力不足，就弃城前往陡峭的伊托玛山，在山上修筑了工事，集中力量，捍卫自由与独立。同时，他们向受所有多利亚人尊敬的得尔福神示所询问美塞尼亚人的命运，得到回答说如果将王族的一位纯洁无瑕的少女献祭给地下的神灵，那么美塞尼亚人就会取胜。美塞尼亚英雄阿里斯托德墨斯主动献出了亲生女儿，亲手杀了她献给神。斯巴达人相信美塞尼亚人的运气，相信他们会得救，就停止了攻打。

可是不久，斯巴达人得到了一则有利的预言，他们感到精神振奋士气高涨，可以采取行动了。在这一次战斗中美塞尼亚还被神谕鼓舞着，作战异常英勇，双方又打了个平手。但是，美塞尼亚国王埃法奥斯战死，人们推选阿里斯托德墨斯为新国王。

阿里斯托德墨斯在六年中多次派兵毁灭性地袭击斯巴达地区，给斯巴达人以重创，在阿尔吉夫人和阿卡底亚人的支持下，阿里斯托德墨斯率美塞尼亚人在一次战斗中大败斯巴达人，因此，有一段时间斯巴达人安静了下来。

但是，最后的胜利还是在斯巴达人一方。美塞尼亚人请教得尔福神示所：最后胜利属于谁？得到的回答是：谁先在伊托玛山上的宙斯祭坛旁摆好100个三脚架，谁就赢。这对于美塞尼亚人来说要比斯巴达人方便，所以美塞尼亚人并不着急。斯巴达人得知神谕后，急忙用黏土做成了100个三脚架，赶在了敌人之前，趁夜色悄悄送到了神殿。

这件事以及其他不祥之兆使美塞尼亚人坚信厄运无法逃避。阿里斯托德墨斯在女儿墓前自杀，其他人在顽强的抵抗失败之后也陷入了绝望。由于饥饿他们被迫离开了伊托玛，一部分人投奔美塞尼亚的盟友阿尔吉夫人和阿卡底亚人，加入了厄琉西斯密教，迁往厄琉西斯城，其他美塞尼亚人则散居在希腊各地。

最贫穷的人留在了故乡受斯巴达人奴役。他们必须发誓永不脱离斯巴达人，把自家地里收成的一半捐献给斯巴达人，而且(与庇里阿西人和希洛人一样)在斯巴达王出殡时，他们也需穿黑衣。

美塞尼亚人仍然希望通过战争来摆脱斯巴达人强加在他们身上的耻辱的枷锁。新的一代成长起来了，他们年轻、强壮，他们只有一个愿望：向斯巴达复仇。对斯巴达人的强烈仇恨和对自由的渴望集中表现在阿里斯托墨涅斯的身上。阿里斯托墨涅斯出身于王族，他是起义军的领袖，所有的美塞尼亚人都把希望寄托在他的智慧和勇气上，阿尔吉夫人和阿卡底亚人都答应向他提供援助。

第二次美塞尼亚战争就这样开始了。第一仗阿里斯托墨涅斯就表现得勇敢善战，于是美塞尼亚人先是推举他做国王，后来当他拒绝后，他们又选他为权力无限的统帅。在此之后不久的一个夜里，阿里斯托墨涅斯潜入斯巴达，把盾牌放在了雅典娜神庙，盾牌上还刻着字：“献给女神。——战胜斯巴达后的阿里斯托墨涅斯献。”斯巴达人需要推出一位能与这样一位强敌相抗衡的最出色的人。

斯巴达人询问了得尔福神示所，神谕建议他们向雅典求援。雅典人未派援兵，却派来了诗人提尔特斯。诗人用他热情的诗歌恢复了相互仇视的两个民族之间的和平，用战歌重新鼓起他们低落的士气。但是，美塞尼亚人因为有勇敢的阿里斯托墨涅斯，无论是在战场上还是在袭击时总是战胜斯巴达人。最后，斯巴达人采用了最可耻的手段：利用对方的叛徒。他们收买了美塞尼亚的援军阿卡底亚国王阿里斯托克拉托斯。在战斗最激烈时阿里斯托克拉托斯突然率部撤离战场,美塞尼亚人顿时阵脚大乱,斯巴达人大获全胜。

美塞尼亚人别无他法,只有像上次一样撤退。他们退守西岸,其他地区的居民,尤其是有战斗力的人,占领了险要的伊拉山,修筑了城墙。阿里斯托墨涅斯多次率美塞尼亚人从这里出发成功地袭击了斯巴达人。于是斯巴达人决定不再耕种美塞尼亚和拉哥尼亚相邻地区的土地,因为阿里斯托墨涅斯带人毁坏了这里所有的庄稼,造成了饥荒,激起了农民的愤怒,提尔特斯好容易才平息了农民的不满。

阿里斯托墨涅斯越战越勇。他甚至洗劫了阿密克莱城。但这次袭击时，他与50个美塞尼亚战士一同被斯巴达人抓住，扔下了塔宇革忒悬崖，看起来他们必死无疑，所以斯巴达人指望阿里斯托墨涅斯一死，战争就会结束，但是令亲者快仇者怕的是，阿里斯托墨涅斯居然没死。在传说中人们对此事又添加了不少枝叶：所有扔下悬崖的人中只有阿里斯托墨涅斯一人生还。起初，好像幸运之神已经离他而去，逃生无望，于是他做好准备等待痛苦地死去，但是突然他听见了沙沙声，看见了一只狐狸在吃尸体。狐狸的出现证明了可以从深渊中出去，他就想找到出去的路。

他一只手灵巧地抓住狐狸的尾巴,另一只手抓住披风护住头脸和身子,让狐狸咬不上。他随狐狸爬到了一个缝旁,使尽全身力气把洞挖大,钻过去,逃离了深渊,上了伊拉山去找自己人。美塞尼亚人原以为他已经死了,当他们亲眼看见他活着归来时,欣喜若狂。斯巴达人不愿相信这一点。可是不久他们就不得不相信传闻了:阿里斯托墨涅斯率部下袭击了前来援助斯巴达的科林斯人,将他们赶走了。

斯巴达人丝毫不敢轻敌。由于阿密克莱城的许阿铿托斯[1]节到了,他们与美塞尼亚人签订了节日期间休战协议。于是阿里斯托墨涅斯就去美塞尼亚各地走走,因为他相信这个协议是靠得住的。在他出行期间,被斯巴达人的克里特雇佣军捉住送往斯巴达。但是途中在一个美塞尼亚人家中休息时,主人的女儿救了他。他又一次死里逃生。

阿里斯托墨涅斯和他的人民似乎是不可战胜的。但是天神已经决定要美塞尼亚灭亡,而且已发出神谕,向人们预告了此事。在一次袭击时阿里斯托墨涅斯受了伤,无法像平常一样警惕和关心伊拉山的防卫。命运

① 古希腊的植物神。

决定趁此机会彻底灭亡美塞尼亚。一个漆黑的雨夜，美塞尼亚哨兵们认为这种天气斯巴达人不会采取行动，就离开了岗哨，回家了。

一个斯巴达逃兵碰巧躲在擅离岗位的美塞尼亚哨兵的家里。当他得知无任何人防守时，急忙返回斯巴达营地，希望能将功赎罪，允许他回故乡。斯巴达人立刻利用这个机会，趁对方还来不及发现他们时潜入要塞。美塞尼亚人被一阵阵喧闹声吵醒。在阿里斯托墨涅斯的指挥下，他们浴血奋战，绝望地坚持了三天三夜。

最后，斯巴达增派的援兵越来越多，实在无法抵抗，阿里斯托墨涅斯决定拯救剩余的人马。他把所有的人集合起来，带领他们冲了出来。斯巴达人不想为了这几个敌人付出太大的代价，就自动向两边闪开，因此，美塞尼亚人毫不困难地冲出了斯巴达人的层层包围，前往阿卡底亚。他们与居住在美塞尼亚西部的同乡会齐后去了西西里，占据了当地的一个城市，将它叫做“麦散那”。

阿里斯托墨涅斯去了罗得岛投奔罗得国王达马格特斯。当年，得尔福神谕吩咐达马格特斯娶希腊最优秀的人的女儿，他就娶了阿里斯托墨涅斯的女儿。美塞尼亚英雄阿里斯托墨涅斯原打算先去拜访米底国王，再从米底出发去见吕底亚国王，但却不幸在罗得岛上死去。留在故乡的美塞尼亚人被斯巴达人变为希洛人，他们的土地也被斯巴达人瓜分了。

美塞尼亚战争结束后，斯巴达在伯罗奔尼撒半岛诸国中占了决定性的上风，而且得到了各国的承认。只有阿尔戈斯对此表示不满，但是鉴于斯巴达的霸权地位，对它敬而远之。

公元前六世纪，斯巴达作为希腊最强大的城邦甚至受到国外的尊敬，吕底亚国王克洛索斯求助于斯巴达，请求派兵支持吕底亚抗击居鲁士的战争就是一个很好的证明。

6. 雅典的立法人梭伦

（约公元前638~约前559年）

雅典政权体制的改革要晚得多，改革的实质也完全不同。这次改革的完成得益于梭伦的活动。当时，雅典国内局势动荡不安，迫切需要一位像斯巴达的来库古一样的国务活动家来扭转混乱的局面。诸侯与贵族之间起了争执。为了希腊的自由精神，国王的称号成了牺牲品，但人们依旧爱戴尊敬最后一位国王。

多利亚人南下征服了全伯罗奔尼撒后，又向科林斯地峡推进，一直深入到了麦加拉。雅典人想把怀着敌意的外来部落赶走，就向多利亚人宣战。神谕说：如果多利亚人不杀死当时的雅典王科德洛斯，那么他们就能取胜。科德洛斯得知这则预言后，决定为了雅典的胜利牺牲自己的生命。他扮成农民，来到敌营，侮辱了一个多利亚人，寻衅争吵，在争斗中被对方打死。很快，人们认出这个衣衫褴褛的人是雅典王。伯罗奔尼撒人怀疑战争的结局会对自己不利，于是撤退。虽然斯巴达人未取得胜利，但他们已经征服了麦加拉①也就很满足了。

雅典的氏族贵族利用这一局势开始了贵族统治。他们巧妙地把对国王的爱戴与国家和公民的利益协调起来。他们说没有人够资格做像科德洛斯这样一位英雄国王的继承人，除了宙斯谁也不该统治雅典，从而取消了王权。他们立科德洛斯的长子墨冬为政府首脑，称号为执政官（公元前1068年）。这个称号与过去的国王称号一样，为终身世袭制。执政官兼有国王的权力，其中包括国家最高祭司和宗教礼俗最高监督的权力。

但是，执政官的称号渐渐地渗入了越来越多的共和精神。300年后，科德洛斯家族的第十三位执政官阿尔克迈翁被革职，从此，执政官就不再是终身制了。有一段时期，执政官的任期被限制为10年，尽可能由科德洛斯家族的人来担任。阿尔克迈翁的弟弟当选为第十四任执政官，任期十年，他有义务向世袭贵族述职。约自公元前683年起，执政官从一个增加到了九个，任期从十年缩短为一年。首席执政官叫做名年执政官（他的名字就是在任之年的年号），第二执政官叫做宗教执政官，负责管理宗教事宜，军事由第三执政官——军事执政官负责，其余六位执政官叫做司法执政官，专管司法和立法。这样一来，国王的权力就被分散了。很多氏族贵族都担任过这一最高职位，因此，贵族统治了雅典。

但是，雅典的变化并非到此为止，这只不过是雅典今后的政治生活和公民生活继续发展的一个过渡阶段。渐渐地，贵族政权中出现了对民主的需求，因为氏族贵族争权夺利，相互仇视，互相争夺雅典的统治权，欺压人民。这一时期的雅典动乱和内讧层出不穷。

人们越来越强烈和迫切地需要稳定的法律制度，需要编写法律反对贵族执政官的专横。但是，公元前620年，执政官德拉古的首次努力并未达到目的，形势还是不容乐观。按照德拉古法，每一个过失，甚至是偷窃水果都要判处死刑。后来演说家德马底因此指责德拉古法不是用墨水而

---

① 又译作梅加腊。

是用血写成的。

由于法律条文过于严酷，引发了基伦流血起义。基伦出身显贵，在奥林匹克竞技会上的胜利提高了他的声望，与麦加拉僭主女儿的婚姻进一步壮大了他原已强大的氏族力量。基伦企图凭借这些有利条件夺取雅典的政权。他利用氏族贵族之间的内讧，以种种许诺拉拢人民（包括许诺重新分配土地），起兵占领了雅典的卫城阿克罗波利。

但是氏族贵族们得知这一情况后，立即在墨加克勒斯的指挥下与基伦争夺阿克罗波利斯（即卫城）。墨加克勒斯出身于雅典的王室阿尔克迈昂家族，这个家族的势力与基伦的家族相比毫不逊色。卫城里的人们缺水断粮，已经到了山穷水尽的地步。基伦本人逃出了卫城，他的追随者别无他法，只有躲进卫城的神殿避难。敌人答应免他们一死，将他们诱出神殿，然后将他们与在复仇女神的祭坛旁避难的人们一同全部杀死。

氏族贵族违背宗教礼俗的暴行不禁令雅典人民为城市的安宁而担忧。雅典人怕神灵为此会迁怒于整个城市。果不其然，首先引起了氏族贵族的内讧。混乱的局面一直持续了很多年。后来贵族出身的梭伦终于劝说阿尔克迈昂家族接受由氏族贵族公民组成的仲裁法庭的审判。阿尔克迈昂家族被判流放。然后，根据梭伦的吩咐，由于神殿被玷污，需要举行仪式清洁城市。人们通过献祭和其他祈求神灵开恩的仪式净化了城市，公民们又找回了勇气和信心。

但是局势动荡的根源主要在于缺乏牢固的国家制度，而各党派的愿望和意向又各不相同。这样的党派共有三个，历史学家按照他们居住的地区将他们分别叫做山地派、平原派和海岸派。最贫穷、权利也最有限的是山地派，他们要求重新分配土地，主要目的是所有公民一律平等，就是说要求民主。从事贸易和航海的海岸派是中间阶层，他们希望有一部温和的法典。平原派成员是贵族地主，他们希望由少数人控制国家，也就是说搞寡头政治。属于山地派的还包括很大一部分居住在其他地区的债务穷人（当时，几乎所有城邦都有这种现象），他们因欠债太多不得不把仅有的一小块土地也抵押给富人，甚至被迫卖身为奴。严酷的法律沉重地压在他们的头上，因为这部法典只保护债权人的权利。只要能消灭压迫他们的人，他们就准备采取最极端的手段。

尽可能谨慎地平息种种骚动、尽可能地满足各种不同的要求远不是一件容易的事。但是梭伦做到了。他颇有远见，他深知要怎样做才能帮助雅典走出困境。他性情温和，知识广博，平易近人。同时，由于他所处的社会地位，他既不同于那些傲慢自大的贵族，也不像受压迫民众那样盲目悲观绝望，他比其他人更适合做一个起中介调解作用的立法人。

梭伦

梭伦已通过一系列有利于城邦的举措证明了他的能力，并且赢得了人民的尊敬。正是由于梭伦，雅典才收回了萨拉米斯岛。麦加拉僭主特阿真尼为了替他起兵失败的女婿基伦报仇，夺走了雅典的萨拉米斯岛。这个岛对于雅典发展海外贸易起着至关重要的作用，因此雅典多次发兵企图收回萨拉米斯岛，然而失败了。绝望之下，颁布了一条法令，禁止任何人提起萨拉米斯岛，否则将处以死刑。这项法令给雅典城造成了直接损失，可是，要推翻这项法令需要冒被杀头的危险。为了实现全体雅典人的共同愿望，梭伦想出了一个办法。他把自己关在家里，放出风说他已经疯了。同时又写了一首关于萨拉米斯的诗，背熟后，走出家门，疯疯癫癫地来到广场，大声地朗诵这首诗，号召人们夺回萨拉米斯岛。事先与他约好的朋友们，尤其是庇西特拉图立即在会议上支持这项提案。最困难的一步，即提出问题，已经做到了，接着就废除了原有的法令。梭伦率军一举夺回了萨拉米斯岛，一时间，梭伦声名大震。

对他来说，意义更为重大的是得尔福阿波罗神示所的赏识。这是因为他在法庭上坚持严惩掠夺得尔福神地的福西亚人的城市基拉城。这就是第一次神圣战争（公元前600~前590年）。基拉城被踏平，原属它的土地献给了阿波罗神庙，如果有人胆敢再来耕种这些土地，必遭诅咒。为了感激梭伦积极维护神的荣誉，神示所支持他成为公民立法人。神示所给他送来这样一则格言：

坐上船，握住舵，会出现许多准备帮助你的雅典人。

梭伦当时需要满足各党派的不同要求，所以，他制定的法有一个特点，那就是使各方和解。他本人的一番话也证明了这一点，他说，他的法典不是最好的，但却是最合用的。按照被压迫人们的愿望，他可以以来库古为榜样，重新平均分配土地。但是，梭伦更倾向于采取强制性小一些的叫做“减负”的措施，就是说减轻债务。它应理解为不是完全解除债务，而是一方面降低利息，另一方面通过实行新币制将债务本金减少27%，比如，某人欠他人旧币100德拉克马[1]，改用新币后，他虽然仍还给债主100德拉克马，但事实上只相当于73德拉克马旧币。如果欠了他人旧爱吉那币制的塔兰特，只要用比旧币贬值27%的新优卑亚币制的塔兰特偿还就可以了。梭伦还严格规定今后任何人都不得出卖人身自由作为抵押，同时，他还宣布所有在此之前为偿还债务卖身为奴的人全部获得自由。按照史学家的说法，他制定的这些法律条例使穷人和富人都不能完全满意，这正说明他公正，不偏不倚。

与此类似，他对于参与管理国家的权利也采取了在贵族和平民之间平均分配的方式。在此之前一直是贵族代表垄断官职，平民百姓无权做官。梭伦根据财产的多少将公民分为四个等级，年收入500美提蒙[2]粮食或相应数量的葡萄酒和橄榄油，也就是说，拥有纳税资本6000德拉克马的人属于第一等，叫做500斗级。属于第二等级的人年收益应当为300~500美提蒙粮食或相应数量的葡萄酒和橄榄油，即拥有3600德拉克马以上的纳税资本。这些人被称为骑士，因为他们养得起马，而且骑兵也出自这一阶层。第三等级的人叫做双牛级，就是说他们买得起一对用于耕地的牛，每年收入150~300美提蒙粮食，相当于1800德拉克马资本。他们需备有重武装步兵的全套装备，战时作为重武装步兵在军中服役。贫民，即雇工、短工、手工业者、商人为第四等级。贫民的年收入不足150美提蒙粮食。他们在军队中做轻武装步兵和水兵。

这个人数众多的第四阶层刚刚摆脱了债务，有权在国民大会上表决，但是无权担任官职。前三个等级的人可以担任官职，但是执政官的职位只能由第一等级的人来担任。能拥有国民大会的表决权意义十分重大。国民大会决定是否参加战争，批准法令，选举公职人员，要求就国家开支作出报告。全体年满20岁的公民均为公民会议的成员，多数票同意即为通过（通过举手或用陶片、小石子来表决）。召开公民

[1] 希腊本位币名。

[2] 古希腊罗马的容量单位，1美提蒙约合52.53升。

会议时有专人严格把门，只许雅典人参加。任何外人都不敢参加，因为违者将被处以死刑。

在公民大会上激动的人们可能由于欠考虑会做出一些不合适的决定。为了使公民大会考虑周全,梭伦(用他自己的话来说)抛出了“两个锚”。一个是雅典最高法庭,在梭伦之前叫做刑事法庭(只在夜间开会)。梭伦按照新的法令重新组建了最高法庭。任命每年离任的执政官为最高法庭成员,也就是说最高法庭的成员只能由第一等级的代表担任,任期一年。它的工作除了审理杀人案和其他大案外,还包括监督法律和宗教礼仪的执行以及监督公民的权利的执行。如果400人会议或者公民会议的决定不利于城邦的幸福安宁或者有悖于现存的国家制度,最高法庭有权否决这个决定。有一位罗马作家将最高法庭对于雅典城邦的作用比作上天对于宇宙。那时,一切重大决议都需经过最高法庭的同意。

梭伦用于巩固公民会议的第二个锚是400人会议，稍后，雅典公民的等级多了以后，增加为500人会议。虽然四个等级的人都能参加选举，但被选举人只能来自前三个等级，同时对被选举人的经历进行严格的审查，叫做资格审查。资格审查包括检查是否具有完全的公民权、家庭出身、是否服过兵役、纳税状况以及是否尊敬父母。400人会议有权召集公民会议，预先审查准备提交公民会议讨论的所有问题。400人会议认为无益的问题无需再交公民会议讨论。惟有它有权管理财政，它同时拥有政府的和行政的权力，它还管理军队的武器，有权批准逮捕国事犯并送入监狱。会议主席负责保管国玺以及国库和卫城的钥匙。但是400人会议的权力也受限制，不经过公民会议的同意，任何是否参战的决定都无效。400人会议有专门的开会地点和固定的开会时间。在非会议期间由从议员中选出的100名代表组成的委员会（叫常务委员会）主持工作。

虽然这两个机构对公民会议有牵制作用，但是后来的历史表明,公民会议削弱了两个对手的作用,时常扩大权力,为根植于人民之中的民主思想提供了越来越宽广的天地。雅典还成立了公民陪审法庭,执政官每年一次抽签任命陪审法官,陪审法官可来自任何一个等级,每1000人抽签选出一名。起初陪审法庭只受理上诉,后来成为审理刑事案件和特别重大的司法问题的上级审理法院。

其他许多涉及到私人关系的法令中也渗透了共和精神。如每个雅典公民都有权把财产遗赠给任何人。

在梭伦之前这是不允许的,财产应当留在家中作世代相传的公共财产。现在，无子女的公民有权按照自己的意愿把财产遗赠给他人。如此一来，财产第一次成为了私有财产。接着，又允许全体公民从事手工业，而且规定如果父亲没有让儿子学会一门手艺，那么当父亲年迈时，儿子没有义务赡养他。这两项规定鼓励雅典人发展工商业，这是航海便利、发达的阿提卡地区最需要的。

梭伦的法令中有一项最能说明它的政治洞察力，按照这一规定，在国民运动时不参加任何一方的人将被宣布为不诚实的人。梭伦希望以此改变人们对公共大事的漠不关心，因为长此以往人们会养成事不关己高高挂起的坏习惯，导致恶势力占上风。

与来库古不同，梭伦未把青少年的培养问题作为国家大事，相反，他任凭私人去培养孩子们。按照全希腊的习俗，与斯巴达一样，体育运动在雅典也是培养青少年的主要内容，但不像斯巴达那么严酷。梭伦给雅典公民提供的自由和多方面的活动，为精神、智力和艺术的发展奠定了良好的开端，有助于城邦的繁荣兴旺。青年应当学习音乐、阅读和透彻理解优秀诗歌，尤其是宗教诗。

梭伦还力求激起人们的爱国热情。根据他的一项规定，阵亡者的子女由城邦出资抚养；根据另一项规定，人们会为阵亡者举行隆重的葬礼，在葬礼上赞扬亡人的品德。这两项规定确实有助于增强人们的卫国斗志。

梭伦废除了严酷的德拉古法，只在对于杀人和其他刑事犯罪以及对于欺侮穷人、妇女或者奴隶者的判决条例方面保留了原有的规定。在雅典对待奴隶很温和，这一点与斯巴达尤其不同，因此，人们说雅典的奴隶比其他城邦的自由民还自由。尤其值得称道的是梭伦法禁止人们说死者的坏话。

梭伦通过颁布这一系列法令为今后独特的雅典民族精神的发展奠定了基础。他制定的各项法令刻在木板上，公诸于众。公民们发誓10年内不废除也不修改新法令后，梭伦离开雅典，去埃及、塞浦路斯岛和小亚细亚游历，途中拜访了吕底亚国王克洛索斯。

7. 庇西特拉图

（公元前560~前527年）

正当梭伦在世界各地游历时，雅典发生的一系列事件表明法令不可能依靠它本身保持不变，要巩固这些法令，还需要一位强硬的领导人的支持。当梭伦还担任执政官、试图制定新的法令使雅典更强大时，很多人都表示，希望他能成为雅典的最高统治者或者僭主。梭伦拒绝了。但是有些人认为，他是因为打算制定新的法令才希望得到统治权，他们认为推辞不是谦逊，而是软弱和怯懦的表现。他在诗中表明，必须驳斥这些人的观点。人们认为这种谦逊不明智。他们以为仅仅依靠观念和法律本身并不足以改变国家体制，因此他们非常乐意服从像梭伦这样公正明智的人的领导。

梭伦所拒绝的，他的亲戚庇西特拉图得到了。与梭伦不同的是，庇西特拉图贪图权势。当时聪明的人们希望建立僭主政治，这不仅是为了个人利益，也是为了国家利益，庇西特拉图正是利用了这一点。

梭伦刚一卸任，前文提到的每个派别都想利用政府的更替捞到比梭伦法平均分得的多得多的好处，因此相互攻击。平原派代表是来库古，海岸派代表是阿尔克迈翁家族的墨加克勒斯，山地派代表就是庇西特拉图。庇西特拉图这一派中还有被他的才智和动人的言辞征服的最贫穷的那一部分人。他们希望他们的领袖能给予他们更多的政治权利，重新分配土地。

庇西特拉图靠苦肉计组建了独立的政权。他把自己刺伤，然后命人用马车拉着他来到广场上，大声宣布他的敌人因为反对他的政治主张刺伤了他。人们义愤填膺，纷纷表示准备为他而战，而且愿意保卫他。庇西特拉图的一个朋友建议组织一支50人的卫队用来保卫他的安全。这个建议得到了400人会议的同意和公民会议的批准。庇西特拉图很快擅自增加了卫队的人数，从此开始无条件地统治雅典。

这时，梭伦回到了雅典，目击了所有的变故。但是，各党派的骚动对社会安定的影响超过了他的社会影响力，况且他年事已高，需要安宁，因此他不再参加社会活动，只是与各党派领袖谈判，希望他们和解。但是他的努力没有成功。他劝说人们不要轻信庇西特拉图的花言巧语，不要为他提供卫队、听他指挥，但同样是枉费唇舌。最后，梭伦发现一部分人已经被庇西特拉图迷惑了，另一部分因慑于庇西特拉图的淫威不敢反抗。梭伦说了一句："庇西特拉图比第一种人聪明，比第二种人勇敢。"就离开了广场。

庇西特拉图得到了政权后，表现得很明智。年迈的梭伦在言谈和诗中不断地责备公民们不够慎重、胆小怕事，但庇西特拉图仍旧尊敬他，采纳他的建议。梭伦死后，庇西特拉图仍然遵守他制定的法规。身为僭主，当被控犯有杀人罪时，仍然亲自上最高法庭。执政官和400人会议成员的选举方法依旧，只是其中大半人必须是拥护庇西特拉图的人。

但是庇西特拉图的政权并不牢固，不足以抵抗每一个反对派力量。墨加克勒斯和来库古由于担心性命不保,曾逃离了雅典。后来,又回到了雅典，公元前554年，他们在追随者的支持之下将庇西特拉图赶出了雅典。但是,不久,他们双方又相互争斗起来。深受来库古压制的墨加克勒斯建议庇西特拉图与他的女儿结婚,答应为此帮助庇西特拉图重新得到政权。庇西特拉图采纳了这个建议。为了达到目的,他们想出了一个诡计。希罗多德认为这个诡计对于自古以来就以聪颖、机灵区别于野蛮人的希腊人尤其是希腊人中最聪明的雅典人来说未免有些愚蠢。

墨加克勒斯和庇西特拉图找了一个身材高大异常美貌的妇女,让她手持武器站在马车上,他们与她一同乘车进了雅典城。宣读公文的官员走在前面,大声喊道:“迎接庇西特拉图了！雅典娜女神在所有凡人中最敬重他,现在女神亲自送他回来了！”这个消息很快传遍了全城,雅典人对此深信不疑,隆重迎接庇西特拉图归来(公元前550年)。

随后,庇西特拉图与墨加克勒斯的女儿离婚。墨加克勒斯非常生气,他感到受了侮辱,于是,他再次和庇西特拉图的敌人联合起来。庇西特拉图听说后离开阿提卡前往埃雷特里亚,努力在过去与他结盟的邻国招兵买马,寻求资金帮助。

11年后,庇西特拉图于公元前538年,集聚力量重返阿提卡,占领了马拉松,得到了雅典和阿提卡地区的有力支持。他带领手下兵马进攻雅典,在巴勒尼一战中打得对方狼狈逃窜。他以他所特有的明智立即派几个儿子找回逃跑者,劝他们放下武器回家,答应不找他们麻烦。逃跑的人回了家,庇西特拉图也摆脱了内战。

他众多的对手不是死于战斗中,就是逃跑了。

为了今后能摆脱敌人,庇西特拉图下令将他所认为可疑的贵族的子女作为人质抓起来送往孤零零的那克索斯岛。此后,他一直公正、温和地统治雅典,努力扩大雅典的智力教育,直到生命最后一息。

8. 得尔福神示所　近邻同盟　竞技会

我们对斯巴达和雅典的历史已作了一些介绍。这两个城邦在这个时期以及后来为争夺霸权展开了争斗,关系恶化。除了雅典和斯巴达,在希腊还有许多城邦。但是我们对它们的历史了解不够,无法全面地讲述它们的命运和城邦机构的体制。我们只知道它们的体制或者与雅典相同,或者与斯巴达相同。至于说到它们的政治地位,那就是它们总是依附于这两个大的城邦中的一个。

希腊分为众多独立的城邦，只有当敌人威胁到它们共同的祖国时，为了打退共同的敌人这些城邦才很费力地联合起来。但是也有一些联合机构。正是由于这些机构的存在，全体希腊人才意识到他们都属于同一个民族。他们共同的东西有宗教、神示所、近邻同盟、语言以及用这种语言写成的文学作品和科技作品。

古时候，全世界的人们都认为神灵可以直接与人交流，人们相信这种交流通过神的启示来表示，因此产生了众多的机构，其中最值得一提的就是神示所。

希腊有不止一个神示所，但是惟有得尔福的阿波罗神示所最有影响力，最受尊敬。在福基斯的帕耳那索斯山麓，有一个山洞，地上有块岩石裂了缝，冒着蒸汽，看起来神秘而缥缈。祭司们就选中这个地方作预言所。

烟雾腾腾的岩石上放着一只鼎，鼎上坐着女祭司，叫做皮提亚（起初选年轻妇女作皮提亚，后来选老年妇女）。裂缝中冒出的气使皮提亚如痴如狂。这就证明阿波罗已向她显灵了。皮提亚说出一些断断续续毫无关联的字句。男祭司结合实际情况，用这些词编成六音步诗，作为神的预言。祈求神谕的人提出的问题既有关于个人的，也有涉及到国家的。神谕的回答往往是意义含糊、模棱两可。在希腊，尤其是在多利亚地区，做出重要决定之前总要先向得尔福神示所请教神谕。

这个神示所在希腊境外也受到普遍的尊敬（吕底亚的克洛索斯就是证明），得尔福的阿波罗神庙里堆满了祈求神谕的外国人送来的贵重礼品，有金属钱币、珠宝和艺术作品。神庙里有这样一句题词：“学习了解自己吧。”守卫这些敬神的祭品的是祭司。他们是得尔福光荣的公民。络绎不绝的外国人，接连不断的节日庆祝，让全体得尔福居民在有事可做的同时，也获利匪浅。

最初，得尔福神谕在大多数情况下总是起到了良好的作用。它的预言总是有绝对权威的作用，它常常能防止纠纷和流血冲突。因此，这个神示所其实就是连接因相互竞争而隔绝的希腊各部落的纽带。后来，从伯罗奔尼撒战争开始起，由于祭司们收受贿赂、出卖良心的情形日渐加剧，而人们也懂得了越来越多的知识，所以这个神示所渐渐衰落了，最后，成了人们蔑视和讥笑的对象。

与得尔福神示所关系密切的还有由12个相邻城邦结成的得尔福近邻同盟。同盟的最初目的是共同举行宗教庆祝仪式，后来延伸为保护得尔福神庙、得墨忒耳神庙以及监督皮提亚庆节竞技会。不久，这个由福西

得尔福神示所

亚人、帖撒利人、彼奥提亚人以及雅典人和斯巴达人组成的近邻同盟开始具有政治意义。

春天，近邻同盟在得尔福集会，秋天，集会则在安西利的德摩比勒举行。集会的成员是有权参加同盟的各城邦派出的使节。通常来自爱奥尼亚、多利亚、彼奥提亚、帖撒利、罗克里斯、福西亚、奥塔伊、马格尼西亚和多洛皮亚等部落。

这些部落的名称说明，最初这个同盟的成员只局限于帖撒利及邻近地区各民族。但是，其中的一些民族——如多利亚人和爱奥尼亚人——的势力扩大到了大半个希腊，于是，近邻同盟原有成员城邦所建立的所有的城邦也加入了这个同盟。至于在属于同一个部落的不同城邦之间如何分配票数，我们就不得而知了。各城邦派来的使节称做皮拉荷耳和伊耶隆涅摩；前者组成常务会议，讨论政治问题，后者负责处理宗教事务。

另外，还有其他完全不同于近邻同盟、但是同样连接了全希腊的机构，这就是隆重的竞技会，它为人们提供了集会的机会。在得尔福，每八年举行一次纪念太阳神阿波罗的皮提亚竞技会，在科林斯地峡每两年举行一次纪念海神波塞冬的伊斯特摩斯竞技会，在阿尔戈利斯的涅墨亚山谷有每两年一次的纪念宙斯的涅墨亚竞技会。但是，所有这些竞技会都比不上奥林匹克竞技会有影响。在伊利斯的奥林匹亚城,每四年举办一次纪念奥林匹亚宙斯的奥林匹克竞技会,时间定在7月。

赫拉克勒斯被看做是奥林匹克竞技会的创始人,后来,与斯巴达的来库古同时代的伊利斯国王伊菲托斯恢复了奥林匹克竞技会。当伊菲托斯向得尔福神示所询问是否应该恢复竞技会时,神谕不仅表示赞同,同时还吩咐所有参加竞技会的城邦在竞技会期间停止战争,以便竞技会能顺利举行,也便于所有的希腊人都能参加和观看竞技会。根据传说,赫拉克勒斯把组织奥林匹克竞技会和献祭的大事委托给了伊利斯人,所以,伊利斯的居民被宣布为神圣的侍奉宙斯的人,无权采取军事行动,而且得到公认,不得受到任何袭击。

奥林匹克竞技会持续五天。第一天和最后一天在高达20英尺[①]的祭坛上为奥林波斯山上的宙斯献祭。宗教仪式和高唱歌颂奥林匹克竞技会的颂诗使竞技会成了一种宗教仪式。人们在这里展示各种人体艺术和宗教艺术,使这个竞技会成为全希腊体育和文化发展状况的展示会。由于这里汇集了全希腊的许多人,因此能在竞赛中取胜是极为光荣和幸福的事。胜利者获得用橄榄枝编成的花冠。国王们也在奥林匹克竞技会上获得过胜利,如叙拉古的希耶隆和狄奥尼修斯以及马其顿的菲利普。优胜者为他的故乡也增了光,因为在宣布优胜者名字的同时,还说明他来自哪一个城市。所以为了纪念优胜者,他的同胞就在奥林匹亚为他塑一座雕像。

创建伊始的奥林匹克运动项目不含竞赛性质,而且非常简单。随着时间的推移,竞技会的规模越来越大,越来越有意义。最初,主要的比赛项目只有运动场长度(192.28米)的单程赛跑,渐渐地,增加了四马双轮车竞赛、摔跤、拳击、掷铁饼和跳远。

清晨,太阳还在冉冉升起,比赛就在阿尔甫斯河畔开始了。这里铺设了长长的道路,非常平坦。道路分为两部分,左侧是跑马场,右侧是赛跑和角斗用的运动场。在圣区的树林中,在人们的欢呼声中举行给优胜者戴花冠的仪式。此外,诗人朗诵诗歌,颂扬优胜者。底比斯的品达罗斯(公元前522~前442年)就创作这类颂歌。为了保证优胜的荣誉只能让希腊人而且是最当之无愧的希腊人获得,比赛专门规定:只有出生于合法婚姻而且品行端正的希腊自由人才有权参加竞技会。这个竞技会存在了近千年,这就证明全希腊多么热衷于这个活动。奥林匹克竞技会同时还起到了联合所有希腊部落的作用。后来,奥林匹克运动会每四年举行一次,非常有规律,

① 约合6.1米。

竞技选手

希腊历史就按照奥运会来划分阶段,因此,奥运会就成了希腊历史纪年和确定历史大事年表的依据。最后一次古代奥运会于公元393年举行。

9. 希腊人的精神生活:宗教、艺术和科学

荷马(约公元前8世纪)和赫西俄多斯(约公元前700年)这两位诗人的作品是人们了解古希腊精神生活——包括他们的宗教生活——的主要来源。按照希罗多德的说法,“他们为希腊人编写了神祇家族的家谱”,就是说,将一直受到人们崇拜的神祇概念系统化,他们编写的这个体系后来一直没有变化。人们根据这个谱系想象着神祇的外貌、生活及相互关系与人并无不同。按照古代希腊人的理解,神祇都是毫无瑕疵、道德高尚、十全十美的,只是比凡人有更多的激情。但是他们摆脱了凡人的不幸和悲痛,自由自在地生活着,他们精力充沛,尽情享受着生活,饮仙酒,吃神食。

奥林波斯山是永生的众神的居所。看一看宙斯突出的地位,就可以寻找到一神论概念的暗示。宙斯是最高神,是众神和凡人之父,还是行云之神、雷电之神,手持埃癸斯神盾(神祇赫淮斯托斯打造的

盾)。赫拉是宙斯的姐姐和妻子，她好妒、任性。她是婚姻的庇护神。赫拉的主要崇拜地是阿尔戈斯。献给她的祭品是孔雀和乌鸦。

赫淮斯托斯是火神,他的锻冶场在埃特纳火山,独目巨人是他的助手。雅典娜·帕拉斯是宙斯最心爱的女儿,她是全身披挂从宙斯的头中生出来的。雅典娜是智慧女神,无论是在战时还是在和平时期,她总是思维清晰,富有远见;她还护佑妇女劳动。崇拜她的地方主要是雅典。人们用猫头鹰给她献祭。宙斯最高贵的儿子阿波罗是太阳和光明之神,他有一个别名叫做"福玻斯",意思是"光辉灿烂的"。他被认为是教育的创始人,是预言和诗歌之神。他可以祛除疾病,也可以将疾病降给人们。崇拜他的地方主要是著名的神示所所在地得尔福城。陪伴他的是9位艺术女神:诗女神卡利俄珀,抒情诗女神欧忒耳珀,悲剧女神墨尔波墨涅,爱情诗和哑剧女神厄拉托,颂歌女神波吕许谟尼亚,喜剧女神塔利亚,舞蹈女神忒耳普西科瑞,历史女神克利俄,天文女神乌拉尼亚。她们住在帕耳那索斯山,能赋予人预言才能的卡斯塔利亚圣泉就发源于这里。

天神宙斯

阿波罗的姐姐阿耳忒弥斯是狩猎女神和动植物的保护神,是童贞的象征。

战神是阿瑞斯。在《荷马史诗》中他被称做民族的毁灭者和城墙的摧毁者。

阿佛洛狄忒是爱神,她总是光彩照人。献给她的祭品是桃金娘、鸽子和麻雀。阿佛洛狄忒的主要崇拜地是塞浦路斯岛,所以她又被称为塞浦里斯。美惠女神伴在她的身边。

众神的使者是赫耳墨斯,他有一根金魔杖和一双能张开双翼的飞鞋。同时，他又是人际关系、商业及各种靠投机取巧达到目的的活动的保护神。赫拉命力大无比的百目巨人阿耳戈斯看守美丽的伊俄[1],赫耳墨斯遵照宙斯的吩咐杀了阿耳戈斯,因此得了个别名:"杀死阿耳戈斯的凶手。"

[1] 宙斯的情人。

锻冶神赫淮斯托斯目睹雅典娜出生

赫斯提亚被当做女灶神和国家的各种群体的护佑神来崇拜。

宙斯的哥哥波塞冬掌管海洋、泉和水,他手握三叉戟,是大地的震撼者,他的身边围绕着许多男男女女,他们是好捉弄人的海中精灵——特里同[①]和海中神女,善于变成各种形状的海中老人普洛透斯也听从波塞冬的指挥。

在下界神祇中，最主要的是冥王普路同和妻子珀耳塞福涅。普路同是冥国国王，三头狗刻耳柏洛斯为他看守着冥国大门。艄公卡戎用独木舟接亡灵渡过阿刻戎河[②]，来到冥国的门口。亡灵喝了勒忒河[③]水就会忘却人间的事,变成无形体的幽灵。冥国的判官有三个:弥诺斯、拉达曼堤斯和埃阿科斯。亡灵根据他们的判决前往

(左)太阳神阿波罗 (中)阿耳忒弥斯与赤牝鹿 (右)战神阿瑞斯

福地或者地狱。如,西绪福斯注定要将巨石推上山顶,但是推上去,又轰隆隆地滚下来,西绪福斯只好没完没了地推。达那俄斯的女儿注定要往

① 半马半鱼的海怪。

② 冥河。

③ 冥河。

无底桶中灌水。坦塔罗斯站在齐颈深的水中，却喝不上；眼前的树枝上挂着累累果实，却不能摘下来，因为每次风都把树枝从他的眼前刮走。

得墨忒耳是大地母亲的化身。她是农业和丰收之神。为了纪念她，在厄琉西斯举行秘密庆典，其中隐藏着深层的含义：植物世界有规律地死而复生就是灵魂不死的典范，所以，每一个人的生命虽然都是死亡的牺牲品，但这只是为了更强、更好地走出黑暗王国。

酒神是狄俄倪索斯，又名巴克科斯。献给他的祭品是葡萄藤。狄俄倪索斯的身后常常跟着许多随从：有为数众多的群山和森林精灵，酒神狂女迈那得斯们和酒神巴克科斯的狂女。这里还有神女（女精灵）、水泽神女、山神和林神。狄俄倪索斯的显著特征是常春藤、山羊和爬满葡萄藤的酒神杖，手杖的顶端有一个松果。人们以狄俄倪索斯为题创作了合唱和歌曲，后来又出现了悲剧和喜剧。

伦理道德思想的化身是以下几位神祇：手持天平和棕榈枝的司法女神忒弥斯；惩罚过于傲慢者的报复女神涅墨西斯；满头蛇发手执火把追捕罪犯的复仇女神，即使在阴间她们也是良心谴责的化身；能使人一时丧失理智酿成不幸的女神阿忒；命运三女神：克罗托纺生命之线，拉刻西斯将线牵往各个方向，以此决定人的命运，阿特洛波斯剪断生命之线。

希腊语富于表现力，规范，意思明确、深奥、悦耳，反映了独特的希腊民族精神，这也是希腊各部落意识到民族统一感的第二位的因素。希腊语包括四种方言：爱奥尼亚方言、阿提卡方言、多利亚方言和伊奥利亚方言。

各种方言的存在并不影响语言的共性，因为每一个希腊人都熟悉各

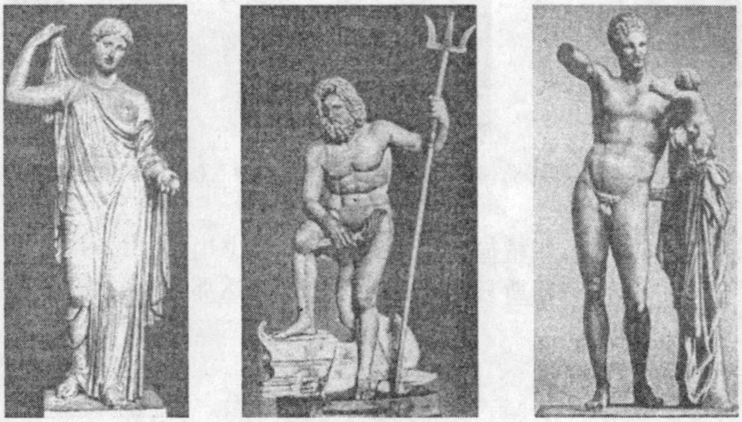

(左)爱神阿佛洛狄忒　(中)海神波塞冬　(右)信使之神赫耳墨斯与小酒神

农业女神得墨忒耳

种方言，而且不同的方言被用来表达不同体裁的诗歌。如民歌谣主要使用爱奥尼亚-伊奥利亚方言，而合唱歌曲的创作主要用多利亚方言。

希腊最早的教育和文学始于神话中的俄耳甫斯、利诺斯和穆塞俄斯。他们很可能是贤哲、祭司和人民的导师。希腊最早的教育归功于他们的宗教和劝谕性歌曲，秘密祭典其实就是秘密的高等教育。他们出生于色雷斯，他们的学说从当地一直传遍了全希腊。

后来希腊民族完成了大迁移，国内结束了纷争，渐渐建立起了牢固的国家制度，个别部落民族由于气候适宜，地理位置优越，便于开展贸易、提高人们的生活水平和展开艺术活动，因此经济发达，人民自由，各类生活设施一应俱全。这时，希腊诗歌出现了。

小亚细亚半岛沿岸的爱奥尼亚各殖民城邦正是具备上述种种优越条件，希腊最伟大的诗人荷马就生长在这片土地上。荷马的出生地不详，后来有7座城市争着说是他的故乡。前文已说过，著名的远征特洛伊及自特洛伊返回故乡的故事构成了这位诗人著名的诗篇《伊利亚特》和《奥德赛》的内容。为了对希腊精神做一个生动、全面的介绍，我们已摘选了这部作品中的几个片段。我们知道第一个将这两部史诗带回希腊本土的人是来库古。庇西特拉图责成学者协会召集全体成员开会，把零零散散的一个个章节整理出来。在他们的努力下，学校的学生从此就开始学习和背诵荷马的诗篇。

荷马的诗是典范作品，荷马之后的诗人所创作的任何一部史诗作品都没有达到他的高度。在他之后出现了一些所谓的抒情诗人，他们创作了或多或少的一系列描写特洛伊战争的诗歌。长诗《伊利翁[1]的毁灭》和《小伊利亚特》中叙述了特洛伊战争以后的事件，是荷马的《伊利亚特》的续篇。

---

① 即特洛伊。

后来，在爱奥尼亚出现了最早的历史故事。最早的历史书籍的作家是卡德玛斯（米利都的）、狄奥尼修斯、赫卡泰俄斯和赫拉尼克斯。我们曾不止一次提及的希罗多德（公元前484~前425年）被认为是历史之父。他出生于加里亚的哈利卡纳苏斯城，《历史》一书用爱奥尼亚方言写成。

我们确知的第一位诗人是出生于约公元前700年的赫西俄多斯。他有两部作品流传至今，这就是《神谱》和《劳动与时令》。第一部讲述了宇宙的起源和神祇的家谱。第二部作品中诗人叙述了明智的日常生活的各种规则，对家务劳动提出了建议，他尤其着重谈了农业劳动。

下面是从他的长诗中节选的两段，它表明作者的倾向，说明他所生活的时代的特征，大意为：

谁能找到聪明的建议而且接受它，
他就能比别人都站得高，
因为将来那个建议会有益于他。
愿意听取智者建议的人也很聪明。
但是对智者的说法毫无理智地不闻不问会让人丢脸，
会加重他的土地的负担。

请朋友来参加宴会吧，但是敌人无论如何不要请。
首先邀请你的邻居，
他因家中不幸未佩武器；得到邀请，
他像你的亲兄弟一样急忙提前更衣佩刀。
凶恶的邻居有多坏，诚实的邻居就有多好。
有个好邻居是福气。如果没有坏邻居，牛也不会丢。
如果他量给你东西时很诚实，那么请按同样的标准量给他，
如果你有能力，给他多一些报答他，
因为如果你需要他时，就会很容易找到他。

大约在这同时出现了人们所说的“希腊七贤”，他们是：雅典的梭伦、米利都的泰勒斯、斯巴达的齐隆、普里安的拜阿斯、莱斯沃斯岛的庇达卡斯、科林斯国王柏立安德和克列奥布拉斯。他们的有些名言至今仍在使用，如：“为迷路人指点迷津”和“永远不要过分”（梭伦）；“原谅比复仇好”、“旁人落难莫指责，谁都会有落难时”（庇达卡斯）；“智慧是随着年龄

增长的"(拜阿斯);"幸运的时候别自大，受挫折时别退缩"(克列奥布拉斯);"事怕行家"(柏立安德)等。

我们顺便谈一谈公元前六世纪的著名寓言作家伊索。他是弗里基亚人或色雷斯人。他的生活经历令人难以置信:他身材矮小、驼背,一贫如洗,被迫卖身为奴。他的寓言原本为散文体,但保留至今的已不是原文了。现存的伊索寓言集是诗人巴布里乌斯(二世纪)搜集加工的。

荷马

上述诗人的作品在剖析宇宙时表现得温和平静,但是在抒情诗人的笔下作品充满了激情。抒情诗人主要是伊奥利亚人或多利亚人。

帕罗斯岛诗人阿尔希洛科斯（公元前七世纪中期)的作品以生动有力闻名,他在诗中第一次使用了抑扬格[①]。据说,在一次战斗中阿尔希洛科斯由于胆怯,弃甲而逃。有个叫吕康玻斯的人本来已答应将女儿嫁给诗人,为此拒绝和他结亲。诗人写了讽刺诗向吕康玻斯报复,言辞极为尖锐,吕康玻斯和女儿被迫自尽。阿尔希洛科斯用刻薄的语言抨击显贵,激起了显贵对他的憎恶,被赶出了帕罗斯岛。但是不久,阿尔希洛科斯在奥林匹克竞技会的诗歌比赛中,以一首献给赫拉克勒斯的颂歌赢得了一致的赞扬,帕罗斯岛又欢呼着接受了这个被驱逐的人。

阿尔科俄斯（约生于公元前610年）出生于莱斯沃斯岛的密提林那城,这里是伊奥利亚人的主要居住地。他写爱情诗,以反对暴君的诗受人重视。

莱斯沃斯岛还是热情的女诗人萨福（生于约公元前650年）的故乡。古时候她的爱情诗享有很高的荣誉。关于萨福的一生有不少神奇

① 诗歌的一种格律。

希罗多德

的故事。有一个传说说她狂热地爱上了一个少年，少年抛弃了她，于是她从悬崖上跳海自尽。

特尔潘德洛斯也是莱斯沃斯人。当时，斯巴达人忙于内战和内讧，据说是他使斯巴达恢复了安宁，对拉西第梦地区的音乐发展有很大的影响。

在斯巴达，写合唱歌曲的阿尔克曼很有名。他出生于吕底亚萨底斯城，用多利亚方言创作。

提尔特斯的诗能鼓舞斯巴达人的斗志，这一点，我们在前面介绍伯罗奔尼撒战争时已谈过。

在雅典，在庇西特拉图的家里，住着诗人阿纳克雷昂。他的诗中充满了欢乐。他歌唱美酒、爱情和年轻的姑娘，抱怨自己已不再年轻。抱怨也是科罗丰诗人弥涅尔摩斯的悲歌的主题，他在诗中埋怨生活中的享受无法持久。值得一提的还有里吉姆诗人伊维科斯（公元前556~前468年）和凯奥斯岛诗人西摩尼得斯。伊维科斯写用于合唱的颂唱，西摩尼得斯创作祝贺体育竞赛优胜者的歌。

这一时期还产生了歌剧艺术。在纪念酒神狄俄倪索斯的庆祝仪式上的表演演变成了希腊悲剧。剧作者是梭伦的同时代人狄斯庇斯。他的作品没有保留下来。流传至今的有他的追随者埃斯库罗斯（公元前525~前456年）的作品。过去戏剧中只有一个角色，埃斯库罗斯在悲剧中增加了第二个角色，使剧情更加生动。

希腊人的艺术天才就是这样表现得丰富多样。

不过，发展最早的还是哲学。最早的哲学家出在爱奥尼亚部落。

米利都的泰勒斯（公元前624~前546年）就是一位著名的爱奥尼亚哲学家。他的天文学和数学知识很有名。对于他来说，不存在神，他只承认无个性的生命起源（世界的灵魂）具有宇宙中的神的实质。他的追随者有阿那克西曼德、阿那克西美尼、阿波罗尼亚的第欧根尼、锡罗斯岛的斐列基德斯和以弗所的赫拉克利特。另一个深刻的思想家是科罗丰的色诺芬，他的哲学思想的特点是对传统希腊宗教持敌对态度。他被驱逐出了故乡，在爱利亚、西西里，尤其是意大利南部的希腊殖民城邦生活和教书。

赫西俄多斯

这些城邦大多是多利亚人建立的，如他林敦（今塔兰托）、叙拉古、阿格里真托、麦散那（今墨西拿）等，这些城邦建于公元前8~前7世纪。克罗顿和锡巴里斯是亚该亚人建立的殖民城邦，卡塔纳（今卡塔尼亚）、莱昂提尼[①]和许墨拉是来自优卑亚岛（今译优卑亚岛）的爱奥尼亚人的殖民城邦。所有这些殖民城邦自古以来就富裕、强大，而且参与了希腊民族的精神生活。这里有不少克塞诺法诺斯的追随者。意大利南部还有许多毕达哥拉斯的信徒。毕达哥拉斯学派的创始人是个不同寻常的人，值得详细地作一介绍。

毕达哥拉斯（公元前540~前500年）出生于爱奥尼亚人的主要聚居地萨摩斯岛。他身体素质非常好，智力超群。18岁时，他曾在奥林匹克竞技会上得过冠军。还在萨摩斯时，他就开始学习数学、几何和音乐，而且在斐列基德斯的指导下潜心研究自然哲学。为了继续深造，毕达哥拉斯去各处巡游。有很多关于他巡游的虚构的故事。可靠的记载是他到过爱利亚、克里特，还去过埃及。埃及独特的政体和埃及人的智慧，在这一时期吸引了许多希腊的杰出人物，埃及国王开始积极地与希腊人交往（如阿马西斯法老与萨摩斯僭主波利克拉提斯的交往）。毕达哥拉斯后来的许多主张都有受埃及祭司影响的印记。

---

① 今伦蒂尼。

阿纳克雷昂

毕达哥拉斯产生了一个想法：把被共同的主张和共同的教育紧密联系在一起而且拥有一个共同的愿望的人们组织起来，成立一个同盟社。后来，普拉东这样表述毕达哥拉斯的理想：“那些执政者研究哲学或者哲学家当政的国家将是最幸福的国家。”

毕达哥拉斯周游归来后，确定在僭主波利克拉提斯统治下的故乡萨摩斯不适合实现他的目的，于是，他离开了萨摩斯，选择在意大利南部的殖民地开展活动。毕达哥拉斯第一次在公众前演说是在克罗顿。他身材健美，引人注目，身穿大概是向埃及的祭司借来的亚麻衣服，他有克制一切感观欲望的善良，他的话语从容不迫，娓娓动听，吸引了许多听众，为他赢得了人们的尊敬。因此，毕达哥拉斯有了建立同盟社的可能。

经过考验吸收进同盟社的毕达哥拉斯的第一批弟子组成了一个拥挤的团体。毕达哥拉斯为他们制定了种种规章制度，目的是使他们身体强健，克制欲望，弟子们就按照这些制度生活。为此，还制定了专门的饮食制度（其中包括禁食豆和肉），他们还必须把音乐作为各种和谐的源泉来学习。这些音乐的规律和内容都是毕达哥拉斯首创的。为便于每天报告自己的所作所为，应当严格遵守道德教育的规定。此外，他们应当学习科学，尤其是数学。毕达哥拉斯在数学上有许多重要的发现，例如以他的名字命名的毕达哥拉斯定理。这个定理的发现使毕达哥拉斯高兴地给诸神献上了100头牛的大祭。除了数学，毕达哥拉斯的信徒还进行道德和政治方面的研究。

为了献身于实现同盟社的目的和继续传播知识，需要经过几个阶段。被吸收入社的成员需经受考验:第一年他们应当绝对遵守各项规章制度。经过长期全面的考验后,重新入社的人进入了高级阶段。通过所有阶段后,就成为同盟社社会生活的全权参加者,可以与毕达哥拉斯本人

泰勒斯

一同平等地参与管理克罗顿城。毕达哥拉斯虽说并未在克罗顿担任任何官职,但是在该城的社会生活中很有影响力。即使在其他地区,毕达哥拉斯派的成员之间仍然保持着相互联系。据说,一位毕达哥拉斯信徒死在了异国,却负担不起自己的丧葬费,临终前他在黑板上写了几个符号,请求房东把黑板摆在大路上。过了很久,死者的一位同道人偶然来到了这里,他看见了黑板上的符号,就把丧葬费付给了房东。毕达哥拉斯本人在同盟社中很受推崇,劝人信服时,只要说句“这是他说的”,那就被认为是证明说话人正确的无可辩驳的证据。

毕达哥拉斯信徒的同盟最突出的特点就是团结、和睦。但是同盟社原有的形式存在时间不长。由于同盟社拒绝接受一些人入社,而且人们认为同盟社的成员是紧密团结的贵族,所以,很快就激起了这些人的不满。

有资料表明,在克罗顿元老院的300名成员都是毕达哥拉斯派成员。最后,暗中的反抗变成了公开的反对这些毕达哥拉斯兄弟同盟会的起义,许多同盟成员被杀。

有一种说法说毕达哥拉斯自尽了,按照另一种说法,他去了塔兰托湾海滨的梅塔篷托,活到了耄耋之年,死于当地。即使在他死后,哲学学派仍然把道德和政治学说及数学作为主要的研究对象。他林敦有名的哲学家、统帅、国务活动家阿尔奇特就是毕达哥拉斯派的成员。

六

罗·马·人

luo ma ren

liu

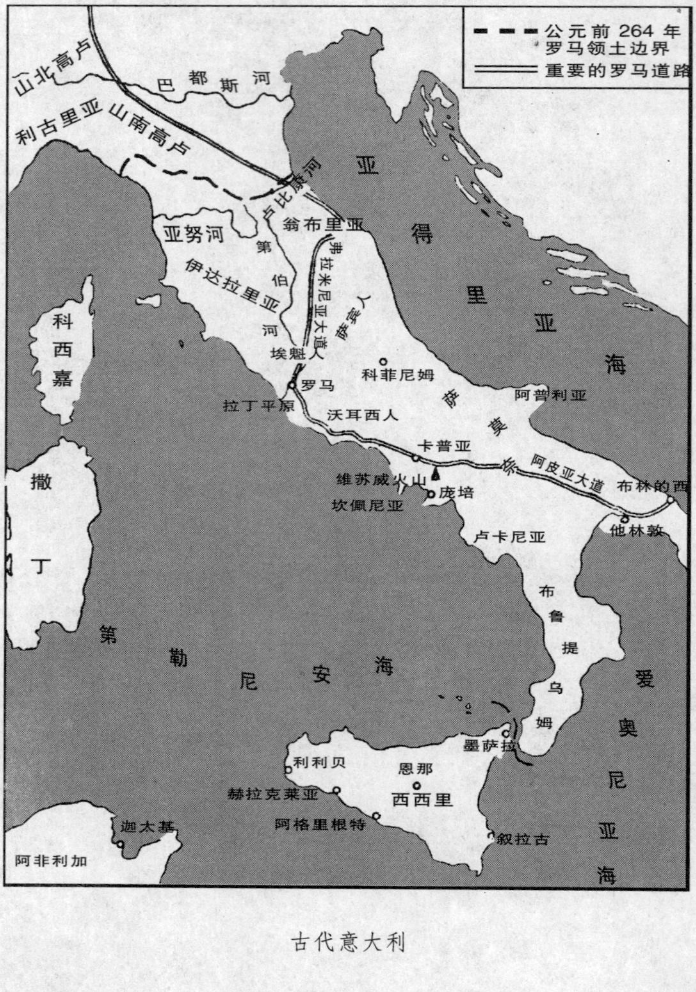
公元前 264 年
罗马领土边界
重要的罗马道路
山北高卢
巴都斯河
利古里亚
山南高卢
亚得里亚海
亚努河
翁布里亚
伊达拉里亚
第伯河
弗拉米尼亚大道
科西嘉
埃魁人
罗马
科菲尼姆
拉丁平原
沃耳西人
萨莫奈
阿普利亚
卡普亚
阿皮亚大道
维苏威火山
庞培
坎佩尼亚
布林的西
他林敦
卢卡尼亚
撒丁
第勒尼安海
布鲁提乌姆
爱奥尼亚海
墨萨拉
利利贝
恩那
西西里
赫拉克莱亚
阿格里根特
叙拉古
迦太基
阿非利加

古代意大利

1. 意大利的土著居民

在希腊文明之光的照耀下，意大利的文明也开始在南部折射出道道霞光。罗马成为意大利的中心，且光芒四射的时代已为期不远了。下面要讲述的就是罗马产生和形成的过程。罗马的迅速发展是因为它成为意大利各民族利益相联的中心。

亚平宁半岛的土著居民由三个部族组成。第一个是古意大利人，他们属印欧人种，与希腊人有血缘关系。他们居住在半岛南部及中心地带，后来分化为两个民族，即拉丁人和萨贝尔人[①]。第二个部族是居住在东南部的亚皮格人[②]，但他们很快就与迁移至南意大利的希腊人融合从而退出历史舞台。第三个部族是以非同寻常的高度文明著称的伊特鲁里亚人。他们拥有精湛的耕作技术、发达的商业，在艺术领域有很高造诣。在建筑艺术方面，伊特鲁里亚人被认为是拱形建筑的创始者。今托斯卡纳地区规模宏大的围墙遗址可为此证明。伊特鲁里亚人还是技艺精湛的金属及黏土制品的雕刻家，他们制作的花瓶闻名世界。罗马人进行的祈祷、祭祀、庆祝及其他仪式活动大都借鉴伊特鲁里亚人的类似活动。这些仪式在伊特鲁里亚人古老的十二大城邦之一的采雷[③]就曾举行过。罗马人还学会了伊特鲁里亚人以各种外部征兆占卜，以作贡品的动物的内脏进行预言的方法。他们学习伊特鲁里亚人，确定了表明显贵身份的标志：紫

---

① 亦称奥斯克·翁布里亚人。意大利部落集团，公元前3世纪初被罗马人征服。

② 古意大利阿普利亚南部各部族的总称。

③ 今意大利切尔韦特里，古代伊特鲁里亚人城邦，公元前358年被罗马人征服。采雷大墓地墓葬甚多，因此闻名。

色长袍、象骨制成的席位,跟随高官被称做扈从的仆人。扈从随身携带一束中间插有斧子的枝条(束杖),象征着其手中握有生杀大权。

意大利北部移居着克尔特人(即高卢人),他们与古意大利人处于一种敌对状态。

意大利半岛上的民族迁移、迁居活动与希腊的情况类似,没有详细的资料。只能推测,迁徙的一部分居民源自北部陆地,另一部分则来自海上,即源自南部。

2. 罗马的建立

罗慕路斯

(公元前753年)

许多有关罗马的建立,七个"王"对罗马的统治以及他们的功过,其所制定的制度等罗马最古老的历史,都源自传说。罗马最初的古老传说可以被认为是真实的历史事件与主观臆造的结合。

关于特洛伊英雄埃涅阿斯迁居至拉文尼阿姆城的故事首先就具有浓厚的传奇色彩。毫无疑问,罗马人与南意大利的希腊殖民城邦之间保持的活跃的贸易关系是这个故事的基础。

相传埃涅阿斯创建了拉文尼阿姆城,而他的儿子阿斯卡尼阿斯·攸里利昂创建了亚尔巴隆加城[①]。

大约公元前754年,拉齐阿姆地区的亚尔巴隆加由阿斯卡

母狼哺育罗慕路斯与勒莫斯

① 罗马东南部古城。传说约建于公元前1152年。公元前7世纪被罗马人摧毁。

尼阿斯的后裔努弥托耳和阿穆留斯两兄弟联合执政。但阿穆留斯想独揽大权,于是排挤努弥托耳。他杀死了努弥托耳的儿子以防后患。努弥托耳的女儿则被迫做了侍奉灶神维斯塔①的女祭司。按规定,女祭司终生不能婚配。努弥托耳的女儿利阿·西尔维亚违反戒律与战神马尔斯生了一对孪生兄弟。他们一出生就被残忍的阿穆留斯下令放在盆里,并抛入台伯河,而他们的母亲被囚禁。

盆子被无花果树挂住。当台伯河再次涨潮时,孩子们漂浮到河岸并被母狼所喂养。很快,国王的牧羊人法斯图路斯发现了这对孪生兄弟。他将他们带给妻子拉乌列斯亚,后者曾刚刚生下过一个死胎。法斯图路斯抚育了这对孩子,给他们分别取名为罗慕路斯与勒莫斯,还将他们也培养成牧羊人。从小,两个男孩就显露出超人的体能与智慧。他们给国王放牧,并在后来建造罗马的那座山上打猎。他们住在自己亲自用树木、芦苇搭建的茅屋里。其中一个茅屋作为圣物保留下来,直至史学家狄奥尼修斯所处的时代(约公元前30年)。

罗慕路斯与勒莫斯长到18岁时,一个偶发事件彻底改变了他们的社会地位。有一次他们因放牧地点与努弥托耳的牧人发生争执。努弥托耳虽被废黜,但仍住在亚尔巴隆加。罗慕路斯与勒莫斯打伤了对手,对方决定伺机报复他们。在一次庆祝会上,他们设埋伏守候兄弟俩,并捉住了勒莫斯,将他带到国王面前。阿穆留斯把勒莫斯打发到努弥托耳处,想让他裁夺如何惩处勒莫斯。努弥托耳从勒莫斯果断的举止、勇敢的气度中断定这个

罗慕路斯

① 罗马神话中的灶神和家室女神,由保持童贞的女祭司祭祀,相当于希腊神话中的赫斯提亚。

牧人出生于名门。酷似家人的脸庞不禁使他猜测出勒莫斯是他的外孙。

与此同时，法斯图路斯向罗慕路斯透露了他的真实身世。于是当罗慕路斯因兄弟的事面见努弥托耳时，真相大白了。兄弟俩决定为他们的外公及他们自身所遭受的不公而报复。他们煽动对国王心怀不满的居民起来反抗，攻占王宫，杀了国王，让外公努弥托耳坐上王位。

由于罗慕路斯与勒莫斯所建立的功绩，他们被允许在其被抛弃后又被救起的地方建立居民点。他们的追随者、附近的牧人都加入到他们的行列。但很快，兄弟俩之间在确定城市始创者的问题上发生矛盾。他们把决定权交予众神。罗慕路斯与勒莫斯各自坐在固定的位置上等待对自己有利的征兆。吉祥的预兆先光顾了勒莫斯，有六只老鹰飞过他身旁。但随后罗慕路斯身旁也飞过老鹰，而且是十二只。由此看来，众神的决定也是模棱两可的。每一方都各执一词，兄弟俩及其追随者之间发生争执。结果勒莫斯被杀，罗慕路斯成为胜利者。

于是，罗慕路斯遵循各种神圣仪式开始修建新城。他给一头白公牛和一头白母牛套好犁，牵着它们标出环形垄沟，以此确定城市的范围及城墙位置。在一处本确定修建城门的地方，犁向上翘起，说明这个出入口并非神圣之地。整座城市起先只占据帕拉廷山丘。

很快，新城尚武的特性初露端倪。正是这种特性使一个小小的居民点——罗马成为古代闻名世界的中心。战争、胜利以及由此蔓延的恐惧成为罗慕路斯将其统治与周围邻邦结合起来所利用的最初方式。在卡庇托林山丘上建有宗教庇护下的避难所，收容失去家园的人及各类逃亡者。意大利半岛有诸多小城邦，这些小城邦内部的派系争斗非常频繁。大多数城邦还受到压制及贫穷的困扰，国内存在的繁重税赋及其他状况都成为移民大量涌入罗马的潜在因素。

当然，这些逃亡者、移民不仅怀着对以前同胞的憎恨与不满，而且带来了有关这些城邦的知识。这些因素对罗慕路斯的好战思想及军事征服意图是再有利不过了。但此时的罗马首先必须成为邻邦所承认的独立城邦。对萨宾人强取豪夺的行为引起其邻邦很大的仇视。

萨宾人不愿将自己的女儿许配给罗马人，遭到拒绝的罗马人采取狡黠手段对付他们。罗慕路斯宣布在某一确定的日子罗马城将举行隆重的庆祝会祭祀收获神孔苏斯，他邀请邻近城邦的居民参加。许多男人、女人、孩子应邀而来，沉浸在欢快的氛围中。庆祝会最后一天阴谋实施了。当时大众的注意力都集中在演出上。按照预定的信号，罗马小伙子们开始掳掠姑娘们。在场的观众被眼前发生的强制行为所震惊，纷纷夺路而逃，口中还不停地咒骂罗马人的背信弃义。

狄度·塔齐斯

罗慕路斯极力劝慰被掠来的姑娘们，为她们与年轻的罗马人举行隆重的结婚仪式。受凌辱的萨宾人决定报复。

但由于进攻太仓促，没能齐心合力，所以没有达到预期目的。最先发动进攻的是采尼纳的居民，他们被打败，而且国王阿克罗被罗慕路斯亲手杀死。罗慕路斯率领着胜利的军队，携带着被杀国王的盔甲，乘坐着四匹马套的战车浩浩荡荡进入罗马。在一棵神圣的橡树旁，罗慕路斯卸下敌人的盔甲，并立刻决定在此处建朱庇特神殿。这就是罗马最古老的神殿——卡庇托林山丘上的朱庇特神殿的由来。

后来，克鲁斯图迈利乌姆及安泰姆纳城的居民也相继起来反对罗马人，也都被罗慕路斯打败。

在这些城邦开始推行罗慕路斯所制定的政策。从那时起，这些制度一直得到遵守与发展。很显然，这促进了罗马政权的扩张及其统治的稳固。罗马没有像古希腊及古代其他民族惯常做的那样毁坏被征服的城市，让其居民沦为奴隶，而是将部分被征服城邦的居民迁入罗马，再派罗马人前往这些城邦取代他们的位置。罗马人在被征服的城邦得到部分土地所有权，从而促进罗马殖民地的形成。

萨宾人在国王狄度·塔齐斯的统率下，结集了大量士兵，最终也起来反对罗马人。他们来到与坐落在卡庇托林山丘上的要塞遥遥相望的奎里纳尔山。由于要塞指挥的女儿出卖了罗马人，要塞落入了敌人之手。

第二天，激烈的战争在卡庇托林与帕拉廷山丘之间的平原上展开。战争一直延续到被掳掠的萨宾妇女披头散发、衣衫褴褛地出现在战场上并祈求停止战争为止。她们的祈求见效了。双方开始谈判并最终缔结和约。塔齐斯与罗慕路斯在罗马享有同样的权力与荣耀。城市被命名为罗马，其居民被称作罗马人。被联合的原属塔齐斯统治的人民被称做奎利底斯[1](后来奎利底斯指称和平的公民，是相对于士兵的称谓)。所有萨宾人都取得了罗马公民权。

罗慕路斯的驻地在帕拉廷山丘，而塔齐斯在卡庇托林山丘。尽管他们采用协商的方式联合执政，但两人及两国的公民间并不存在真正的、内部的团结。联合执政的第五年，在拉文尼阿姆城举行祭祀活动期间，塔齐斯被他曾欺辱过的拉俄雷特城的一个居民所杀。当然其中不排除罗慕路斯的参与。可以想像，一个不能容忍亲兄弟的人当然会千方百计阻止异邦合作者与他分享权力。

在谈到罗慕路斯执政的后期及他的死之前，我们应该先谈谈罗慕路斯所颁布的一些内部法规。这是之后的罗马国家体制的基础。在这方面最值得一提的是将全体罗马公民分成三部分，即三个特里布。这种划分并不是依据王的意志，而是以出生各不相同的罗马公民的意愿为基础。这三个特里布，更确切地说，是三个部落，分别为拉丁人、萨宾人和伊特鲁里亚人。全部耕地据此被划分成三部分，每一个特里布都获取属于自己的份地。此外，每个特里布在罗马城内都拥有自己的特别区域。每个特里布又被分为十个库里亚(即胞族)。十个库里亚之间以进行共同祭祀仪式、联合参与管理国家的方式相互联系。每个库里亚本身又由十个氏族组成。所有这三十个库里亚成员被称做氏族公社成员，即“拥有庇护人者”，他们都是全权的公民。而首次提到平民阶层的形成是在国王安库斯·马基乌斯统治时期。与全权的氏族公社成员相比，他们属于无权的阶层。除库里亚会议外，由一百名氏族公社成员组成的元老院也是参与管理国家事务的重要机构。元老院成员人数后来增至三百人。

获得自由与特权的氏族公社成员并不安于现状，他们开始投入与国王的专制权力所作的斗争中，并寻找摆脱国王统治的机会。相传，罗慕路斯参加在火神伏尔甘[2]神庙举行的元老会议时突然消失。根据另一则传说，他是在一次城郊视察整个军队时突然失踪的。在这次视察时突然出现了日食，刮起狂风。人民四散逃窜，使国王单独与氏族公社成员留在一起。由此看来，罗慕路斯可能是被氏族公社成员杀害。而氏族公社成员则宣称罗慕路斯是被众神带走的。人民对此表示怀疑，他们表露出疑惑和

① 即全权公民，指古罗马享有完全权利的公民。

② 罗马神话中的火神，锻冶之神。相当于希腊神话的赫淮斯托斯。

对元老院的愤恨。此时一个叫尤利斯·普洛库尔的人出现在众人面前。他既受人民尊敬，同时又是罗慕路斯忠实的朋友。他郑重宣布，路上罗慕路斯曾身披耀眼的盔甲威武地出现在他眼前。受惊的普洛库尔问道："国王，你为何突然消失而将我们置于不公正的谴责中，同时又让人民忍受无止境的离别之痛？"罗慕路斯似乎是这样回答的："一切皆众神之意。你可以告诉罗马公民，以他们的勇猛与理智能变得超乎寻常的强大。我将以奎里努斯的形象成为他们的庇护者。"人民停止了对氏族公社成员辩解的猜疑，沉浸在一种神圣的愉悦中。他们决定参拜奎里努斯神以纪念罗慕路斯，还在奎里纳尔山丘为他修建了祭坛。

3. 努马·彭庇里乌斯

（公元前715~前672年）

罗慕路斯神秘消失后，元老们通过相应的决议，表示他们对国王之死的关注。元老院并没有立刻选出新的统治者。因为元老院想得到享用王权的机会。他们为此还确定了一年的王位虚悬期。在此期间每五天更换一位元老管理有关事务。当人民感到这种管理体制只能带来压制后，他们希望能有国王重新来统治。于是古老的罗马人和与之联合的萨宾人之间产生分歧。各方都希望从本族人中选出国王。

努马·彭庇里乌斯

最后决定选萨宾人出身的努马·彭庇里乌斯为国王。努马·彭庇里乌斯以其智慧与公正著称，当时他住在库雷。当他站在卡庇托林山丘上，在祭司们的环绕中得到吉利的预兆后才决定接受统治权。之后，努马·彭庇里乌斯召集氏族公社成员举行库里亚大会，并询问他们是否自愿服从他的命令。当他得到肯定回答后，才最终同意接受"国王"的称号。

努马·彭庇里乌斯给人民

带来平安、和谐、内部的有序及对神的崇拜。这一切似乎都源于神谕。传说中提到，努马·彭庇里乌斯所做的一切也应归功于自然女神埃格利亚对他们的谆谆教诲，他们以某种神秘的方式保持联系。努马·彭庇里乌斯认为，宗教及宗教对人类心灵的驾驭应该对因战争而变得粗俗的罗马人产生有益的影响。为此，祈祷仪式安排得井井有条，以激发公民对众神的无限景仰。每当进行祈祷、祭祀或其他宗教仪式时，他总是要求文告宣读官沿街宣布禁止喧哗，停止一切私人作业，以免手工作坊或其他业主的喧闹与叫喊破坏肃静的气氛。为使宗教仪式固定化、制度化，除普通的祭司之外，努马·彭庇里乌斯还建立了其他祭司等级和行会。即确定最高祭司，进行总体监管；飞禽占卜者(即占卜官)，根据高空的征候、飞禽的飞行、啼鸣及圣鸡啄食方式预知众神的意志；脏卜官，用祭品的内脏占卜。

身穿托加的罗马人

此外，努马·彭庇里乌斯推行了新的宗教仪式。其中包括设女祭司。这类似于罗慕路斯时代阿尔巴隆加城中曾存在过的由年轻姑娘担任司祭的情况。这些保持着童贞的女祭司们的主要职责是保证灶神庙的圣火不灭。圣火象征着国家这个大家庭的统一。如果圣火熄灭，对城市来说就预示着灾难。有罪的女祭司将受严惩，被活埋。违背保持童贞誓言的女祭司将受到同样的惩处。相应地，女祭司享有最崇高的荣誉与尊敬。

女祭司保证圣火不灭，而萨利①的职责是保护好神赐予努马·彭庇里乌斯的盾牌。为保护好这个盾牌，努马·彭庇里乌斯下令制作许多与它完全相同的盾牌。每逢三月、十月，萨利左手持这种盾牌，右手握长矛跳战

① 古罗马的祭司团，由马尔斯(战神)的12个祭司和基林努斯的12个祭司组成。只有贵族才能成为萨利，每年纪念马尔斯的节日期间，萨利在魔法颂歌声中跳战舞，因而得名。

斗舞。这使人想起克里特岛的祭司为祭祀女神瑞亚随着音乐和武器的敲打声而起舞的情景。这是国王允许发出的惟一的武器声响，因为他总是竭力避免武器及战争带来的真实的嘈杂。在这一点上，他所建立的祭司团具有重要意义。这些神圣的祭司们从事着与战争、和平相关的活动。他们负责以和平的方式尽力协调解决罗马人与其他民族之间的纠纷。当敌对的民族不愿接受调停时，祭司应以提前告知对方的方式证实罗马人进行的战争已开始。通常预告对方的方式是，祭司团在众神的见证下将长矛投向敌方的领土。

对界标之神忒耳弥诺斯的崇拜也是出于维护和平的意愿。忒耳弥诺斯是界碑、界石、界桩之神。每年二月都要举行护界节，纪念这位界标之神。人们为他献上祭品，但不能有血腥。这一方面是为了永远记住界标位置，另一方面为了使维护与遵守界标的行为更具有宗教意义。这些界标不仅是两个国家的边界，同时也是每个公民耕田的分界。因此，对界标的神圣崇拜避免了罗马与其他民族间的战争，同时又促进了公民之间的安定与和谐。

维护和平是努马·彭庇里乌斯最重要，也是最困难的任务。他执政初期，在与罗慕路斯同期迁来的古老部族和后来随塔齐斯被兼并的新部族间还存在着重大分歧。罗马人想尽力保持自己的优越地位，而萨宾人获得了与他们平等的权利。努马·彭庇里乌斯给所有公民以平等权利，从而恢复了各部族间的和睦关系。

但当时还存在着另一个弊病：许多被兼并的居民没有属于自己的财产，他们期望能在战争中获得大量战利品及财富，所以倾向于发动战争。为了使他们远离战争的纷扰，努马·彭庇里乌斯把被征服国家的国土分给他们，教他们学会耕作技术，达到保持国家稳定的目的。努马·彭庇里乌斯的贤明统治持续了四十多年，后他因年迈而辞世。作为稳定与和平的缔造者，他受到同胞和异邦人的沉痛哀悼。伊阿诺斯[1]神庙的大门作为和平象征在努马·彭庇里乌斯统治时期曾一直保持关闭，但随着他的逝去，其继任者好战、强有力的手又将大门重新开启。

4. 图卢斯·霍斯提利乌斯

（公元前672~前640年）

努马·彭庇里乌斯死后，罗马人民选出英勇的图卢斯·霍斯提利乌斯

① 罗马神话中的门神，司出入和一切开端。有两副面孔，一副向着过去，另一副向着未来。

为国王。图卢斯·霍斯提利乌斯因征讨亚尔巴隆加城而为罗马的崛起做出了重要贡献。宗主城邦亚尔巴隆加与其迅速发展的殖民城邦罗马之间的仇视导致相互间频繁发生冲突。现在,努马·彭庇里乌斯的和平精神已不复存在,相互仇视就演变为公开的战争。按古老的习俗,一般由双方军队中挑选出代表,进行一对一的搏杀解决冲突,而双方全副武装的军队对峙着等待结果。被打败的一方要屈从于战胜方。

决斗的方式被双方接受。一切都似命里注定。罗马军队选出的斗士是孪生三兄弟,他们的父亲名为霍拉蒂。而亚尔巴隆加人选出的也是孪生三兄弟,他们出生于库里阿蒂家族。祭司团以神圣的仪式确认了双方的约定。双方的军队作为观众期待着结果。

第一回合双方各有一人战死。第二回合又一罗马人倒地,而剩下的两名亚尔巴隆加人只受了伤。亚尔巴隆加人士气大振。此时惟一幸存的罗马人施计蒙骗了他们。罗马人佯装逃跑,他断定那两个亚尔巴隆加人不可能以同样的速度追赶他。因为其中一个亚尔巴隆加人伤势轻,而另一个伤势严重。当霍拉蒂注意到两个亚尔巴隆加人之间的距离越来越远后出乎意料地杀了回来,先后杀死了这两个亚尔巴隆加人。

罗马军队欢呼着迎接胜利者霍拉蒂。他站在罗马军队最前列,被簇拥着回到城邦。队列前方还有被带回的三个战死的库里阿蒂的盔甲。在这万众欢欣的人群中只有一人暗自神伤,她就是霍拉蒂的亲妹妹。她被许配给库里阿蒂三兄弟中的一个。听到未婚夫战死的消息,又看到亲手缝制给他的衣服,她彻底绝望了。她披头散发,眼含热泪呼唤着未婚夫的名字。妹妹的哭喊激怒了哥哥,冲淡了胜利带给他的喜悦。他拔出剑刺向妹妹,口中还喊道:"带着你不合时宜的爱情回到你情人身边去吧!身为罗马人,竟为罗马的敌人而哭泣,该杀!"

整个罗马都为霍拉蒂的行为愤愤不已。惩罚国家的拯救者似乎不仁道,而不惩罚杀死亲妹妹的凶手又不符合宗教教义。刑事法官判处霍拉蒂死刑。霍拉蒂求助于人民。人民推翻了法庭的判决,宣布这个罪人为自由民。他们的理由是,国家的利益高于一切家庭纽带关系,而且他们对一天内失去三个孩子的霍拉蒂的父亲深表同情。但为了平息众神对杀妹行为的愤懑,祈求他们的宽恕,同时也为了使城邦摆脱罪孽,人们举行了祭祀仪式,求神宽恕。霍拉蒂被蒙上脸从一种特别的绞架下走过(这种羞辱人的方式后来常用于贬低被俘的敌人)。人们认为,这样不仅满足神的意愿,也符合人所制定的法。之后,人民重新沉湎于战胜亚尔巴隆加人的兴奋中。

但亚尔巴隆加人并不满足于自己的附属地位。很快,依据双方协议所规定的义务,他们应协同罗马军队与菲得纳提和韦耶人作战。亚尔巴隆加人根据首领迈提斯·弗菲蒂斯的建议，决定利用这次机会消灭罗马人。亚尔巴隆加人的计策是在战斗时倒戈以消灭罗马军队。

但弗菲蒂斯采用的只是敷衍的方法。为给自己留条后路,起初他逃避与罗马人协同作战,但也并未立刻与敌方联合。他只是作为旁观者静观战事的发展。他做好准备在最坏的情况下,将自己的行为解释为是战术需要,目的是找机会潜入敌人后方。结果,敌方的士气、信心没有得到加强,而罗马人虽然起先非常急躁,但很快就稳住脚,恢复了士气。图卢斯·霍斯提利乌斯得知弗菲蒂斯按兵不动后，异常镇定地对罗马人说:“这是应该的,是我命令他这么做的。他们是要以这种方式包围菲得纳提人。”于是罗马人越战越勇并最终获胜。

罗马人避免了这次灾祸,但弗菲蒂斯却没能逃过这一劫。看到罗马人眼看要胜利,弗菲蒂斯乱了方寸。他开始大胆追截菲得纳提人。战役结束后,弗菲蒂斯来到图卢斯·霍斯提利乌斯面前,祝贺他的胜利,同时还希望他表现出的忠诚能够得到图卢斯·霍斯提利乌斯的感谢。图卢斯·霍斯提利乌斯早已识破他的奸佞，表面上仍保持对弗菲蒂斯的友好态度,暗地里却酝酿着以迅速、强硬因而也是强有力的手段惩罚亚尔巴隆加人及他们背信弃义的首领。

图卢斯·霍斯提利乌斯派出以霍拉蒂为首的精兵潜入亚尔巴隆加城,命令他们占领城市、控制城市居民。他还下令摧毁整座城市,将它夷为平地,只保留神殿。除此之外,禁止给城市居民带来更多灾难。他下令告知亚尔巴隆加居民,他们将举家迁入罗马。当这一切都付诸实施时,图卢斯·霍斯提利乌斯早已命令亚尔巴隆加军队来到罗马。一切看起来就好像只是要嘉奖在战役后期表现勇敢的亚尔巴隆加将士。图卢斯·霍斯提利乌斯吩咐罗马人在披风下藏好剑,将聚集在一起的亚尔巴隆加人包围起来。一切准备就绪,图卢斯·霍斯提利乌斯登上观礼台,向亚尔巴隆加人宣布,他很清楚他们的背叛行为,并打算惩罚他们。

在这种情况下,任何反抗的企图都是无济于事的。此时,图卢斯·霍斯提利乌斯宣布,亚尔巴隆加城已被霍拉蒂毁灭。他许诺,当最贫困阶层的居民迁入罗马后,将分给他们土地,以此拉拢他们。对其中的部分显贵,则允诺接收他们为氏族公社成员、元老院元老,并在广场建造庞大的霍斯提利乌斯库里亚。亚尔巴隆加人主要居住在凯里安山丘,由于他们的迁入,罗马人口成倍增长。弗菲蒂斯没能躲过被严惩的命运。他被绑在两匹马上分尸，以惩罚他企图把今后将永远联系在一起的两个国家分裂的行径。

图卢斯·霍斯提利乌斯后期的执政是一段与拉丁人进行多年争斗的历史。亚尔巴隆加[①]原在拉丁同盟中占据领导地位,该城被罗马所灭后,拉丁人不同意将这一席位给予罗马。

图卢斯·霍斯提利乌斯被烧死在自己家中。一些古历史学家确信,作为惩戒,众神以闪电击毁他的房子。因为在多次战役中,他忽略了需进行的各种宗教仪式,而为平息众神的不满,他又采用了不合法的手段。

5. 安库斯·马基乌斯

（公元前640~前616年）

随后当选的罗马国王是努马·彭庇里乌斯的孙子安库斯·马基乌斯。他继承了祖父笃信宗教、热爱和平的思想。图卢斯·霍斯提利乌斯统治时被忽视的宗教仪式得到恢复。一起得到恢复的还有努马·彭庇里乌斯统治时人们对耕作和养蜂业的普遍向往。但此时的罗马已陷入与邻邦的纷争，国王的和平愿望并不能消除进行战争的需要。萨宾人、韦耶人、拉丁人及其他部族迫使国王拿起武器，为保护自己的城邦而战。他进行征战，并消灭了许多城邦，将其居民迁入罗马，在阿芬丁山丘为他们安排居住地。

被征服城邦的居民被迫迁入罗马,组成罗马公社,即平民阶层。平民人身是自由的,受法律保护。他们可以从事手工作业、商贸活动,拥有自己的财产,但不能以任何形式参与国家管理。罗马公民只由氏族公社成员组成。王由他们选,他们决定有关参与战争和维护和平的事务,也只有他们能参加战争并获得荣誉与战利品。平民阶层不能参加任何形式的宗教事务,既不能参加共同的宗教仪式,也不能获得祭司及占卜师职位(即根据鸟类飞行进行占卜)。因为授予任何高级职位都需要先通过占卜将其神圣化。氏族公社成员认为,让平民阶层担任社会职位是违背神所定的制度,是对圣物的亵渎。此外,他们坚决反对与平民阶层联姻。

为更好地保障罗马日益增长的人口所需要的生活物资，安库斯·马基乌斯竭力控制台伯河流域及河运。对韦耶人征战的胜利使他占领了河

① 拉丁同盟：拉丁姆(今意大利拉齐奥)30个城市结成的同盟，由亚尔巴隆加领导，公元前6世纪起由罗马领导。公元前340~前338年第二次拉丁战争后，同盟解散。

口，并在河口建成奥斯蒂亚城。后来，该城成为罗马最重要的商贸港口。

为使罗马免遭伊特鲁里亚人的入侵，安库斯·马基乌斯在位时还加固了台伯河对岸亚尼库尔山丘上的防御工事。为方便起见，这座山丘与城市间架起一座桩桥使他们联系在一起。即使是在随后的年代，这座桥仍以自身精巧的技术而令世人赞叹不已。大桥在必要的时候时常得到修复，但修复工作要遵循古老的神圣仪式，并由高层祭司主持。在安库斯·马基乌斯二十四年的执政时期，罗马以军事上的胜利及其和平事业著称。

安库斯·马基乌斯

6. 塔克文·普利斯库斯

（公元前616~前578年）

塔克文·普利斯库斯出身希腊部族。他的父亲得玛拉特出生于科林斯城，来自巴克希阿德家族。与伊特鲁里亚人广泛的贸易往来使他拥有巨额财富。但由于当时的科林斯国内动荡，巴克希阿德家族被僭主基普塞洛斯[①]驱逐。于是，得玛拉特满载着财宝逃到伊特鲁里亚人的城市塔克文，并在那里定居，与一位伊特鲁里亚姑娘成婚。

得玛拉特的儿子卢库蒙在父亲亡故后并未在塔克文城久居。这座城里固有的等级秩序及古老部族都不允许异邦人占据显赫职位。于是，卢库蒙携同其追随者，带着财富迁入罗马。罗马城的社会及政治生活刚刚开始发展，它为异邦人的各项活动提供了广阔的空间。卢库蒙希望能在这里获得比在塔克文更显赫的地位。他如愿以偿。国王及罗马公民热情地接纳了财富与这位慷慨的异邦人。此时他已更名为卢齐斯·塔克文。几年后，由于在多次战役中表现出色，他成为罗马最有声望、最受人尊敬的高官之一。安卡斯·马喜阿斯临终前将两个儿子的监护权交给他。但罗马

① 公元前约627年希腊科林斯霸主。在位时该城经济、政治和文化繁荣。

公民避开先王的两个儿子而拥立他为王。

选举塔克文为王是明智的选择。新王以自己军事上的成功显示了罗马人民强大的力量。他所推崇的和平事业，修建的辉煌建筑深受希腊及伊特鲁里亚人风格的影响。正是塔克文使罗马建成令人称奇的下水道，即利用地下排水道抽干城内沼泽地带的水。在排干水的位于卡庇托林山丘与帕拉廷山丘之间的谷地，塔克文修建广场用于集市贸易活动及人民集会。广场周围遍布着各种店铺及其他商业场所。在同样被排干水的位于帕拉廷山丘与阿芬丁山丘之间的谷地上，为举行大众竞技活动修建大型竞技场。竞技场内环绕着阶梯形座位，按不同的库里亚划分。历史学家们认为，竞技场如此宏伟，可同时容纳15万人。塔克文还为卡庇托林山丘上著名的朱庇特神殿的建造奠定了基础。

塔克文在多次成功征战中获得的大量战利品及从被征服领土征缴的贡赋都用于修建这些宏伟的建筑。他曾与萨宾人、拉丁人及伊特鲁里亚人征战。这些早已处于从属地位的部族想尽力摆脱这种地位，反对对他们的进一步奴役。

最初试图反抗的是拉丁人，但却以承认罗马在拉丁同盟中的领导地位而告终。随后萨宾人与伊特鲁里亚人尝试捍卫自己的独立。萨宾人侵入罗马地区，直至罗马城下，但最终被打败，被迫承认罗马对他们的最高统治权。曾与萨宾人结盟的伊特鲁里亚城邦与罗马的斗争也是徒劳无功。阿雷齐乌姆之战遭受沉重打击后，伊特鲁里亚人接受塔克文提出的合理条件，同样以承认罗马王对他们的统治而结束战争。战争快结束时，伊特鲁里亚人把曾代表着王权的象征物，即金冠、象牙座椅、用鹰的图案装饰的国王权杖、用金线缝制的紫红色长袍及十二束筋膜，送给罗马的王。从那时起，代表国王权力及荣耀的象征物传入罗马。其中的一些象征物还成为后来执政官当政时代的标志。

如果说塔克文在同外来敌人的战争中是胜利者的话，那么在对国内的管理上他并未实现自己全部的愿望。为增加骑兵数量，塔克文曾想在被兼并但尚未稳定的居民中组建三个新的特里布。但这个想法遭到原有特里布的反对。而且一个叫阿特·纳维斯的占卜官宣称，没有经过新的占卜是不允许这样做的。王担心这其中隐藏着氏族公社成员的阴谋，反对进行占卜。他还嘲讽这种手段，并对占卜官说："你是笃信宗教者，那么你看看飞禽再判断一下，我此刻脑中闪过的念头能否实现。"占卜官用飞禽占卜后说，王的愿望一定能实现。王说："我想让你用剃刀截断试金石。"传说，阿特·纳维斯做到了这一点。这令王震惊并因此放弃了自己最初的意愿。从那时起，王十分尊崇飞禽占卜，所有的事务都要对飞禽飞行进行预先占卜才能进行。

塔克文未能改变原有的特里布数量，但却使其中古老部族的成员人数增加一倍。他以同样的方式使骑士阶层及元老的数量也增加了一倍。特里布的结构仍保持罗慕路斯时代的模式，但每个库利亚的成员人数翻倍。

塔克文受暴力致死。安库斯·马基乌斯的两个儿子认为他们才是名正言顺的继位者，觊觎王位已久。他们担心王会把权力传于他所宠幸的女婿塞维·图里乌，为阻挠这一切，也因自己的报复心理，他们将年事已高的塔克文杀死。经过是这样的：他们怂恿两个人假扮牧人，以请求王解决两人间的争议为由面见王并杀死了他。当时，国王正倾听其中一人申诉，另一个就乘机用斧子砍他。完成这罪恶行径后，杀人者逃跑了。但他们很快被捉住并绞死。国王虽被杀，但安卡斯·马喜阿斯两个儿子的预谋并未得逞，这要归功于王的妻子塔纳克维拉的机智果断。

7. 塞维·图里乌

（公元前578~前534年）

塔克文死后，留下两个未成年的儿子，还有女婿塞维·图里乌。在那野蛮与混沌的时代，保留未成年人王位的监护机构不允许存在，需要立刻立新王。塔纳克维拉立刻意识到，如果安库斯·马基乌斯的儿子们攫取王位，那么她和所有王室家族成员将有灭顶之灾。在这种形势下，塞维·图里乌成为惟一的既能避免这种不幸又无愧于王位的人选。

据可靠的资料表明，塞维·图里乌出身拉丁城市卡尔尼库里的名门望族，但生于罗马。在城市被罗马人攻陷后，他的母亲被俘并沦为年迈的塔克文家的奴仆，而他的父亲图里乌死于一场战役中。王后塔纳克维拉喜欢这对母子。小男孩被称为塞维·图里乌，

塞维·图里乌

接受了良好的教育，显露出非凡的天赋。据说，塞维还是个婴儿的时候，一次在睡梦中他的头发突然发出火焰般的光芒，被唤醒后才消失。塔纳克维拉对伊特鲁里亚人的智慧颇有研究，她将这一离奇的征兆解释为神将赐予这个孩子远大前程。

塔纳克维拉与长大成人的塞维为使神的预兆变为现实做好了一切准备。塞维的果敢与睿智为他赢得很高地位，成为元老院及氏族公社成员。塔纳克维拉与塔克文将他们的女儿嫁给他。塔克文还将许多重要事务交予他办理。人民早已习惯这位陪伴王左右的宠儿，对他并给予全部的信任。所以，塔纳克维拉与塞维本人都坚信，塔克文死后，人民愿意接受他为新王。塔纳克维拉在其丈夫被杀后立即下令关闭房门，并对闻讯而来的人民宣布，塔克文没有死，只是受了伤，在未康复之前，他将管理国家的权力移交给女婿——塞维·图里乌。

第二天，塞维·图里乌在强有力的侍从卫队的护卫下来到市广场。为铲除自己获取王权道路上最危险的敌人——安卡斯·马喜阿斯的两个儿子，塞维·图里乌指责他们蓄意谋杀。正如人民所期待的，他宣布驱逐他们，并没收其财产。他们逃跑了，其同谋者因失去首领也被迫解散，他们的存在已无任何意义。

此时，塞维·图里乌认为没有什么顾虑了，这才宣布年迈的王因受伤致死。塞维没有放弃王权，而是未经氏族公社成员及元老院同意继续执政。后来，在得到氏族公社成员的许诺后，他才召集他们开会并促使他们推举他为王。

塞维·图里乌与努马·彭庇里乌斯、安库斯·马基乌斯一样是爱好和平的国王，他只与伊特鲁里亚人交战过。塞维迫使拉丁人承认罗马的最高统治权后，与他们结为同盟，并在阿芬丁山丘的狄安娜[①]神庙为罗马人、拉丁人举行共同的宗教仪式及庆祝会。塞维·图里乌把埃斯揆林山丘、维米纳尔山丘与原有的帕拉廷山丘、卡庇托林山丘、奎里纳尔山丘、凯里安山丘及阿芬丁山丘联合起来，并修筑城墙、壕沟将这片区域围起来，从而成为“七丘之城”的奠基者。他还把整个罗马及周边地区分为三十个特里布。罗马城内有四个特里布，其周围地区有二十六个。三十个特里布的划分并不只是在平民中进行，氏族公社成员也包括在其中。为减轻居民中最贫穷阶层的负担，改善他们的境况，塞维·图里乌偿清了他们的债务，还把国有土地的一小部分划分给他们。然而，塞维·图里乌对平

① 罗马神话中的月亮女神，公元前5世纪起与希腊神话中的月神阿耳忒弥斯等同。

民的这些照顾引起氏族公社成员对他的仇视。

将全体罗马居民按照财产，而不管是氏族公社成员还是平民，分成不同等级及百人团，是塞维·图里乌的最伟大功绩。在这种划分的基础上，形成了军队体制及重新组建的国民大会。正是由于这些措施，氏族公社成员特里布与库里亚失去了原有的特权。氏族公社成员与平民融合成为一个具有同等权利阶层的局面逐渐形成。

塞维·图里乌不管居民出身如何，将他们分成五个等级，每个等级又分为193个百人团。氏族公社成员作为最富有的居民应缴纳更多的税，承担更多的兵役。平民作为财产较少的居民，承担较少的赋役。平民的政治权利得到维护，虽处于较次要的地位，但他们却拥有了获得最高社会地位的可能性。

五个按财产多寡划分等级的方法如下：属第一等级的，其财产不应少于10万阿斯[①]。这个等级由80个百人团或者说80个步兵队组成，因等级的划分对履行军队赋役的方式有影响而得此称谓。其中40个百人团由18至46周岁的年轻人组成，主要承担作战兵役。其余40个百人团由年纪较大的人组成，主要承担城内的守护任务。第一等级的装备包括：铠甲、护胫、长矛、剑、头盔及盾牌。骑士也属于这个等级。他们由较富有、年轻的人员组成，共分为18个百人团，尽管步兵与骑士没有军饷，但马匹与粮草由国家承担。这样，第一个等级实际上由98个百人团组成。

第二个等级人员的财产应为75000阿斯。它由20个百人团组成。与第一等级类似，依年龄不同又分为两个层次。第二等级人员装备与第一等级基本相同，只是没有铠甲，而且盾牌也轻一些。

拥有50000阿斯就拥有了属于第三等级的权利。此等级也由20个百人团组成，其中10个由年轻人组成，另外10个由年老的军人组成。他们的装备不包括铠甲与护胫。

第四等级也是由20个百人团组成，且按年龄又划为几个层次。成为该等级一员的条件是拥有25000阿斯。长矛、盾牌、剑是这个等级人员的装备。

第五等级为30个百人团，其财产应为12500阿斯。该等级人员由长矛及投石带[②]装备，在轻装军队中服役。

财产比第五等级人员少的所有居民及没有任何财产的居民被称为

---

① 古罗马铜币名，初铸于公元前5世纪，流通到公元217年（当时一个罗马阿斯相当于一磅铜）。

② 古代投掷武器，为一种中间加宽的皮带，用于投掷石块、金属球等。

罗马集会场

无产者，即只拥有孩子者。尽管他们的人数众多，但只构成一个百人团。无产者可免服兵役，免缴一切税赋。税赋只按其财产的多少向其余等级人员征收。

那些以司号兵、军械士、木匠身份服役的人员又组成四个特别百人团。

上述划分表明，在百人团民众会议上，因投票以百人团为单位进行，因而第一等级以拥有98个百人团而占有多数票，其意见也是决定性的。第一等级人员手中集中了全部立法权。

此外，氏族公社成员仍召集库里亚大会，并通过有关战事及和平的决议，选举新王等。更甚者，他们保留有成为元老、祭司、法官及庇护主的传统权利。百人团民众会议上通过的决议只有在库里亚大会预先同意后才能生效。

为对众神庇护自己顺利完成如此众多重要事务表示感谢，塞维·图里乌为女神福耳图那[①]修建了两座神庙。尽管如此，幸运之神最终还是抛弃了塞维·图里乌。他自己的家人为他准备了可悲的结局。

塞维·图里乌将自己的女儿分别嫁给了塔克文的两个儿子。其中一个叫卢齐斯的是一个傲慢而贪权的人。他很不情愿地看着岳父稳坐王位行使权力。他认为自己更有资格坐在王位上。塔克文的另一个儿子叫阿伦斯，他是个爱好和平的人。塞维的大女儿图利娅嫁给卢齐斯，她是个温

① 罗马宗教中的幸福、良机和成功女神。被描绘为一手持富裕角、一手持舵，有时蒙上眼睛。

顺的人，对父亲充满了爱，为自己丈夫日益膨胀的野心而担忧。她的妹妹嫁给阿伦斯，也叫图利娅，但却冷酷无情，同样贪权。当她意识到以丈夫的性格不可能成为实现她贪图功名的有利武器后，立刻与姐夫卢齐斯亲近起来，而后者也正寻找机会与她接近。这种接近最直接的后果是阿伦斯与大图利娅的死。他们的死消除了卢齐斯与其弟媳之间的障碍。婚姻将这对有着共同禀性、共同意图的男女结合在一起。

于是，他们开始了推翻王的行动。卢齐斯·塔克文用金钱和许诺方式在氏族公社成员及平民中收买、贿赂其追随者。起先，他想通过合法途径排挤塞维，为此在元老院及民众会议中散布反对塞维的谗言，诋毁塞维的奴隶血统和对王权的非法攫取。但大多数人支持塞维·图里乌。于是，卢齐斯·塔克文被迫另择时机实施自己的预谋。

后来，卢齐斯假意与其岳父和解，暗中却在不断网罗追随者。他终于等到机会。收割期的到来使部分公民与塞维·图里乌的朋友们滞留在离城很远的田地上，而卢齐斯则得以把自己的亲信召集在元老院及集会场。他突然地、出人意料地出现在元老院，并佩有王权的一切标志。年迈的王闻讯立刻赶到元老院。塞维指责女婿竟敢身穿王服出现，并想把他从王座上拖下来。年轻有力的塔克文抓住年老的王并抱起他抛下石阶。

不幸的王血迹斑斑，虚弱无力，想靠一些朋友的扶持离开。但这时，塔克文派来的杀手赶到，匆匆结束了塞维·图里乌的生命。

满怀喜悦的图利娅来到集会场，祝贺自己的丈夫成为新王。从这就可以看出这个女儿的性格。回家的路上，她乘坐的马车轧过父亲的尸体，父亲的血溅在她的衣服上。

插图索引

“学生图书馆”系列

1 唐宋词新读

杨柳 著　定价：25.00元

学生暑假必读书；全新的文本和视角；高考语文之“诗歌欣赏”题的全面解决方案；无障碍阅读唐宋词的“葵花宝典”；文本轻松时尚，妙趣横生；从手机短信、流行歌曲入手破解唐宋词。

词是什么？它是如何生成、发展和传播的？在唐宋词历史上，有哪些划时代的人物和流派？他们走过了怎样的心路历程？词的艺术特点是什么？如何写作和欣赏？那些耳熟能详的词作以及似曾相识的词句的背后有着什么故事，传达了怎样的意境？古人和当代词学专家是如何评价的？唐宋词对今天的流行歌曲有什么影响？对当下的生活有什么启示？

杨柳的《唐宋词新读》帮助你解开所有的疑问，带你领悟唐宋词的美和魅。

2 世界古代神话和传说

[德]贝克尔 著　张友华　海力古丽　译　定价：19.00元

德国历史学家卡尔·弗里德里希·贝克尔为青少年撰写的一部世界古代史读物。从远古时代的创世传说开始，介绍了古代埃及人、希伯来人、雅利安人、波斯人、希腊人、罗马人的早期传说，以及他们的社会、政治和文化生活。本书曾影响过众多世界文化名人，乃普及读物中的经典。希腊神话、圣经故事、荷马史诗故事、古代文化名人故事包藏其中，图文并茂。堪称中学生、大学生和历史爱好者的人文教育读本。

3 写给孩子们看的英国史

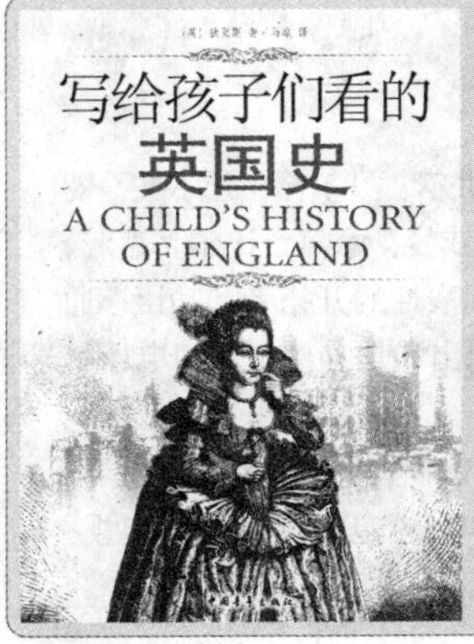

[英]狄更斯 著　马凉　译　定价：25.00元

亚瑟王的圆桌会议、百年战争、“处女女王”伊丽莎白一世、击败西班牙的“无敌舰队”建立海上霸权，英国，这个第一个完成工业革命的“日不落帝国”、昔日的资本主义世界霸主，一千多年的悠久历史充满了神秘的传奇色彩。

为了自己的孩子，英国伟大小说家狄更斯以独到的文笔，重新将英国早期居民至工业革命前这段最富传奇的历史娓娓道来。极强的故事性和精美的版画插图，为年轻读者打开一个神奇的历史天地。